그리스의 은자
히페리온

책 세 상 문 고

세 계 문 학

0 4 2

그리스의 은자

히페리온

Hyperion
oder Der Eremit in Griechenland

프리드리히 횔덜린 지음
김재혁 옮김

책 세 상

서문

이 책에 독일인들의 사랑이 함께하면 좋겠다. 그렇지만 혹시라도 이 책을 무슨 지침서처럼 생각해 도덕적 교훈을 찾으려 하거나, 아니면 오락거리로 너무 가볍게 생각할까봐 두려운 마음이 든다. 두 경우 다 제대로 읽는 것은 아니다.

화초의 향기만을 맡으려는 사람도 화초를 제대로 알지 못하는 것이며, 대체 어떻게 생겼는지 알아보려고 화초를 꺾는 사람도 그것을 제대로 알지 못하는 것이다.

한 인물에게서 불협화음들이 해소되는 과정을 보여주는 것은 단순한 사유를 위한 것도 아니며 공허한 즐거움을 위한 것도 아니다.

앞으로 벌어지는 이야기의 무대는 새로운 곳이 아니다. 그리고 고백하자면 이 점과 관련해 나는 유치하게도 이 책의 내

용을 좀 바꾸어볼 생각도 한 적이 있다. 그러나 히페리온*의
비가적 성격을 위해서는 그곳이야말로 이 세상에서 둘도 없이
적당한 장소임을 확신하게 되었다. 독자의 판단을 지레짐작해
나 스스로 너무 가볍게 행동하려 했던 것이 부끄러워진다.

아쉬운 점은, 현재로서는 이 계획이 어떻게 전개될지 아무
도 판단할 수 없다는 것이다. 하지만 되도록 빨리 둘째 권을
내도록 하겠다.

---

* 히페리온은 원래는 거인족으로 태양신 헬리오스의 아버지이다. 그러나 이미 호메
로스 시절부터 태양신 헬리오스와 동일시되었다. 횔덜린은 '히페리온'의 둘째 음
절에 강세를 넣어서 발음했다고 한다.

큰 것에만 얽매이지 말고,
작은 것에도 눈길을 주어라,
그것이 하느님의 뜻이나니.*

Friedrich Hölderlin

제1장

히페리온이 벨라르민에게

사랑스러운 조국 땅은 나에게 다시 기쁨과 슬픔을 안겨준다.

요즘 나는 매일 아침 코린토스 지협의 산등성이를 찾아간다. 그리고 나의 영혼은 꽃 사이를 날아다니는 꿀벌처럼 내 좌우에서 햇볕에 이글대는 산들의 발치를 식혀주는 바다와 바다 사이로 이리저리 날아다니곤 한다.

만일 내가 천 년 전에 그 자리에 섰더라면, 무엇보다 양쪽 만灣 중의 하나*가 나를 기쁘게 해주었을 것 같다.

---

* 코린토스 만을 말함. 헬리콘 산맥과 파르나소스 산맥은 코린토스 만의 북쪽에 있고, 시키온 평원은 코린토스 만의 남쪽에 있다.

거기 거친 헬리콘 산맥과 눈 쌓인 수백 개의 봉우리가 아침 노을에 붉게 물드는 파르나소스 산맥 사이로, 그리고 시키온의 낙원 같은 평원 사이로, 마치 승리의 반신半神처럼 찬란한 만이 내륙을 향해 넘실대며 들어와 기쁨의 도시 젊은 코린토스에 부딪치면서 세상 곳곳에서 거둬들인 풍요로움을 사랑하는 이 도시 앞에 쏟아놓았다.

하지만 그것이 나에게 무슨 소용인가? 고대의 돌더미 아래에서 거친 만가輓歌를 부르는 자칼의 울부짖음이 나를 화들짝 꿈에서 깨운다.

번영하는 조국에 가슴 벅차 힘을 얻는 사람이야 얼마나 좋을까! 누군가 내게 조국의 일을 상기시킬 때면 나는 마치 늪에 던져진 것 같고, 또 누가 내 관 뚜껑에 못질을 하는 듯한 기분이 든다. 그리고 누가 나를 그리스인이라고 부르면, 그때마다 그 사람이 내 목을 개의 목줄로 죄는 듯한 고통에 시달린다.

그런데 보게! 나의 벨라르민! 가끔 내 입술에서 그런 말이 새어나오거나 분노한 나머지 내 눈에 눈물이 고일 때면, 당신들 독일인 가운데 그런 자리에 늘 기꺼이 끼어드는 현명한 양반들, 번민에 사로잡힌 사람을 보면 때를 놓치지 않고 자신의 격언을 써먹는 딱한 사람들은 퍽이나 마음씨 좋은 사람처럼 나에게 이렇게 말하곤 했다. "징징대지 말고 행동으로 옮기시오!"

오, 차라리 행동하지 말 것을! 그랬으면 마음속에 희망이라도 가득 찼을 텐데!

그렇다, 잊어라, 고통과 시련에 시달리고 수천 번 분노한 마음이여, 이 세상에 사람들이 있다는 것을! 그리고 다시 돌아가라, 네가 출발한 지점으로, 자연의 품속으로, 변함없고 고요하며 아름다운 자연의 품속으로.

히페리온이 벨라르민에게

내 것이라고 말할 만한 것을 나는 갖고 있지 못하다.

내가 사랑하는 사람들은 멀리 있거나 죽었다. 그들의 소식을 들려주는 목소리는 어디에서도 들을 수 없다.

이 세상에서 내가 할 일은 끝났다. 나는 의욕을 품고 일을 시작했고 그러느라 피를 흘렸지만, 이 세상을 동전 한 푼만큼도 더 풍요롭게 만들지는 못했다.

나는 명성도 얻지 못한 채 쓸쓸하게 돌아와 내 조국을 누빈다. 조국은 마치 공동묘지처럼 내 주위에 널찍이 누워 있다. 그리고 나를 기다리는 것은 어쩌면 사냥꾼의 칼이다. 우리 그리스인들을 마치 숲 속의 사냥감처럼 노리개로 삼는 사냥꾼의 칼 말이다.

그러나 너는 여전히 빛난다, 하늘의 태양이여! 너는 여전히 푸르구나, 성스러운 대지여! 강물들은 여전히 굽이치며 바다

로 흘러들고, 한낮엔 그늘을 드리운 나무들이 바람에 산들댄
다. 봄날 환희의 노래는 죽음에 대한 나의 생각을 잠재워준다.
생동하는 세계의 충만함은 궁핍에 전 이 몸을 먹여 살리고 마
음껏 도취하게 한다.

오, 환희에 찬 자연이여! 어찌된 영문인지 나는 너의 아름다
움 앞에서 자꾸만 눈을 들어 하늘을 쳐다본다. 그러나 하늘의
모든 기쁨은 사랑하는 여인 앞에서 남자가 눈물을 흘리듯 내
앞에서 내가 흘리는 눈물 속에 들어 있다.

대기의 부드러운 물결이 내 가슴을 어루만질 때면 나의 몸
과 마음은 소리를 죽인 채 귀 기울인다. 광활한 푸른빛에 마음
을 빼앗긴 채 나는 창공을 올려다보거나 성스러운 바다를 들
여다본다. 그러면 마치 친근한 정령精靈이 두 팔 벌려 나를 안
아주는 것 같고, 고독의 아픔이 신성神性의 삶 속으로 녹아드
는 것 같다.

만물과 하나가 되는 것, 그것이야말로 신성의 삶이며, 그것
이야말로 인간이 느끼는 천국이다.

생명이 있는 모든 것과 하나가 되는 것, 행복하게 스스로를
잊고 자연의 만물 속으로 회귀하는 것, 그것이야말로 사유와
기쁨의 정상이고, 그것이야말로 성스러운 산꼭대기이며, 영원
한 휴식의 장소다. 거기에 이르면 한낮이 무더위를 잃고, 천둥
이 목소리를 잃으며, 들끓는 바다가 밀밭의 물결을 닮는다.

생명이 있는 모든 것과 하나가 된다! 이 말과 함께 도덕은

분노의 갑옷을 버리고, 인간의 정신은 왕홀王笏을 버린다. 그리고 모든 생각들은 영원히 하나가 되는 세계의 모습 앞에서 자취를 감춘다. 마치 고군분투하는 예술가의 규칙들이 우라니아* 앞에서 스러지듯이 말이다. 그리고 철통 같은 운명도 지배를 단념하고, 만물의 동맹 앞에서 죽음도 도망친다. 만물의 하나 됨과 영원한 청춘이 이 세상을 복되고 아름답게 만든다.

나는 이런 산꼭대기에 서 있곤 한다, 나의 벨라르민이여! 그러나 의식이 돌아오는 순간, 나는 아래로 내동댕이쳐진다. 생각이 돌아오면 나는 전과 다름없이 혼자가 되어 죽을 운명의 고통에 시달린다. 그리고 내 마음의 피난처, 영원히 하나인 세계는 사라지고 없다. 자연은 두 팔을 다시 거둬들이고, 나는 자연 앞에 낯선 사람처럼 서서 자연을 이해하지 못한다.

아! 나는 절대 너희들의 학교에 다니지 말았어야 했다. 지식이, 수직갱도를 따라 좇아가보았고 또 젊은 시절 어리석게도 나의 순수한 기쁨을 보장해줄 거라고 생각했던 그 지식이 나의 모든 것을 망가뜨려버렸다.

너희들의 학교에서 공부하는 바람에 나는 아주 이성적인 사람이 되었고, 나와 나를 둘러싼 것들을 철저하게 구별하는 법을 익혔다. 이제 나는 이 아름다운 세계 속에 고립되었고, 내가 자라났고 꽃을 피웠던 자연의 정원으로부터 내동댕이쳐졌다.

---

* 제우스와 기억의 여신 므네모시네 사이에서 태어난 아홉 뮤즈 가운데 하나.

그리하여 한낮의 태양 아래 말라갈 뿐이다.

오, 인간이란 꿈을 꿀 때는 신이지만, 생각을 할 때는 거지다. 감격이 사라지고 나면 인간은 아버지에 의해 집에서 쫓겨난 탕아처럼 길거리에 서서 사람들이 동정심으로 던져주는 몇 푼의 돈을 바라볼 뿐이다.

히페리온이 벨라르민에게

그대가 나의 이야기를 해달라고 하여 나에게 지난 시절을 다시 떠올리게 해주니 고마운 마음이 든다.

젊은 시절에 놀았던 곳 가까이에서 살고 싶다는 생각 또한 나를 그리스로 돌아가게 만들었다.

노동자가 원기를 회복시켜주는 잠에 빠지듯, 고통에 시달린 이 마음은 순진무구했던 과거의 팔에 안기곤 한다.

어린 시절의 평온함이여! 천국과 같은 평온함이여! 내가 얼마나 자주 네 앞에 서서 사랑스러운 눈길로 가만히 바라보며 너를 생각하곤 하는지. 그러나 우리는 한때 나빴다가 다시 호전된 일들만 의식할 뿐, 어린 시절이나 순진무구함에 대해서는 전혀 의식하지 못한다.

조용한 어린아이로서 주변에서 일어나는 일에 대해 아무것도 모르던 시절, 그때의 내가 지금의 나, 마음속 온갖 고통에 시달리고 번뇌와 싸움에 지친 나보다 더 낫지 않은가?

그렇다! 인간이 가진 카멜레온 같은 색깔에 물들지 않는 한, 어린아이는 신적인 존재다.

어린아이는 있는 그대로 온전한 존재이며, 그렇기에 그처럼 아름다운 것이다.

법이나 운명의 강제는 어린아이를 건드리지 못한다. 어린아이의 내면에는 오로지 자유뿐이다.

어린아이의 내면엔 평화가 깃들어 있고, 어린아이는 자기 자신과 분열되어 있지 않다. 아이의 내면에는 풍요로움이 있다. 아이는 자신의 마음을 안다. 아이는 삶의 궁핍 따위는 모른다. 어린아이는 불멸의 존재다. 왜냐하면 죽음에 대해 아무것도 모르기 때문이다.

그러나 사람들은 이것을 받아들이려 하지 않는다. 아이는 아무리 신적인 존재라 해도 그들 중 하나가 되어야 하고, 그들 역시 이 세상에 존재한다는 것을 알아야 한다. 인간들은 자연이 어린아이를 낙원에서 몰아내기도 전에 어린아이를 꼬드겨서 저주의 들판으로 끌어낸다. 그러면 어린아이는 그들과 다름없이 얼굴에 땀을 뻘뻘 흘리며 뼈가 빠지도록 일해야 한다.

그러나 사람들이 때를 잘못 잡아서 깨우지만 않는다면 어린아이가 깨어나는 시간 또한 아름답다.

오, 이런 날들은 성스럽다. 그때 우리의 마음은 처음으로 날개를 펼치고 나는 연습을 하고, 그때 우리는 순식간에 불같이 타오르는 성장의 힘으로 가득해져 찬란한 세계 속에 자리를 잡는다. 어린 초목이 아침 해에 가슴을 열고, 무한한 하늘을 향해 작은 두 팔을 뻗듯이 말이다.

그 시절 나는 얼마나 산과 바닷가로 떠돌았던가! 아, 나 얼마나 자주 가슴 설레며 티나 섬* 산등성이에 올라 매와 학들이 날아가는 모습을 바라보며, 수평선 너머로 사라지는 즐겁고 용감한 배들을 목송했던가. 저 너머로 갈 거야!라고 나는 생각했다. 저 너머로 너도 언젠가는 갈 거라고. 나는 열망에 들끓어 냉탕으로 뛰어들어 거품 이는 물을 이마에 끼얹고 싶은 기분이었다.

그러다가 한숨을 내쉬면서 다시 집으로 돌아갔다. 나는 이 학창 시절이 어서 끝나주었으면 하고 생각하곤 했다.

착한 아이여! 학창 시절은 끝나려면 아직도 멀었다.

젊은 시절엔 누구나 목표 지점이 가까운 곳에 있다고 믿는다! 그것은 우리 인간이 가진 본질적 약점을 보완해주려고 자연이 만들어낸 미혹 중에서 가장 멋진 미혹이다.

꽃들 사이에 누워 부드러운 봄빛을 쬐며 따스한 대지를 에워싸고 있는 밝고 푸른 하늘을 올려다볼 때면, 시원한 비가 한 줄기 내린 뒤 산의 품에 안겨 느릅나무와 버드나무 아래 앉아

---

* 히페리온의 고향으로, 그리스 키클라데스 제도에 딸린 섬이다. 횔덜린이 본디의 이름인 '테노스'를 잘못 차용했다.

있을 때면, 슬쩍 건드리는 하늘의 손길에 나뭇가지들이 몸을 떨고 빗방울 떨어지는 숲 위로 황금빛 구름이 떠돌 때면, 혹은 평화의 정신을 가득 머금은 저녁 별이 하늘의 다른 영웅들, 고대의 젊은이들과 함께 떠오를 때면, 그리고 그들 속에 생명이 영원히 지칠 줄 모르고 질서를 이루어 창공을 움직여가는 것을 볼 때면, 세계의 평화가 나를 감쌀 때면, 나는 나도 모르게 기쁨에 겨워 "하늘에 계신 나의 아버지시여, 당신은 나를 사랑하시나요!" 하고 나직한 소리로 묻고, 그분의 대답이 확실하고도 행복하게 내 가슴에 와 닿는 것을 느끼곤 했다.

오, 신이여, 당신을 향해 나는 외쳤었다. 당신이 별들 위에 있을까 하여. 내가 하늘과 땅의 창조자라고 불렀던 당신, 내 어린 시절의 다정한 우상이었던 당신이여, 내가 당신을 잊었다고 노하지는 않으시겠지요! 이 세계는 밖에서 또 다른 한 분을 찾아야 할 만큼 궁핍에 겨운 것 아니던가요?*

아, 이 눈부신 자연이 한 아버지의 딸이라면, 딸의 심장은 또한 아버지의 심장이 아닌가? 그녀의 깊은 내면은 바로 그분이 아닌가? 하지만 나도 그런 내면을 갖고 있는가? 대체 내가 그것을 알기나 하는가?

그것이 보이는 듯할 때도 있다. 하지만 내가 본 것이 나 자

---

* 이 정도의 발언은 인간적인 심정의 당연한 표현으로, 아무도 옳으니 그르니 하며 문제 삼지 않을 것임을 굳이 상기할 필요는 없을 것이다.(원주)

신인 것 같은 생각에 나는 다시 소스라치게 놀란다. 마치 친구의 따스한 손처럼 그분의 손길이 느껴지는 것 같은 때도 있다. 그러나 눈을 떠보면 나 자신의 손가락을 움켜쥐고 있었음을 깨닫는 것이다.

히페리온이 벨라르민에게

그대는 플라톤과 그의 애제자 스텔라*가 서로 얼마나 사랑했는지 아는가?

나도 그렇게 사랑했고, 그렇게 사랑받았다. 오, 나는 정말 행복한 소년이었다!

서로 비슷한 사람끼리 친구가 되는 것은 즐거운 일이고, 위대한 인물이 자기보다 못한 어린 인물들을 데려다 교육하는 것은 거룩한 일이다.

용감한 남자의 심장에서 나오는 한마디 다정한 말, 정신의 흡입력 있는 아름다움이 숨겨져 있는 미소, 그것은 적으면서도 많은 것이다. 그것은 삶과 죽음을 단순한 음절 속에 숨긴 마법의 말과 같다. 깊은 산속에서 흘러나와 땅의 비밀스러운 힘

---

* 플라톤의 몇몇 경구를 보면 그가 함께 천문학을 공부하면서 사랑했던 제자가 스텔라라는 이름으로 등장한다.

을 수정 같은 물방울로 우리에게 전해주는 신성한 물과 같다.

반면 나는 정말이지 모든 야만인들을 증오한다. 그런 인간들은 본인들이 심장을 갖고 있지 않기 때문에 현명하다고 생각한다. 거칠기 짝이 없는 괴물들이다. 그들은 어리석고 조잡한 훈육으로 젊음의 아름다움을 수천 번씩 죽이고 파괴한다!

그 꼴이라니! 부엉이가 어린 독수리들을 둥지에서 몰아내 태양을 향해 날아가라고 시키는 격이다!

용서하십시오, 아다마스*의 영혼이여! 당신 앞에서 이런 부엉이 이야기를 꺼내는 것을. 훌륭한 것을 돋보이게 하려면 정반대되는 흉악한 것을 상정하지 않고는 불가능하다는 사실은 경험이 우리에게 주는 혜택입니다.

슬픔의 반신이여, 당신이 당신과 친근한 모든 것들과 함께 내 앞에 영원히 있어준다면 얼마나 좋을까요! 승리자요 투사인 당신이여, 당신이 평온함과 강인함으로 감싸주는 자, 사랑과 지혜로 어루만져주는 자, 그 사람은 도망치거나 아니면 당신처럼 될 것입니다! 비천한 것과 나약한 것들은 당신 곁에서 버티지 못합니다.

내게서 멀어진 지 이미 오래되었을 때에도 당신은 얼마나 자주 내 곁에 와 있었던가요. 당신은 당신의 빛으로 나를 맑게 해주었고, 나를 따스하게 덥혀주었습니다. 그리하여 얼어붙었

---

* 주인공 히페리온의 어린 시절 스승이자 아버지 같은 친구.

던 샘에 하늘의 햇살이 닿듯 딱딱하게 굳었던 내 심장이 다시 움직이기 시작했습니다. 그때마다 나는 행복한 마음을 안고 별들을 향해 날아가고 싶었습니다. 나를 둘러싼 것들이 나의 행복을 더럽히지 않도록.

나는 지지대 없는 포도 넝쿨처럼 자라났다. 거친 넝쿨들은 아무렇게나 땅 위에 가지를 뻗었다. 그대도 잘 알고 있듯이 나의 나라에서는 고귀한 힘들이 제대로 이용되지 못한 탓에 그냥 소멸되고 만다. 나는 도깨비불처럼 떠돌았다. 이것저것 다 손댔고, 모든 것에 마음을 빼앗겼다. 그러나 그것도 잠시뿐, 서툰 힘들은 헛되이 지치게 마련이었다. 나는 여러 모로 부족함을 느꼈고, 목표를 찾을 수 없었다. 그런 나를 그분이 발견한 것이다.

그는 그의 재료, 이른바 문명화된 세계를 가지고 오랫동안 인내와 솜씨를 발휘해보려 했다. 그러나 그 재료는 변함없이 돌과 나무 상태에 머물러 있었다. 외적으로 보면 그런 대로 고귀한 인간의 형태를 하고 있었지만 나의 스승 아다마스에게 중요한 것은 그것이 아니었다. 그는 인간을 만들고 싶어 했다. 그러나 인간을 만들기에는 자신의 솜씨가 너무 보잘것없다는 것을 깨달았다. 과거에는 그가 추구하는 인간들이 존재했다. 그러나 그런 인간들을 만들어내기에는 자신의 솜씨가 너무 빈약하다는 것을 그는 분명히 깨달았다. 그는 과거에 그런 인간들이 어디에 있었는지도 알고 있었다. 그곳으로 가서 폐허 속에서 그들을 낳은 정령을 물어물어 찾아가 그 정령과 함께 쓸쓸한 나날을 보내기를 원했다. 그는 그리스로 왔다. 그렇게 해서 나는 그를 만났다.

그가 미소 띤 얼굴로 나를 보며 걸어오던 모습이 지금도 눈에 선하다. 그가 하던 인사말과 질문이 아직도 귀에 들려온다.

열광의 정신을 평온함으로 식혀주고, 영혼에 소박한 만족을 심어주는 한 포기 초목처럼 그는 그렇게 내 앞에 와서 서 있었다.

그리고 나는, 나는 그의 조용한 열광의 메아리가 아니었던가? 그가 가진 본성의 노랫가락이 내 안에서 반복된 것 아니던가? 나는 내가 본 것이 되었고, 내가 본 것은 신성이었다.

선의에 가득 찬 인간들의 근면함도 흠 없는 온전한 열광의 전능함에 비하면 얼마나 무력한가.

열광은 표면에 머물지 않으며, 이따금씩 우리를 붙잡지도 않는다. 시간을 필요로 하지도 않고 수단을 필요로 하지도 않는다. 계명이나 강제, 설득도 필요로 하지 않는다. 열광은 사방에서, 모든 깊이와 높이로 순식간에 우리를 사로잡는다. 열광은 우리를 위해 존재하기도 전에, 우리에게 무슨 일이 일어났는지 물어보기도 전에, 우리를 미와 지복의 존재로 속속들이 변화시킨다.

이런 식으로 젊은 시절에 고귀한 정신을 만나는 사람은 정말이지 행복하다 할 것이다!

오, 잊지 못할 황금의 시절이여, 사랑과 달콤한 배움의 기쁨으로 가득했던 나날이여!

내 스승 아다마스는 때로는 플루타르코스*의 영웅 세계로, 때로는 그리스 신들의 매혹적인 세계로 나를 이끌었고, 수數와 척도로 젊음의 혈기를 다스려 가라앉혀주었고, 나와 함께 산에 오르기도 했다. 낮에는 들과 숲의 꽃과 바위에 낀 야생 이끼를 보았고, 밤에는 머리 위의 성스러운 별들을 올려다보고 인간의 방식으로 이해하는 법을 익혔다.

이렇게 내면이 소재를 통해 강건해지고 소재와 구별되면서, 동시에 더 충실하게 소재와 하나가 되어 정신이 점차 무장을 갖추게 될 때, 우리의 내면에 고귀한 쾌감이 이는 법이다.

그와 나를 세 배는 더 강렬하게 느낄 때가 있었으니, 우리가 마치 과거에서 온 넋들처럼 자긍심과 기쁨, 분노와 슬픔을 가슴에 품고 아토스 산**을 거쳐 위쪽으로 올라가 거기서부터 배를 타고 헬레스폰트 해협을 통과하여 로도스 섬의 해안과 타이나론 협곡***을 따라 내려가 조용한 섬들 사이를 누빌 때였으

---

* 그리스의 저술가(?46~?120). 그리스와 로마에서 유사한 영웅 스물네 쌍을 골라 대비해가며 전기를 썼다. 이 전기가 바로 《플루타르코스 영웅전》으로, 횔덜린뿐만 아니라 루소와 젊은 실러의 애독서이기도 했다. 횔덜린은 자신의 과외 제자인 헨리 곤타르트에게도 이 책에 나오는 로마 이야기를 들려주었다.
** 그리스 북쪽 칼키디케 반도 동쪽에 위치한 해발 2,033미터의 산.
*** 펠로폰네소스 반도의 가장 말단에 위치한 협곡. 이곳 동쪽의 동굴에 포세이돈을 기리는 유명한 성소가 있다.

며, 또 거기서 그리움이 해안들을 거쳐 오래된 펠로폰네소스의 음울한 심장 속으로, 에우로타스 강*의 쓸쓸한 강가로, 아! 엘리스와 네메아**와 올림피아***의 인적 없는 계곡으로 우리를 이끌 때였으며, 또 거기서 우리가 철쭉과 상록수로 둘러싸인 채, 버려진 제우스 신전의 기둥에 기대어 거친 강바닥을 응시할 때였다. 봄의 생명력과 영원히 젊은 태양은 그곳에 한때 사람이 살았지만 이제는 사라지고 없다고, 인간의 빛나는 자연은 이제는 찾을 길이 없다고, 신전의 파편처럼, 기억 속 죽은 자의 모습처럼 사라졌다고 우리에게 상기시켜주었다. 그때 나는 그의 옆에 앉아 서글픈 마음으로 놀았다. 나는 반신의 대석臺石에 붙은 이끼를 떼어냈고, 폐허 더미에서 대리석 영웅의 어깨를 파내기도 했고, 반쯤 땅에 묻힌 처마도리에서 가시덤불과 잡초를 잘라내기도 했다. 그러는 동안 나의 스승 아다마스는 폐허를 평화롭게 감싸며 다정히 위로하고 있는 풍경을 그림으로 그렸다. 밀밭이 펼쳐진 언덕과 올리브나무들, 산의 암벽에 붙어 있는 염소 떼, 산꼭대기에서 계곡 쪽으로 물결치는 느릅나무 숲을 그렸다. 도마뱀이 우리 발치에서 놀았고, 파리들은 한낮의 고요 속에서 윙윙대며 우리의 귓가를 맴돌았

---

* 펠로폰네소스 반도를 흐르는 큰 강.
** 코린토스의 남서쪽 계곡. 이곳에서 이 년마다 운동경기가 열렸다.
*** 알페이오스 강 우안에 위치한 고대의 성소. 이곳에서 제우스를 기려 사 년마다 올림픽 경기가 열렸다.

다. 사랑하는 벨라르민! 나도 할 수만 있다면 네스토르 왕*처럼 그대에게 정확하게 말해주고 싶다. 나는 이삭 줍는 사람이 주인이 가을걷이를 마친 그루터기 밭을 헤매듯 과거 속을 걷고 있다. 지푸라기들을 일일이 줍고 있는 것이다. 그리고 그와 함께 델로스 섬 꼭대기에 섰던 일과 킨토스 고원의 오래된 화강암 암벽의 대리석 계단을 올라갈 때 내 눈앞에서 날이 밝아오던 모습을 전하고 싶다. 옛날에 그곳에서는 온 그리스 사람들이 황금빛 구름 떼처럼 모여들어 주위를 빛나게 하는 성스러운 축제 한가운데에 태양의 신**이 살았다. 그곳에서 그리스 젊은이들은 아킬레우스가 스틱스 강에 뛰어들었듯 기쁨과 열광의 물결 속으로 뛰어들었다가 반신 아킬레우스처럼 불사의 몸으로 다시 솟아올랐다.*** 숲과 신전에서 그들의 영혼은 눈을 뜨고 서로 공명했고 각자 충실하게 황홀한 화음을 간직했다.

그런데 내가 왜 이런 이야기를 하는 걸까? 마치 우리가 그 시절에 대해 알기라도 하는 것처럼. 아! 우리를 짓누르는 저주의 무게 아래에서는 아름다운 꿈조차 피어날 수가 없다. 현재

---

* 그리스 전설에 나오는 필로스의 왕. 달변으로 유명하다.

** 그리스 신화를 다룬 책에 따르면 아폴론은 키클라데스 군도의 작은 섬 델로스에 있는 113미터 높이의 킨토스 산에서 태어났으며 5세기부터 태양신 헬리오스와 동일시되었다고 한다.

*** 그리스 신화에서 아킬레우스는 직접 스틱스 강에 뛰어들어 미역을 감은 것이 아니라 젖먹이 때 어머니 테티스에 의해 스틱스 강물에 담가짐으로써 불사의 몸이 되었다.

현재

는 울부짖는 북풍처럼 우리 정신의 꽃봉오리 위로 불어닥치며 막 벙글기 시작하는 꽃들을 모조리 없애버린다. 그래도 킨토스 산에 올랐을 때 황금빛 찬란한 태양이 나를 맞아주었다. 우리가 산 위에 올랐을 때는 아직 여명이었다. 그때 그는, 그 늙은 태양신은 영원한 젊음을 간직한 채 언제나처럼 만족한 모습으로 힘들이지 않고 떠올랐다. 불멸의 거인*은 자기만의 수많은 기쁨을 누리며 떠올라 황량한 땅을, 자신의 신전을 그리고 신전의 기둥들을 미소 띤 얼굴로 내려다보았다. 그것들은 운명이 그의 발치에 던져놓은 것들이었다. 마치 아이가 지나가면서 아무 생각 없이 장미나무에서 따서 바닥에 뿌린 시든 장미 꽃잎들처럼 말이다.

"저 신을 닮게나!" 아다마스는 나를 향해 이렇게 소리치면서 내 손을 잡고는 하늘의 신을 가리켰다. 마치 아침 바람이 우리를 잡아끌어, 방금 하늘 꼭대기에 크고도 다정한 모습으로 떠올라 세계와 우리를 자신의 힘과 정신으로 놀랍도록 가득 채워주는 성스러운 존재의 궤도로 데려가는 것 같았다.

그 시절 아다마스가 나에게 들려주었던 말 한마디 한마디를 떠올릴 때마다 지금도 나의 마음은 슬프기도 하고 기쁘기도 하다. 당시에 그가 느꼈을 마음의 상태에 젖어들 때면 나는 궁핍 같은 것은 잊는다. 이렇듯 인간이 자기만의 세계 속에 있

---

* 히페리온을 지칭하며, 태양신 헬리오스와 동일인물로 간주된다.

을 수 있다면 상실 같은 것이 도대체 무엇이란 말인가? 우리의 마음속엔 모든 것이 있다. 머리카락 한 올 빠졌다고 해서 뭐가 그리 문제인가? 신도 될 수 있는 인간이 뭐하러 노예가 되겠다고 발버둥치는가! "이보게, 자넨 고독해질 거야." 당시에 나의 스승 아다마스도 이렇게 말했다. "자네는 학과 같은 존재가 될 거야. 형제들이 따뜻한 봄을 찾아 먼 나라로 날아가면서 거친 계절 속에 버려둔 학 말이야."

바로 그것이다, 친구여! 우리는 혼자가 될 수 없다는 사실, 우리가 살아 있는 한 우리 내면의 사랑은 죽어 없어지지 않는다는 사실 때문에 아무리 풍요로워도 우리는 가난할 수밖에 없는 것이다. 나의 스승 아다마스를 돌려주길. 그리고 나와 같은 동아리인 모든 이들과 함께 오길. 그러면 과거의 아름다웠던 세계는 우리 속에서 새로워질 것이다. 우리는 우리의 신성인 자연의 품속에 함께 모여 하나가 될 것이다. 그러면 궁핍 같은 것이 어디 있겠는가.

하지만 아무한테도 운명이 우리를 갈라놓았다고는 말하지 말기를! 그렇게 된 것은 다 우리 탓이니까! 우리는 미지의 밤속으로, 다른 어떤 세계의 추운 타향으로 돌진하고 싶어 하는 욕망이 있다. 할 수만 있다면 태양계를 떠나 별똥별의 한계까지도 넘어서고 싶어 한다. 아! 인간의 거친 가슴속에는 고향이 깃들기 힘들다. 햇살이 지상에 식물이 자라게 했다가 다시 말려버리듯이, 인간은 가슴에 무성하게 자란 달콤한 꽃들을, 친화와 사랑의 기쁨을 다시 죽여버린다.

내 곁을 떠난 것에 대해 스승 아다마스에게 화를 내는 것 같지만 나는 그에게 화를 내는 것은 아니다. 오, 그가 돌아와준다면 얼마나 좋을까!

아시아 내륙 깊은 곳에는 보기 드물게 뛰어난 민족이 숨어 있다고 한다. 그의 희망이 그곳으로 그를 더욱 몰아갔다.

나는 니오스 섬*까지 그와 동행했다. 쓰라린 나날이었다. 나는 고통을 이겨내는 법을 배웠지만 그런 이별을 견뎌낼 힘은 내 안에 없었다.

마지막 작별의 시간이 다가오면서 그가 나의 내면과 얼마나 긴밀하게 결합되어 있는지가 매 순간 더욱 분명해졌다. 죽어가는 사람이 달아나는 호흡을 붙잡듯, 나의 영혼은 그를 붙잡았다.

우리는 호메로스의 무덤가에서 며칠을 더 보냈다. 그리고 니오스 섬은 나에게 섬들 중에서 가장 신성한 섬이 되었다.

마침내 우리는 헤어졌다. 나의 마음은 이미 싸움에 지쳐 있었다. 마지막 순간에 나는 더 차분해졌다. 그의 앞에 무릎을 꿇고 마지막으로 두 팔로 그를 껴안았다. "저를 위해 축복의 말을 한마디만 해주세요, 스승님!" 나는 그를 올려다보며 나직이 말했다. 그러자 그는 관대한 미소를 지었고, 그의 이마는 새벽

---

* 키클라데스 군도 낙소스 섬 남쪽에 있는 섬. 오늘날에는 이오스 섬으로 불린다.

의 별들을 향해 활짝 펴졌고, 그의 눈은 하늘의 공간을 꿰뚫었다. "이 친구를 지켜주소서." 그가 외쳤다. "당신들 더 좋은 시절의 넋들이여! 이 친구를 당신들과 같은 불멸로 이끌어주소서. 그리고 당신들 하늘과 땅의 모든 다정한 힘들이여, 이 친구와 함께해주소서!"

"우리 안에는 신이 있네." 그는 더욱 차분한 목소리로 덧붙였다. "그분은 마치 시냇물처럼 운명을 관장하시지! 그리고 모든 사물이 그분의 일부일세. 누구보다 그분이 자네와 함께하기를!"

그렇게 우리는 헤어졌다. 그럼 안녕히, 벨라르민!

히페리온이 벨라르민에게

만약 나에게 젊은 시절의 사랑스러운 날들이 없었다면 내가 어디로 도망칠 수 있을까?

저승의 아케론 강에서 안식을 찾지 못한 혼령처럼 나는 내 삶의 쓸쓸한 지점으로 돌아간다. 만물은 늙다가 다시 젊어진다. 왜 우리는 자연의 이 아름다운 순환에서 제외되었는가? 아니면 이런 순환이 우리에게도 해당되는 걸까?

나는 그렇게 믿고 싶다. 우리 안에 한 가지가 없다면, 모든 것이 되고자하는 무시무시한 추구의 정신이 없다면, 마치 에트나 화산의 거인처럼 우리 존재의 깊은 심연으로부터 분노로 이글대며 치솟는 정신이 없다면 말이다.

하지만 어느 누가 자기 안에서 펄펄 끓는 기름 같은 것을 느끼지 않겠는가? 어느 누가 자신이 채찍이나 얻어맞고 멍에나 짊어지기 위해 태어났다고 생각하겠는가? 용맹하게 날뛰는 군마와 귀를 늘어뜨린 늙고 병든 말 중 어느 쪽이 더 고귀한가?

친구여! 내게도 한때 큰 희망으로 가슴이 부풀고, 불멸의 기쁨이 매 순간 맥박 치고, 밤에 광활한 숲을 거닐듯 멋진 구상들 사이를 거닐고, 대양의 물고기들처럼 나의 가없는 미래를 향해 앞으로, 영원히 앞으로 행복하게 전진하던 시절이 있었다.

복된 자연이여! 이 젊은이는 얼마나 용감하게 그대의 요람을 박차고 나왔던가! 그는 채 써보지 않은 무장을 갖추고 얼마나 기뻐했던가! 그의 활은 당겨졌고 화살들은 화살통 속에서 쉭쉭거렸다.* 그리고 불멸의 존재들, 고대의 고귀한 혼령들이 그를 인도했다. 그의 스승 아다마스도 그들 한가운데에 있었다.

---

* 횔덜린이 번역한 호메로스의《일리아스》첫 번째 노래에 아폴론과 관련해 다음과 같은 구절이 있다. "그는 어깨에 활과 화살통을 메고 있었다. 그 분노한 자의 어깨 위에서는 화살들이 덜거덕거렸다."

어디를 가든, 어디에 있든 찬란한 형상들이 나와 동행했다. 내 마음속에서는 모든 시대의 행위들이 마치 불꽃들처럼 하나로 뒤엉켰으며, 그 거인 같은 형상들, 하늘의 구름들이 하나로 모여 환호작약하는 뇌우가 되듯이, 나의 내면에서는 올림픽 경기의 수백 번의 승리가 합쳐져서 하나의 무한한 승리가 되었다.

나처럼 고대의 경악스러운 찬란함의 손아귀에 잡혀보지 못했다면, 내가 그런 것처럼 강렬한 자신감을 얻어낼 바탕을 갖지 못했다면 누가 그것을 견디겠는가? 태풍이 어린 숲들을 쓰러뜨리듯이, 그 찬란함이 누군들 쓰러뜨리지 못하겠는가?

오, 고대인들의 위대함은 마치 한줄기 폭풍처럼 내 머리를 조아리게 만들었으며 내 얼굴에서 핏기를 앗아갔다. 그래서 나는 전나무가 냇가에 쓰러져 시든 우듬지를 냇물에 숨기고 있듯이, 나를 보는 사람들이 없는 곳에서 수도 없이 눈물을 쏟으며 누워 있었다. 그때 나는 피의 희생을 치르고라도 어느 위대한 남자의 삶의 한순간을 얼마나 사고 싶어 했던가!

하지만 그게 다 무슨 소용인가? 나를 필요로 하는 이 아무도 없는데.

오, 이토록 무가치한 자신의 모습을 보는 것은 정말이지 비참하기 이를 데 없다. 이것이 무슨 말인지 알지 못하는 사람은 공연히 그 뜻을 알려들지 말고, 나비를 만들듯 즐기라고 자신을 창조해준 자연에 감사하면서 평생 고통이나 불행이라는 말은 입에 올리지 않는 편이 좋을 것이다.

파리가 불빛을 좋아하듯 나는 나의 영웅들을 사랑했다. 나는 위험천만하지만 그들 곁에 가려 했고, 도망쳤다가는 다시 그들 곁으로 다가갔다.

피 흘리는 사슴이 강물로 뛰어들듯, 나도 불타는 가슴을 식히고 명성과 위대함을 향한 허황된 꿈을 물로 씻어버리려고 기쁨의 소용돌이 속으로 수시로 몸을 던지곤 했다. 하지만 그게 다 무슨 소용이었나?

한밤중이면 뜨거운 가슴은 자꾸만 나를 정원의 이슬 맺힌 나무 밑으로 이끌었고, 샘물의 자장가와 사랑스러운 바람과 달빛은 나의 마음을 부드럽게 어루만져주었다. 머리 위에는 은빛 구름들이 자유롭고 평화롭게 떠돌았으며, 멀리서는 파도가 철썩이는 소리가 은은하게 들려왔다. 그때 내 사랑의 모든 위대한 환영幻影들은 얼마나 다정하게 내 심장과 함께 노닐었던가!

잘들 있어요, 천상의 존재들이여! 아침 햇살의 멜로디가 내 머리 위에서 낮은 소리로 속삭이기 시작할 때면 나는 마음속으로 이렇게 말하곤 했다. 그대들, 영광스러운 사자死者들이여, 잘 있어요! 나는 당신들을 따르고 싶어요. 나의 세기가 나에게 준 것들을 다 털어버리고 보다 자유로운 사자들의 세계로 떠나고 싶어요.

그러나 나는 사슬에 묶인 채 그리움에 사무쳐 쓰라린 기쁨을 느끼며 내 갈증을 덜어주기 위해 놓인 초라한 잔에 얼른 손을 가져간다.

히페리온이 벨라르민에게

아다마스가 떠난 뒤로 나의 섬이 너무 비좁게 느껴졌다. 이미 몇 년 전부터 나는 티나 섬이 지루하게 여겨졌다. 대처大處로 나가고 싶었다.

"우선 스미르나로 가거라." 아버지가 말했다. "그곳에 가서 항해와 전쟁에 관련된 기술들을 배우고, 교양 있는 민족들의 언어와 제도, 생각 그리고 습속을 배우도록 해라. 모든 것을 잘 따져보고 최선의 것을 선택해라!* 그런 다음엔 계속 밀고 나가도 괜찮다."

"인내하는 법도 조금은 배우도록 하렴." 어머니가 덧붙였고, 나는 고맙다는 말과 함께 그 말씀을 받아들였다.

젊은 시절의 울타리를 넘어가는 첫걸음을 떼는 것은 정말로 황홀한 일이다. 티나를 떠나던 일을 떠올리면 마치 그날이 내 생일이었던 것 같은 기분이 든다. 머리 위에 새로운 태양이 빛났고, 나는 육지와 바다와 대기를 세상에 나와 처음 느끼듯 만

---

* 신약성경 데살로니가전서 5장 21절 "모든 것을 잘 헤아려 좋은 것을 취하고" 참조.

끽했다.

스미르나에서 교양을 쌓으면서 쏟은 열정과 학업의 빠른 진척은 내 마음을 적잖이 달래주었다. 그 시절 날마다 보람찬 하루 일과를 마치고 맞이했던 휴식 시간이 기억난다. 얼마나 자주 멜레스 강* 가장자리 상록수들 아래 나의 호메로스의 탄생지 근처를 찾아가 헌화할 꽃들을 모아 신성한 강물에 던졌던가! 이어서 나는 평화로운 꿈에 잠겨 가까운 동굴을 찾아갔다. 사람들 말에 의하면 노년의 호메로스는 그곳에서 그의 일리아스를 노래했다고 한다. 나는 그를 발견했다. 내 안의 모든 소리가 그의 면전에서 침묵했다. 나는 그의 거룩한 시가 적힌 책을 펼쳤다. 전에 한번도 읽은 적이 없는 것 같은 느낌이 들었다. 그때 그의 시구는 내 마음속에 전혀 다른 모습으로 생동감 있게 다가왔다.

또 나는 스미르나 부근을 산책하던 일도 즐겨 떠올린다. 그곳은 아주 멋진 고장이다. 그 소아시아 지역으로 일 년에 한 번씩 날아갈 수 있도록 내 몸에 날개가 있으면 얼마나 좋을까 하고 수천 번도 더 바랐다.

나는 사르디스**의 평원을 출발하여 트몰로스 암벽을 거쳐

---

* 소아시아의 항구도시 스미르나에 인접한 강. 호메로스의 탄생지로 추정된다. 스미르나는 현재 터키의 이즈미르다.
** 트몰로스 산 발치에 있는 옛 리디아 왕국의 수도. 팍톨로스 강 오른편에 있다.

산 위로 올라갔다.

먼저 나는 산기슭의 은매화나무 아래, 라단나무* 향기가 풍기는 포근한 오두막에서 묵었다. 그곳 팍톨로스 강의 황금빛 물에서는 백조들이 내 옆에서 노닐었고, 키벨레 여신**을 모신 한 낡은 사원이 느릅나무들을 헤치고 마치 수줍은 정령처럼 우뚝 솟아 밝은 달빛을 바라보고 있었다. 다섯 개의 사랑스러운 기둥들이 폐허를 슬퍼했고, 그것들의 발치에는 웅장한 주현관이 무너져 나뒹굴고 있었다.

나의 오솔길은 수천 송이의 꽃이 피어나는 덤불 사이로 위쪽으로 나 있었다. 가파른 벼랑에는 속삭이는 나무들이 비스듬히 서서 내 머리 위로 부드러운 꽃송이들을 쏟아부었다. 나는 아침에 출발해 정오에 산 정상에 도달했다. 그곳에 서서 즐거운 마음으로 앞을 바라보며 한층 맑은 공기를 마음껏 마셨다. 참으로 행복한 순간이었다.

내가 올라온 땅이 마치 바다처럼 내 앞에 놓여 있었다. 그 땅은 젊고 생동감 넘치는 기쁨으로 가득했다. 마치 천국과도 같은 한없는 색채들의 유희였다. 봄은 그와 같은 색채의 유희로 내 가슴을 가득 채웠다. 하늘에 떠 있는 태양이 대지가 반

---

* 향이 좋은 송진을 내는 관목. 이 나무의 송진은 고대에는 치료제로 쓰였고 지금은 향으로 사용된다.
** 소아시아 북부 지역에서 숭배되었던 대지의 여신.

사하는 수천의 햇살로 자신의 모습을 알아보듯이, 나의 정신은 나를 둘러싸고 있다가 사방에서 습격해오는 생명의 충일 속에서 나 자신을 알아보았다.

왼쪽에서는 한 줄기 강물이 내 머리 위의 대리석 바위로부터 숲을 향해 마치 거인 같은 모습으로 환호하며 쏟아져 내렸다. 대리석 바위 위에서는 어미 독수리가 새끼들과 노닐었고, 눈 덮인 산봉우리는 푸른 하늘을 향해 반짝였다. 오른편 시필로스 산* 위에서 비구름이 산더미처럼 몰려왔다. 비구름을 몰고 오는 폭풍 같은 것은 느껴지지 않았다. 한 줄기 미풍만 머릿결에 느껴졌을 뿐이다. 그러나 나는 미래의 목소리를 듣듯 천둥소리를 들었으며, 어렴풋한 신성의 빛과 같은 먼 불꽃을 보았다. 나는 남쪽을 택해 계속해서 걸어갔다. 그때 낙원과 같은 너른 땅이 내 앞에 활짝 펼쳐졌다. 들판 한가운데를 카이스트로스 강**이 가로질러 흘렀다. 강을 둘러싼 풍요로움과 사랑스러움 속에 아무리 오래 머물러도 아쉬움이 남는 듯 강물은 매혹적으로 이리저리 구불구불 흘러갔다. 그리고 나의 마음은 마치 산들바람처럼 이 아름다움에서 저 아름다움으로 행복하게 옮겨 다녔다. 저 아래 산기슭에 있는 평화롭고 낯선 작은

---

* 트몰로스 산의 서쪽, 스미르나 북쪽에 있는 산.
** 횔덜린은 이 강의 이름을 발음할 때 둘째 음절에 강세를 넣었다. 이 강은 팍톨로스 강과 마찬가지로 트몰로스 산에서 발원하지만 상류에서는 남쪽을 향해 흐른다.

마을로부터 메소기스 산맥*이 흐릿하게 보이는 그 안쪽까지.

나는 스미르나로 돌아왔다. 잔치에서 술에 취해 돌아온 사람처럼. 나의 마음엔 만족감이 넘쳐흘렀다. 그 넘침을 무상한 자연에 돌려주지 않을 수 없었다. 나는 자연의 아름다움을 너무도 행복하게 내 안에 받아들였다. 그것으로 삶의 빈틈을 채워넣지 않을 수 없었다. 궁색한 나의 스미르나는 열광의 색으로 만든 옷을 입고 마치 신부처럼 서 있었다. 붙임성 있는 도회지 사람들이 내 마음을 끌었다. 그들의 습속에 배어 있는 불합리함마저도 마치 아이들의 장난처럼 나를 즐겁게 해주었다. 나는 태생적으로 사회적 형식이나 관습 따위를 괘념치 않았기 때문에 그런 형식이나 관습을 놀이처럼 여겼고 마치 사육제 의상처럼 그것들을 입었다 벗었다 했다.

일상적인 교제가 주는 밍밍한 식사에 톡 쏘는 맛을 더해준 것은 선량한 얼굴들과 모습들이었다. 가끔 동정심 많은 자연이 우리의 짙은 어둠 속으로 별들을 보내주듯이 말이다.

그것들을 보는 일은 정말 즐거웠다! 나는 그 다정한 상형문자들을 깊은 믿음을 가지고 해석하곤 했다! 그러나 그것은 예전에 봄 자작나무에게 기대했던 것과 같은 꼴이었다. 나는 전부터 그 나무의 수액에 대해 들었던 터라 그 사랑스러운 나무 줄기가 얼마나 맛있는 음료를 선사해줄까 은근히 기대를 했

---

* 트몰로스 산의 남서쪽에 있는 산맥.

다. 그러나 그 수액 속에는 힘도 정기도 없었다.

아! 내가 보고 들은 다른 모든 것들은 참으로 참담했다.

배웠다는 사람들과 접하다보면 인간의 천성이 동물계의 다양한 모습들로 해체된 듯하다는 생각이 때때로 들었다. 어디서나 그렇듯이, 거기서도 타락하고 부패한 것은 특히 남자들이었다.

어떤 동물들은 음악을 들으면 울부짖는다. 그에 반해 내가 아는 가장 좋은 교육을 받은 사람들은 정신의 아름다움이라든가 마음의 청춘이라는 말을 듣고는 웃음을 터뜨렸다. 늑대들은 불을 켜기만 하면 곧장 도망친다. 마찬가지로 그 사람들은 한 점 이성의 불빛을 보자 마치 도둑처럼 등을 돌려버렸다.

언젠가 한번은 내가 고대 그리스에 대해 호감 어린 말을 한마디 했더니, 그들은 하품을 하면서 어차피 현재 속에서 살아가야 하는 것 아니냐고 말했다. 그러자 다른 사람이 아직 좋은 취향이 사라진 것은 아니라면서 의미심장한 투로 끼어들었다.

얼마 지나지 않아 실상이 드러났다. 어떤 사람은 뱃사람처럼 빈정댔고, 또 어떤 사람은 으스대며 금언조의 말을 늘어놓았다.

또 어떤 사람은 개명한 척하면서 하늘을 향해 손가락질을 하며 외쳤다. 자기는 지붕에 앉아 있는 새들 따위는 신경도 안 쓰며, 손안에 든 새가 더 좋다고! 하지만 그 사람 앞에서 죽음 이야기를 꺼내자 그는 즉시 두 손을 모았고, 이 시대에 성직자들이 하찮게 취급되는 것이 얼마나 위험한 일인가 하는 화제로 점점 대화 내용을 몰아 갔다.

나는 이야기꾼들, 낯선 도시와 나라들의 이름이 담긴 생생한 명부들, 말 위에 올라탄 군주와 교회의 탑 그리고 시장市場들을 보여주는 말하는 그림상자들에게서 가끔 도움을 받았다.

마침내 나는 황야에서 포도송이를 찾고 얼음 벌판에서 꽃을 구하느라 몸을 굴려먹는 일에 지쳐버렸다.

이후 나는 마음을 더욱 다잡고 혼자 살았다. 청춘의 부드러운 정신은 내 영혼에서 거의 사라지고 없었다. 내가 이야기하거나 이야기하지 않은 많은 것들을 통해 금세기를 치유할 수 없다는 사실이 분명해졌다. 그리고 어느 영혼에게서 나의 세계를 찾겠다는 멋진 위안, 내 동시대인들을 다정한 그림으로 포옹하겠다는 멋진 위안도 이제는 없었다.

사랑하는 친구여! 희망 없는 삶이란 도대체 무엇이란 말인가? 석탄에서 타올랐다가 이내 꺼져버리는 한 점 불꽃인가? 한순간 윙윙대다가 사라지는, 음울한 계절에 듣는 돌풍 소리 같은 것이 우리의 신세던가?

제비도 겨울이 되면 따뜻한 고장을 찾고, 들짐승도 한낮의 더위 속에서 눈으로 샘물을 찾는다. 누가 아이에게 어머니가 젖 주는 일을 거부하지는 않을 거라는 말을 해주던가? 보라! 그러지 않아도 아이는 어머니의 젖을 찾는다.

희망을 가질 수 없다면 아무것도 이 세상에 살지 못한다. 지금 내 가슴은 보물들을 가두어버렸다. 그러나 더 좋은 시절을 위해 비축한 것일 뿐이다. 살아가는 동안 내 목마른 영혼이 언젠가 마주하게 될 유일한 것, 성스러운 것, 신실한 것을 위해.

예감의 시간에, 그 유일한 것이 달빛처럼 내 이마를 살며시 부드럽게 어루만져줄 때 나는 그 유일한 것에 얼마나 자주 행복하게 마음을 두었던가? 그때 이미 나는 그대*를 알았다. 그때 이미 그대는 마치 정령처럼 구름 사이로 나를 바라보았다. 그대여, 평화로운 아름다움 속에서 세상의 탁한 파도를 헤치고 나에게 떠올랐던 그대여! 그때 이 심장은 투쟁하지도 격정으로 달아오르지도 않았다.

조용한 대기 속에서 한 송이 백합이 일렁이듯이, 나의 존재는 자신의 원소 속에서, 그대를 향한 황홀한 꿈속에서 살아 숨쉬었다.

히페리온이 벨라르민에게

이제 나는 스미르나가 싫어졌다. 내 마음도 점점 지쳐갔다. 가끔씩 마음속에 세상을 둘러보거나 제일가는 전쟁에 참가하

---

* 디오티마를 지칭한다. 플라톤의 《파이드로스》에 나오는 아남네시스 참조. 아남네시스는 전생에서 본 이데아에 대한 기억을 뜻한다.

거나 나의 스승 아다마스를 찾아가 내 우울한 기분을 그의 불길에 태워버릴까 하는 소망이 불현듯 일기도 했지만 결국 변한 것은 아무것도 없었다. 그리고 보잘것없이 시들어버린 내 삶은 회복될 기미를 보이지 않았다.

얼마 가지 않아 여름도 끝이 났다. 우중충한 장마와 새된 바람 소리, 빗물에 불어나 우당탕 흘러가는 냇물 소리가 진작부터 느껴졌다. 자연은 거품 이는 온천수처럼 모든 초목들 속으로 솟아올랐다가 이제는 나 자신이 그런 것처럼 시들고 닫힌 모습으로, 자기 안에 갇힌 모습으로 내 황량해진 감각 앞에 서 있었다.

나는 모든 도망치는 생명들 중에서 내 능력이 닿는 것을 챙기고 싶었다. 바깥세상에서 내가 사랑했던 것들을 모두 내 안으로 구원하고 싶었다. 돌아올 해年가 그 나무들과 산들 속에 있는 나를 다시는 발견하지 못할 것임을 나 자신이 잘 알고 있었기 때문이다. 그래서 나는 걷거나 말을 타고 평소보다 더 많이 그 지역 곳곳을 떠돌아다녔다.

그러나 그 무엇보다 나를 밖으로 내몬 것은 어떤 사람을 보고 싶은 은밀한 욕망이었다. 그 사람은 얼마 전부터 성문 앞 나무들 아래에 있었고, 나는 매일 그곳을 지나갈 때마다 그 사람과 마주쳤다.

그 멋진 이방인은 젊은 거인 같은 모습으로 난쟁이 종족 사이를 누비고 다녔다. 난쟁이 종족은 호기심 어린 눈빛으로 그의 멋진 외모를 슬쩍슬쩍 즐기면서 그 후리후리한 키와 강인한 힘을 어림잡아보았고, 붉게 타는 듯한 그의 로마식 머리 모양을 금단의 열매를 맛보듯 은근히 만끽했다. 그 사람의 눈―그 눈길에는 탁 트인 창공조차 너무 좁아 보였다―이 당당하게 이곳저곳을 바라보다가 내 눈에 와서 닿는 것이 느껴지고 우리가 얼굴이 붉어져 서로 쳐다보면서 지나칠 때가 늘 나에겐 정말 멋진 순간으로 느껴졌다.

한번은 미마스*의 숲속으로 말을 타고 깊이 들어갔다가 저녁 늦게야 발길을 돌린 적이 있다. 나는 말에서 내려 말을 이끌고 나뭇등걸과 돌투성이의 가파르고 험한 길을 따라 내려왔다. 이리저리 덤불숲을 헤쳐가며 마침내 내 앞에 입을 벌리고 있는 아래쪽 동굴에 이르렀을 때, 카라보르누**의 강도 두 놈이 나를 덮쳤다. 나는 녀석들이 빼어든 칼을 가까스로 막아냈다. 그러나 녀석들은 이미 다른 일로 지쳐 있었고, 나는 그 틈을 이용해 그곳에서 도망쳤다. 한숨 돌려 다시 말에 올라타고 산을 내리달렸다.

산기슭에 이르자 숲과 바위 더미로 둘러싸인 작은 풀밭이 내 앞에 모습을 드러냈다. 주위가 환해졌다. 어둠에 묻힌 나무들 위로 곧 달이 떠올랐다. 조금 떨어진 곳에는 말들이 바닥에

---

* 스미르나 서쪽에 있는 반도.
** 오늘날 터키의 카라부룬을 지칭한다. 카라보르누 사람들은 강도로 악명이 높았다.

길게 뻗어 있고, 그 옆쪽 풀밭에는 남자들이 있었다.

"당신들은 누구요?" 내가 소리쳐 물었다.

그러자 한 영웅다운 목소리가 놀라워하며 기쁨에 찬 어조로 외쳤다. "저 사람이 히페리온이야! 당신은 나를 알 거요." 그 목소리는 이어서 말했다. "성문 앞 나무 아래에서 매일 만나잖아요."

내 말은 그를 향해 쏜살같이 날아갔다. 달빛이 그의 얼굴을 환히 비추었다. 나는 그의 얼굴을 알아보았고, 말에서 뛰어내렸다.

"안녕하십니까!" 다정한 표정을 한 그 건장한 사나이는 이렇게 외치면서 부드럽고 야성적인 눈빛으로 나를 바라보고 힘줄이 불거진 손으로 내 손을 움켜잡았다. 그의 손이 전하는 느낌이 내 마음속 깊이 그대로 전달되었다.

오, 내 보잘것없는 삶이 마침내 끝났다!

알라반다. 이것이 그 낯선 사나이의 이름이었다. 그는 나에게 이렇게 말해주었다. 그는 시종과 함께 강도들의 습격을 받았는데, 내가 도중에 마주친 두 녀석이 바로 그가 보낸 자들이며*, 숲에서 나가는 길을 잃어서 내가 올 때까지 그곳에 머물러 있을 수밖에 없었다고. "그 통에 친구를 하나 잃었지요." 그

---

* 히페리온과 알라반다의 우정이 우연이 아닌 필연에 의해 시작되었음을 알리는 대목이다.

가 이렇게 덧붙이면서 내 옆쪽에 있는 죽은 말을 손으로 가리켰다.

내가 내 말을 그 사람의 시종에게 건네주었고, 우리는 걸어서 갔다.

"우리에겐 잘된 거죠." 내가 먼저 말을 꺼냈다. 우리는 팔짱을 끼고 숲을 빠져나가기 시작했다. "우리는 왜 그렇게 오래도록 주저하며 그냥 스쳐 지나친 걸까요. 사고가 이렇게 우리를 이어줄 때까지 말이에요."

"이런 말씀을 드려야겠군요." 알라반다가 대꾸했다. "책임이 더 많은 쪽은 당신이라고요. 더 차가운 쪽도 당신이고요. 사실 오늘 나는 말을 타고 당신 뒤를 쫓았어요."

"참으로 멋진 분이군요." 내가 외쳤다. "그래도 보세요! 사랑에 관한 한 당신은 결코 나를 이기지 못할 테니까요."

그때부터 우리는 점차 마음이 통하고 함께 기쁨을 나누는 사이가 되었다.

읍내에 가까워지면서 우리는 잘 지어진 여관*에 이르렀다. 여관 앞마당에는 분수가 찰랑댔고 과일나무들과 향기로운 풀밭이 있었다.

거기서 하룻밤 묵기로 했다. 우리는 창문을 열어놓고 한참을 함께 앉아 있었다. 드높은 영적 고요가 우리를 에워쌌다.

---

* 원문에는 'khan'이라고 표기되어 있다. 터키식 숙소를 뜻한다.

땅과 바다가 상서롭게 침묵했고, 우리 머리 위의 별들도 그랬다. 한 줄기 실바람이 바다에서 방으로 불어와 등불을 부드럽게 가지고 놀았다. 하늘의 침대에서 천둥구름이 뒤척이면서, 멀리서 들려오는 음악이 더욱 세찬 소리가 되어 우리를 꿰뚫었다. 때때로 그 소리는 멀리서부터 고요를 뚫고 들려왔다. 마치 잠든 거인이 악몽을 꾸면서 갈수록 숨을 거칠게 쉬는 것 같았다.

우리 두 사람의 영혼은 서로의 뜻과 상관없이 완전히 닫혀 있던 터라, 그만큼 더욱 세차게 서로를 향해 다가갔다. 우리는 두 줄기 급류처럼 서로 만났다. 산에서 쏟아져 내려오면서 흙과 돌, 게으른 나무의 무게 그리고 자신들을 막아서는 온갖 굼뜬 혼돈을 제 몸에서 벗어던지며 함께 길을 내서 앞으로 돌진하는 급류처럼 말이다. 그리고 끝내는 서로 손을 맞잡고 똑같은 힘으로 웅대한 하나의 강물이 되어 먼바다를 향한 방랑을 시작했다.

그는 운명과 인간들의 야만성 때문에 고향으로부터 이방인들 속으로 이리저리 떠밀려 젊을 때부터 고통 속에서 거칠게 자랐지만, 그래도 가슴속에는 사랑과 거친 껍질을 벗고 다정한 영역으로 들어가고자 하는 욕망이 가득했다. 나는 이미 모든 것과 마음속 깊이 작별하고 사람들 가운데서 몹시 낯설고 외로우면서도 가슴속 가장 사랑하는 멜로디 속에 세상의 방울 소리를 지니고 있었다. 나는 모든 맹인과 절름발이들을 혐오

했지만 나 역시 눈먼 절름발이였다. 그러면서도 약삭빠르거나 아는 척하는 것, 야만적이거나 젠체하는 것과 조금이라도 관련 있는 것에 대해 너무나 부담을 느꼈다. 또 그러면서도 유일하게 희망과 보다 아름다운 삶에 대한 기대가 가득했다.

그러니 어찌 두 젊은이가 기쁨에 넘쳐 불어닥치는 폭풍처럼 와락 얼싸안지 않을 수 있었겠는가?

오, 그대여, 나의 친구, 나의 전우, 나의 알라반다여, 그대는 지금 어디에 있는가? 나는 그대가 쉬기 위해 미지의 땅으로 건너갔다고 생각한다. 다시 예전의 어린아이였던 상태로 돌아가기 위해.

때때로 뇌우가 내 머리 위로 지나가며 신과 같은 힘을 숲 한가운데에 씨앗처럼 뿌리거나, 바다의 파도가 서로 뒤엉켜 놀거나, 혹은 내가 걷고 있는 산 정상 주위에 독수리들의 합창이 울려 퍼질 때면, 마치 나의 알라반다가 멀리 있지 않은 것처럼 나의 마음은 활기를 띤다. 그는 내 안에 보다 뚜렷하게, 보다 생생하게, 보다 분명하게 살고 있다. 지난날 그가 불같이 엄격하고 무서운 고발자의 모습으로 서서 세기의 죄들을 열거했을 때와 똑같이. 그때 나의 정신은 얼마나 깊은 곳으로부터 깨어났던가. 가차 없는 정의를 향한 천둥과 같은 말들이 그의 혀를 통해 얼마나 줄줄이 쏟아져 나왔던가! 우리의 생각은 네메시스 여신*의 사자들처럼 지상을 떠돌았으며, 그 어떤 저주의 흔적도 남지 않을 때까지 지상을 정화했다.

우리는 과거까지도 심판대 앞으로 불러냈다. 거만한 로마도 제 찬란함으로 우리를 주눅들게 하지 못했으며, 아테네 역시 제아무리 젊음의 꽃을 내세워도 우리를 매수하지 못했다.

폭풍우가 한껏 즐거움에 겨워 숲을 헤치고 산을 넘어 쉬지 않고 달리듯이, 우리의 영혼은 원대한 계획들 속에 앞으로 내달렸다. 우리가 남자답지 못하게 우리의 세계를 주문 한마디로 만들어낸 것처럼 여겼다는 말은 아니다. 또한 어린아이처럼 경험이 없어서 아무런 저항도 예상하지 못했다는 말도 아니다. 그러기엔 알라반다는 너무나 사려 깊고 너무나 용감했다. 하지만 손쉬운 열광에도 용맹하고 영리한 구석이 있는 법이다.

그날이 지금도 눈에 선하다.

그날 우리는 함께 들녘으로 나가 상록의 월계수 그늘에 앉아 다정히 팔짱을 끼고 플라톤을 함께 읽었다. 플라톤은 늙음과 회춘에 대해 지극히 숭고한 이야기를 들려주었다.** 그리고 우리는 가끔 잎이 떨어지는 조용한 풍경 속에서 푹 쉬었다. 거기서 본 하늘은 평소보다 더 아름다웠다. 구름과 햇살이 가을빛으로 잠들어 있는 나무들 주위를 떠돌았다.

이윽고 우리는 현재의 그리스에 대해 이런저런 이야기를 나

---

* 그리스 신화에 나오는 율법의 여신. 인간들의 무분별한 행동을 벌한다.
** 플라톤이 《정치가》에 삽입해놓은 신화를 가리킨다.

누었다. 둘 다 가슴에서 피를 흘렸다. 왜냐하면 품위를 잃은 그 땅이 알라반다의 조국이기도 했기 때문이다.

그날따라 알라반다는 감정이 무척 격해져 있었다.

"어린아이를 보면 말이야." 그가 큰 소리로 말했다. "앞으로 짊어지게 될 멍에가 그 아이에게 얼마나 굴욕적이고 비참하게 느껴질까 하는 생각을 하게 돼. 그 아이도 앞으로 우리처럼 곤궁에 시달릴 거고, 우리처럼 사람을 찾게 될 거고, 우리처럼 아름다움과 진리를 찾게 될 거고, 결국엔 우리처럼 혼자 남아 아무런 열매도 맺지 못한 채 사라질 거라는 것을 생각하면, 또 그 밖의 것들을 생각하면—아, 차라리 그대들의 아이를 요람에서 꺼내 강물에 던져라. 적어도 그대들이 겪는 굴욕을 아이들이 겪지 않게 하려면!"

내가 말했다. "알라반다! 틀림없이 앞으로는 달라질 거야."

"뭐가 어떻게?" 그가 대꾸했다. "영웅들은 명성을, 그리고 현자들은 제자를 잃었어. 위대한 행위라는 것도 고귀한 민중이 그것을 이해하지 못하면 멍청한 이마를 한 대 세게 때리는 것과 다름없어. 고귀한 말도 그것이 고귀한 가슴에 닿아 공명하지 않으면 나무에서 똥물로 떨어져 철벅이는 나뭇잎과 다를 게 없어. 그러면 자넨 어떻게 할 텐가?"

"나는 말이야," 내가 말했다. "삽을 가져다가 똥을 퍼서 구덩이에 던져버리겠어. 정신과 위대함을 가지고 더 이상의 정신과 위대함을 만들어내지 못하는 민족은 아직 인간의 지위를 갖고 있는 다른 민족과 공유할 것이 없고 더 이상 권리도 갖지 못해. 그들의 내면에 로마인의 심장이라도 있는 것처럼 아무 의지도 없는 그 따위 시체를 공경하려 한다면 그것은 허망한 익살극, 미신에 지나지 않아. 그런 자들은 없어져야 해! 마르고 썩은 그런 나무는 그 자리에 서 있으면 안 돼. 그런 나무는 새로운 세계를 위해 무르익어가는 젊은 생명에게서 빛과 공기를 빼앗을 뿐이거든."

알라반다가 날듯이 달려와 나를 얼싸안았다. 그의 입맞춤이 내 영혼에 들어와 박혔다. 그가 외쳤다. "전우야! 사랑하는 전우야! 드디어 나는 천군만마를 얻었어!"

그는 전쟁터의 함성과 같은 목소리로 말을 이었다. "내가 하고 싶었던 말이 바로 그거야!" 그 소리가 내 가슴을 쳤다. "더 이상은 필요 없어! 자네가 한 말은 멋졌어, 히페리온! 뭐라고? 신이 벌레에게 종속되어야 한다고? 영원을 향해 가는 길을 관장하는 우리 안의 신이 벌레가 길을 비켜줄 때까지 서서 기다려야 한다고? 아니야! 그럴 수는 없어! 너희한테는 물어볼 필요도 없어! 너희는 결코 원치 않지, 노예이자 야만인들아! 우리는 너희를 개선하려고 하지 않아. 다 쓸데없는 일이니까! 우리가 원하는 것은 너희가 인류의 개선 행진에서 비켜주었으면 하는 거야. 오! 누가 이 손에 횃불을 댕겨주오, 이 들판의 잡초들을 모조리 태워버리도록! 누가 나에게 지뢰를 건네주오, 이 지상에서 게으르고 멍청한 자들을 날려버리도록!"

"그런 인간들은 슬쩍 한쪽으로 치워두면 그만이야." 내가 한마디 거들었다.

한동안 알라반다는 아무 말도 하지 않았다.

"나는 미래를 개척하고 싶어." 마침내 그가 다시 말을 꺼냈다. 그러면서 내 두 손을 뜨겁게 움켜잡았다. "다행한 일이야! 나는 평범한 최후를 맞이하지는 않을 거야. 행복하다는 것은 노예의 입가에 졸음기가 번지는 것을 뜻하지. 행복하다는 것! 너희 노예들이 나에게 행복하다는 말을 할 때면 나는 마치 보리죽과 미지근한 물을 맛보는 듯한 느낌이야. 너희가 너희의 월계관과 영생을 바치고 얻으려는 것은 모두 다 멍청하고 바보 같은 것들이다.

오, 성스러운 빛이여, 거대한 제국에서 쉼 없이 작용하며 저위쪽 우리 머리 위에서 섭리하는 빛이여, 내가 마시는 햇살 속에서 자신의 영혼으로 너의 행복이 곧 나의 행복이라고 알려주는 빛이여!

태양의 아들들은 자신의 행위를 먹고 살지. 그들은 승리를 먹고 살아. 그들은 자신의 정신을 통해 원기를 얻어. 그들의 힘은 그들의 기쁨이지."

그의 정신이 부끄러울 만큼 나를 사로잡아서 나는 깃털처럼 그에게 이끌리는 것을 느꼈다.

"오, 하늘과 땅이여!" 나는 외쳤다. "이것이 바로 기쁨입니다! 이것은 다른 시대야. 나의 유치한 세기로부터 나오는 소리가 아니야. 몰이꾼의 채찍 아래에서 인간의 마음이 헐떡이는 그런 땅이 아니야. 그래, 그래! 자네의 멋진 영혼을 걸게! 자넨 나와 함께 조국을 구하게 될 거야."

"나도 그러길 바라." 그가 큰 소리로 말했다. "아니면 나는 파멸할 거야."

그날 이후로 우리 둘은 서로에게 더 성스럽고 사랑스러운 존재가 되었다. 말로 표현할 수 없는 심오한 진지함이 우리 사이에 끼어들었다. 우리는 그럴수록 행복했다. 각자 자신의 변함없는 바탕색을 유지하며 생활했고, 어떤 장식도 없이 커다란 조화에서 또 다른 커다란 조화로 전진해갔다. 우리의 공동 생활은 멋진 엄격함과 대담함으로 가득했다.

"자네 왜 그리 말수가 적어졌나?" 언젠가 알라반다가 미소를 지으며 내게 물었다. 나는 이렇게 대답했다. "더운 지역에 이르면, 태양에 더 가까워지면 새들도 노래를 하지 않아."

그러나 세상만사에는 흥망성쇠가 있기 마련이다. 자신이 가진 막대한 힘을 다 동원한다 해도 이 세상의 그 무엇도 붙잡아 놓을 수 없다. 언젠가 한 어린아이가 달빛을 잡으려고 손을 뻗는 것을 본 적이 있다. 그러나 달빛은 자기가 가던 길을 유유히 갔을 뿐이다. 그렇게 우리는 가만히 서서 변해가는 운명을 붙잡아보려고 무진 애를 쓴다.

오, 대체 누가 별들이 흘러가는 길을 보듯 차분하게 생각에 잠겨 운명을 바라볼 수 있단 말인가!

당신이 행복하면 행복할수록 당신을 파멸시키기는 그만큼 손쉽다. 알라반다와 내가 함께 보낸 행복한 날들은 뾰족한 바위 꼭대기에 있는 것과 같아서, 동행자가 얼결에 살짝 건드리기만 해도 그 날카로운 톱니바퀴 같은 바위에서 굴러떨어져 어둠침침한 심연으로 걷잡을 수 없이 곤두박질칠 터였다.

우리는 배를 타고 키오스 섬*까지 멋진 항해를 했고 수많은 기쁨을 만끽했다. 해수면에 이는 미풍처럼, 우리 머리 위에는 자연의 다정한 마법이 섭리하고 있었다. 우리는 말 한마디 하지 않고 기쁨과 놀라움이 섞인 눈빛으로 서로를 쳐다보았다. 우리의 눈빛은 상대방을 향해 너의 그런 눈빛은 지금까지 본 적이 없다고 말하는 것 같았다! 그렇게 우리는 땅과 하늘의 기운을 얻어 밝게 빛났던 것이다.

배를 타고 가는 동안에도 우리는 이런저런 많은 것들을 놓고 쾌활한 태도로 열띤 논쟁을 벌였다. 여느 때와 마찬가지로 이번에도 나는 그의 정신이 대담하게 표류하면서 아무런 규칙도 없이, 걷잡을 수 없을 정도로 즐겁게, 그러면서도 대개는 확실하게 자기 길을 찾아가는 모습을 보면서 마음속으로 기쁨을 누렸다.

배에서 내리자마자 우리는 서둘러 둘만의 자리를 가졌다.

이번엔 내가 진심 어린 애정을 담아 말했다. "자넨 아무도

---

* 소아시아 서쪽 끝에 있는 섬.

설득하지 못해. 자넨 말을 꺼내기도 전에 사람들을 설득하고 사로잡지. 자네가 말을 하면 아무도 의심할 수가 없어. 그런데 의심하지 않는 사람은 설득당하지도 않는 법이야."

내 말을 듣고 그가 대꾸했다. "뻔뻔스러운 아첨꾼. 자넨 거짓말을 하고 있어. 물론 훈계의 말을 해주는 건 나쁠 것 없어. 그런데 너무 자주 나를 실없는 사람으로 만들고 있군! 나는 이 세상의 왕관을 다 준다 해도 자네한테서 벗어나고 싶지 않아. 그러면서도 한편으로는 자네한테 너무 얽매여서 자네가 없으면 견딜 수 없을까 봐 두렵기도 해." 그는 계속 말을 이었다. "이것 보게. 자네가 나를 전부 가지려면, 나와 관련된 모든 것을 알아야 해. 우리는 영광과 기쁨을 모두 함께하면서도 과거의 것을 살펴볼 생각은 하지 않았어."

그리고 그는 자신의 운명에 대해 나에게 이야기해주었다. 그 이야기를 들으면서 나는 광녀 메가라와 싸우는 젊은 헤라클레스를 눈앞에 두고 있는 것 같은 느낌이 들었다.*

그는 자신이 겪은 불행에 대한 이야기를 마치며 이렇게 말했다. "나를 용서해줄 수 있겠나? 이제부터는 좀 더 차분하게 대해주겠나? 앞으로 내가 종종 너무 거칠고 상스럽고 붙임성 없이 굴어도 말일세."

---

* 여기서 횔덜린은 자신이 번역한 고대 로마의 시인 마르쿠스 루카누스(39~65)의 《파르살리아》를 염두에 둔 듯하다.

"오, 가만있게, 가만!" 내가 깊은 감동을 느끼며 말했다. "그래도 자네는 자네로 남아야 해. 지금까지 나를 위해 자네 자신의 모습을 지켜왔듯이 말이야!"

"여부가 있겠나! 자네를 위해서라면!" 그가 외쳤다. "그래도 내가 자네에게 즐길 만한 먹거리라도 된다는 것이 너무 기뻐. 혹시 내게서 야생 능금 같은 맛이 나거든 오래 씹어서 마실 수 있도록 만들게."

"그만! 그만!" 내가 외쳤다. 버텨보려 했지만 소용없는 일이었다. 그는 나를 어린애로 만들어버렸고, 나는 그런 기색을 그에게 숨기지 않았다. 그가 나의 눈물을 보았다. 그가 내 눈물을 보지 못했다면 정말 안된 일이었으리라!

알라반다가 다시 말을 꺼냈다. "우리가 너무 탐닉한 것 같군. 우리가 서로에게 너무 탐닉해서 시간을 죽이고 있는 것 같아."

"우리는 지금 신혼의 날을 함께 보내고 있어." 나는 기분 좋게 외쳤다. "그러니까 지금은 낙원에 있는 것처럼 생각해도 돼. 그건 그렇고, 좀 전의 대화로 돌아가자고!

자넨 국가에 너무 많은 권력을 인정해주고 있어. 그런데 국가는 강요해서는 안 되는 것을 우리에게 요구하면 안 돼. 사랑이나 정신이 만들어주는 것은 강요할 수 있는 것이 아니야. 그것은 국가가 건드리면 안 돼. 만약 말을 듣지 않으면 국가의 법을 형틀에 묶고 치욕을 안겨줘야 해. 결단코! 국가를 도덕

학교로 만들려는 자는 자기가 무슨 죄를 짓고 있는지 모르는 거라고. 국가를 천국으로 만들려는 생각이 국가를 지옥으로 만드는 결과를 낳는 거야.

삶의 씨앗을 에워싸고 있는 투박한 껍질, 그것이 바로 국가야. 국가는 인간의 열매와 꽃들로 이루어진 정원을 둘러싸고 있는 울타리야.

그러나 땅이 메말라버린 정원을 둘러싸고 있는 울타리가 다 무슨 소용인가? 그럴 때는 오로지 하늘에서 내리는 비만이 도움이 되는걸.

오, 하늘에서 내리는 비여! 오, 감동이여! 너는 민족들의 봄을 우리에게 다시 가져올 것이다. 국가는 너에게 내리라고 명할 수 없다. 국가가 너를 방해하지 못할 테니, 너는 내리고 싶으면 내리는 거다. 너는 내릴 것이다, 너의 전능한 환희와 함께. 너는 우리를 황금빛 구름에 싸서 죽음의 한계 위로 끌어올려줄 것이다. 그러면 우리는 놀라워하며 묻겠지, 우리가 여전히 그 사람들인지. 예전에 그 너머에도 우리를 위해 봄이 꽃피는지 물었던 궁금한 자들인지. 그날이 언제냐고 내게 묻는가? 시대의 총아, 시대의 가장 젊고 가장 아름다운 딸, 새로운 교회가 온갖 오욕으로 물든 구태의 틀들로부터 솟아나는 날, 새롭게 깨어난 성스러운 감정이 인간에게 신성을, 인간의 가슴에 아름다운 청춘을 돌려주는 날, 바로 그날이다. 그날이 언제가 될지 내가 정확히 말할 수는 없다. 미리 예측할 수는 없지만 그날은 온다, 틀림없이 온다. 죽음은 생명의 전령이다. 지금은 우리가 병원에 잠들어 있지만, 그것이야말로 건강하게 깨어날 날이 머지않았음을 증거한다.* 그러면, 그러면 우리는 비로소 존재하게 될 것이며, 그러면 정신의 바탕이 세워지는 것이다."

알라반다는 아무 말도 하지 않고 잠시 나를 놀란 눈빛으로 바라보았다. 나는 무한한 희망의 물결에 휩쓸려 있었다. 신적인 힘들이 조각구름 하나를 옮기듯 나를 멀리 데려갔다.

"자, 가자고!" 이렇게 외치면서 나는 알라반다의 옷을 잡아끌었다. "가자고. 우리의 정신을 이토록 혼미하게 만드는 이런 지하 감옥에서 어떻게 더 견디겠어?"

"어디로 가자는 거야, 이 몽상가 친구야." 알라반다가 무뚝뚝하게 대답했다. 조롱의 그림자가 그의 얼굴에 어리는 것 같았다.

나는 마치 구름에서 떨어진 것 같았다. 내가 말했다. "가! 자넨 좀팽이야!"

바로 그 순간, 낯선 사람 여럿이 방으로 들어왔다. 눈에 띄는 모습들이었다. 달빛으로 알아볼 수 있는 한 대부분은 마르고 창백하고 차분했지만, 그들의 표정에서는 영혼에 박히는 칼**

---

* 비유적인 표현으로, 육체는 영혼의 거처임을 나타낸다.
** 신약성경 누가복음 2장 35절 "또 칼이 네 마음을 찌르듯 하리라" 참조.

같은 것이 느껴졌다. 전지전능함을 면전에 두고 있는 듯한 느낌이 들었다. 얼굴 곳곳에 감정을 죽인 흔적이 남아 있지 않았다면, 혹시 궁핍함이 겉으로 드러난 것은 아닐까 하고 의심했을지도 모른다.

그중에서도 특히 한 사람이 내 눈에 확 띄었다. 그의 얼굴에 어린 고요함은 전쟁터의 고요함이었다. 그 사람의 내면에는 분노와 사랑이 타올랐고, 감정의 폐허 위로는 파괴된 궁성 위에 앉아 있는 매의 눈처럼 오성悟性이 번뜩였다. 입술에는 깊은 경멸의 빛이 어려 있었다. 그 사람이 결코 하찮은 일을 목전에 두고 있지 않음을 미루어 짐작할 수 있었다.

또 다른 한 사람의 고요함은 오히려 타고난 굳센 심성에서 비롯된 것 같았다. 그에게서는 그 어떤 억지나 자제력 또는 운명의 흔적도 찾아볼 수 없었다.

세 번째 사람은 신념의 힘으로 삶에서 냉정함을 쟁취한 듯했으며 아직도 자신과의 싸움을 하는 것처럼 보였다. 왜냐하면 그 사람에게서는 무엇인지 모를 모순 같은 것이 엿보였기 때문이다. 그는 자기 자신을 감시하지 않을 수 없는 것 같았다. 그가 가장 말이 적었다.

그들이 들어서는 순간 알라반다는 마치 용수철처럼 벌떡 일어났다.

"우리는 자네를 찾아다녔네." 그들 중 하나가 외쳤다.

"자네들은 어떻게든 나를 찾아냈을 거야." 알라반다가 웃으면서 말했다. "내가 땅속 깊이 몸을 숨겨도 말이야. 이 사람들은 내 친구들이야." 그는 내가 있는 쪽으로 몸을 돌리면서 덧붙여 말했다.

그들이 날카로운 눈빛으로 나를 쏘아보는 것 같았다.

"이 친구도 세상을 더 좋은 곳으로 만들고 싶어 하는 사람들 중 하나라네." 잠시 후 알라반다는 큰 소리로 이렇게 말하고는 손으로 나를 가리켰다.

"그게 자네의 진심인가?" 세 사나이 중 하나가 나에게 물었다.

"세상을 개선하겠다는 내 말은 농담이 아닙니다." 내가 대답했다.

"자넨 한마디 말로 많은 것을 말했네!" 그들 중 한 사람이 큰 소리로 말을 이었다. "자네는 우리 사람이야!" 또 다른 사나이가 말했다.

"여러분 모두 같은 생각인가요?" 내가 물었다.

"우리가 무슨 일을 하는지 물어보게." 이것이 대답이었다.

"그렇게 묻는다면요?"

"그러면 이렇게 대답하겠네. 우리가 이곳에 있는 까닭은 지상을 청소하기 위해서라고. 밭에서 돌멩이를 골라내고, 단단한 흙덩이를 곡괭이로 부수고, 쟁기로 밭고랑을 갈고, 뿌리에 달라붙은 잡초를 움켜잡아 뿌리에서 잘라내거나 아예 뿌리째 뽑아 불타는 햇볕에 시들게 하는 거지."

"우리가 수확을 하려는 건 아니야." 다른 사나이가 끼어들었다. "우리가 받을 대가는 너무 늦게 오네. 우리의 수확물은 그리 빨리 익질 않아."

"우리는 인생의 저녁을 맞이하고 있네. 우리는 많은 방황을 했네. 바란 것은 많았지만 행동은 적었지. 우리는 생각만 하느니 행동을 감행했네. 서둘러 결말을 내려 했고 운에 기댔어. 우리는 기쁨과 고통에 대해 많은 이야기를 나누었고, 그 두 가지를 사랑하고 또 증오했네. 우리는 운명을 상대로 장난을 쳤고, 운명은 또 우리를 상대로 장난을 쳤지. 운명은 거지의 지팡이에서 왕관에 이르기까지 우리에게 건네주며 우리를 들었다 놓았다 했네. 마치 불타는 향로를 흔들듯이 우리를 휘휘 흔들었지. 그런 통에 우리는 숯이 재가 될 때까지 타올랐던 거야. 이제 우리는 더 이상 행복과 불행에 대한 이야기를 하지 않지. 우리는 푸르고 따스했던 인생의 중반을 훌쩍 넘겼네. 그러나 젊음을 넘겨 살아남은 것이 꼭 나쁜 것은 아니야. 그건 차가운 칼이 뜨거운 불 속에서 벼려지는 거니까. 또 이런 말도 있네. 폭발해서 타버린 사화산에서는 나쁜 포도주가 나지 않는다고 말이야."

"우리가 이런 이야기를 하는 건 우리 때문이 아니네." 다른 사람이 이번엔 좀 급한 어조로 말했다. "자네들 때문에 하는 거지. 우리는 사람들의 마음을 사려고 구걸하지 않아. 인간의 마음이나 의지를 필요로 하지 않거든. 인간들은 어떤 경우에도 반기를 들지 않아. 모두 다 우리 편이야. 바보들이든 똑똑한 자들이든, 단순한 자들이든 현자들이든, 조야함 또는 교양의 모든 악덕이든 덕망이든, 아무런 조건 없이 모두 우리를 위해 헌신하고 있고 우리가 목표를 달성하도록 맹목적으로 돕고 있지. 다만 우리가 바라는 것이 있다면 누군가 그것을 누렸으면 하는 걸세. 그래서 이 수천의 맹목적인 도제들 중에서 우리가 보기에 가장 훌륭한 도제들을 뽑아 앞을 내다볼 줄 아는 도제들로 만들려고 하는 거지. 설령 우리가 지어놓은 곳에서 살려는 사람이 아무도 없다 해도 그건 우리의 잘못도 우리의 손해도 아니야. 우리는 우리에게 주어진 몫을 했을 뿐이야. 우리가 갈아놓은 밭에서 수확을 하려는 사람이 아무도 없다고 해서 누가 우리를 원망하겠나? 사과가 늪으로 떨어진다고 해서 누가 사과나무를 욕하겠나? 나는 스스로에게 이렇게 말하곤 하네. 설사 네 몸이 부패에 바쳐졌다 해도 그것으로 과업을 끝낸 거라고."

거짓말쟁이들! 사방의 벽들이 내 예민한 귀에 대고 외쳤다. 나는 연기에 질식되어 어떻게든 거기서 빠져나가려고 창문과 문을 밀어붙이고 싶은 기분이었다. 그 정도로 나는 공기와 자유에 목이 탔다.

그들도 내 기분이 끔찍하다는 것을 금세 알아채고는 하던 말을 멈추었다. 벌써 날이 훤히 밝아오고 있었고, 우리는 함께 묵고 있던 여관 밖으로 나왔다. 얼굴에 와 닿는 아침 바람이 화끈거리는 상처를 어루만져주는 향유처럼 느껴졌다.

나는 알라반다의 조롱만으로도 이미 극도로 화가 나 있었기 때문에 그의 수수께끼 같은 교우관계를 보고 그에게 완전히 돌아버릴 수밖에 없었다.

"자네는 나쁜 사람이군." 내가 외쳤다. "그래, 나쁜 사람이라고. 나에게 끝없는 신뢰를 가장해놓고는 그렇고 그런 친구들과 지내는 거야. 그래놓고는 그걸 나한테 숨기는 거라고."

사랑하는 남자가 몰래 창녀와 살림을 꾸리고 있다는 사실을 알게 된 신부 같은 기분이었다.

오, 그것은 마음에 품거나 가슴에 지니고 다니다가 어린아이처럼 잠결에 나이팅게일의 울음소리에 맞춰 흥얼댈 그런 고통이 아니었다.

극도로 성난 뱀 한 마리가 가차 없이 내 무릎과 엉덩이를 타고 올라와 사지를 휘감고서 독 있는 이빨로 먼지 가슴을 물고 이어서 목덜미를 물었을 때의 고통, 내가 느끼는 고통은 바로 그것이었다. 그렇게 고통이 무섭게 나를 휘감았다. 나는 내 지고한 마음에 대고 구원을 청했다. 차분해지고자 마음을 크게 가져보려고도 해보았다. 잠깐 동안은 그렇게 할 수 있었지만 이제는 분노하는 일에도 강해져, 아예 내가 질러놓은 불을 끄듯 내 안에 있던 사랑의 불씨를 하나하나 다 죽여버렸다.

나는 생각했다. '그래, 그들은 그의 사람들이야. 그는 그 사람들과 결탁한 거야. 너에 대항해서! 그런데 그는 너에게서 뭘 바란 걸까? 너 같은 몽상가에게서 얻을 게 뭐 있다고. 오, 그 친구 자기 길이나 갔으면 좋았을걸! 하긴 그런 사람들은 자기와 반대되는 것에서 뭔가를 얻으려 하지. 그렇게 낯선 짐승 한 마리를 우리 안에 갖고 있는 것을 좋아하지!'

그러나 나는 그와 함께 있는 것이 형언할 수 없을 만큼 행복했다. 나는 그의 포옹 속에 잠겼다가 가슴속에 무적의 힘을 얻어 깨어났으며, 그렇게 해서 그의 불길 속에서 자꾸 단련되고 순화되었던 것이다. 마치 강철처럼!

어느 맑은 한밤중에 내가 알라반다에게 쌍둥이자리*를 손가락으로 가리켜 보인 적이 있다. 그러자 그는 내 가슴에 손을 얹으며 이렇게 말했다. "저건 그냥 별일 뿐이야, 히페리온. 하늘에 쓰인 형제 이름의 철자일 뿐이야. 영웅 형제들은 우리의 가슴속에 있어! 우리의 가슴에 정말로 살아 있다고. 그들의 용기와 사랑도 함께. 그리고 자네, 자네는 신들의 아들이야. 자네는 유한한 생명을 지닌 카스토르와 불멸성을 나누어 가진 거

---

* 제우스의 아들인 쌍둥이 형제 카스토르와 폴룩스의 별자리. 이 두 형제를 합쳐서 디오스쿠로이라고 부른다. 카스토르는 말을 잘 탔고, 폴룩스는 격투와 무기 다루는 데 능한 것으로 유명했다. 둘은 무수한 전투에서 함께했고 많은 공을 세웠다. 그러나 아름다운 자매를 얻기 위한 결투에서 카스토르가 심한 부상을 당해 죽고 말았다. 불사의 몸으로 태어난 폴룩스는 무사했다. 폴룩스는 올림포스 산에서 신들과 불사를 누릴 것인지 아니면 카스토르를 위해 불사의 운명을 포기할 것인지 결정해야 했다. 폴룩스는 후자를 택했다. 이에 감복한 제우스는 두 형제를 하늘의 별자리로 만들어주었다.

라고!"

언젠가 그와 함께 이데 산*의 숲속을 거닐다가 계곡으로 내려간 적이 있다. 그때 우리는 말 없는 무덤들에게 누구의 무덤인지 물어보았다. 나는 알라반다에게 이 무덤들 중 어느 하나는 어쩌면 아킬레우스와 그가 사랑했던 친구**의 것인지도 모른다고 말했다. 그러자 알라반다는 나에게 자기는 어린아이처럼 언젠가 우리가 한 전쟁터의 골짜기에서 쓰러져 한 나무 밑에서 쉬는 생각을 했노라고 털어놓았다. 그러니 이런 일이 생길 줄 그때는 생각이나 했겠는가?

나는 남은 정신의 힘을 다해 생각하고 또 생각해보았다. 그를 비난했다가, 옹호했다가, 그다음엔 더욱 신랄하게 비난했다. 나는 내 의지를 거역하여 즐거워지려 했지만, 오히려 마음만 더 어두워졌다.

아! 그토록 많은 주먹질로 인해 내 눈엔 상처가 났지만 도무

---

* 소아시아 북서쪽 트로이 근교의 산.
** 호메로스의《일리아스》에 등장하는 아킬레우스와 파트로클로스를 말한다. 두 사람은 진한 우정을 나눈 친구 사이로 함께 토로이 전쟁에 참가한다. 그리스군 총사령관 아가멤논과 심하게 말다툼을 한 아킬레우스가 전쟁터로 가기를 거부하자, 그의 친구 파트로클로스가 아킬레우스의 갑옷과 칼을 차고 대신 나섰다가 트로이 왕자 헥토르에게 죽임을 당한다. 그러자 아킬레우스는 분노하여 적진으로 뛰어들어 헥토르를 죽이고 친구 파트로클로스의 장례를 엄숙하게 치러준다. 아킬레우스 역시 트로이 왕자 파리스가 쏜 화살을 발목에 맞고 죽는다. 호메로스의《오디세이아》(스물네 번째 노래 71~84행)에 따르면 트로이 전쟁에서 죽은 이 친구들은 하나의 유골 항아리에 담겨 트로이 북서쪽에 있는 시게이온 산에 묻혔다고 한다.

지 나을 줄을 몰랐다. 하기야 지금 이 마당에 더 건강한 눈인들 무슨 소용이 있겠는가?

알라반다가 이튿날 나를 찾아왔다. 그가 방으로 들어서는 순간 내 가슴은 쿵쾅거렸다. 그의 거만함과 차분함이 나를 흥분시키고 열에 들뜨게 했지만 나는 마음을 가라앉혔다.

"공기 한번 좋군." 마침내 그가 말했다. "저녁도 아주 멋질 것 같아. 우리 같이 아크로폴리스*에 가볼까!"

나는 그러자고 했다. 우리는 한동안 한마디도 하지 않았다. 마침내 내가 물었다. "자네가 원하는 게 뭐지?"

"어떻게 자네가 그런 질문을 하지?" 내 마음을 앗아가는 듯한 서글픈 목소리로 그 거친 사람이 대답했다. 순간 나는 마음이 혼란스러워 어쩔 줄 몰랐다.

"내가 자네를 어떻게 생각하면 좋겠느냐는 거야." 마침내 내가 다시 말을 꺼냈다.

"나야 늘 그대로지!" 그가 차분한 어조로 대답했다.

"자넨 사과해야 해." 내가 목소리를 바꿔 말했다. 그러면서 당당한 눈빛으로 그를 쏘아보았다. "어서 사과해! 스스로를 정화하라고!"

그에겐 너무 심한 말이었다.

---

* 그리스어로 윗도시 또는 도시의 위쪽을 뜻한다. 산 위에 있는 요새를 가리키기도 한다.

"대체 이게 무슨 소리야." 그가 분노하며 외쳤다. "제멋대로 나를 굴복시키려 하다니? 나는 너무 일찍 학교를 그만두었고, 모든 사슬을 끌어내 그것들을 전부 끊어버렸어. 그건 사실이야. 단 하나 겪지 않은 것이 있지. 단 하나 부숴버려야 할 것이 있어. 몽상가에게서 훈육의 말을 들어보지는 않았어. 그러니 어디 실컷 불평해보라고! 나도 침묵할 만큼 침묵해왔으니까!"

"오, 알라반다! 알라반다!" 내가 외쳤다.

"더 이상 말하지 마." 그가 말했다. "내 이름을 나를 찌르는 단도로 쓰지 말라고!"

그 순간 나도 폭발해버리고 말았다. 우리는 걷잡을 수 없는 상황까지 쉬지 않고 나아갔다. 우리가 가꾸어온 사랑의 정원을 마구 파괴했다. 우리는 길을 가다가 자주 멈춰 섰고 침묵했다. 마음 같아서는 기쁜 마음으로 서로의 목을 끌어안고 싶었다. 그러나 그 잘난 자존심이 가슴에서 올라오는 모든 사랑의 소리를 질식시켰다.

"그럼 잘 있어!" 마침내 나는 이렇게 소리치며 앞으로 뛰쳐나갔다. 그러나 나도 모르게 뒤를 돌아보지 않을 수 없었고, 알라반다 역시 자기도 모르게 나를 쫓아왔다.

"안 그래, 알라반다?" 나는 그를 향해 외쳤다. "참으로 특이한 거지 아니야? 손에 남은 마지막 동전을 늪에 던져버리다니!"

"정말로 그렇게 했다가는 아마 굶어죽을걸." 그는 큰 소리로 이렇게 말하고 가버렸다.

나는 비척거리면서 아무 생각 없이 그냥 걸었다. 마침내 바닷가에 서서 파도를 바라보았다. 아! 내 마음은 그 아래로 내려가려 했다. 그 아래로. 그리고 내 두 팔은 자유로운 물결을 향해 날아갔다. 이내 마치 하늘에서 내려온 듯 아주 부드러운 정령이 내 머리 위에 내려앉아 고통에 미쳐 날뛰는 내 마음을 차분한 지팡이로 안정시켜주었다. 나는 나의 운명과 세계에 대한 믿음과 구제받을 길 없는 나의 경험들에 대해 차분히 생각해보았다. 인간에 대해, 아주 어릴 때부터 보고 알았던 대로 다양한 교육을 받은 인간에 대해 생각해보았다. 곳곳에서 내가 발견한 것은 음울하거나 절규하는 듣기 싫은 소리들뿐이었다. 어린아이처럼 단순한 범위 안에서만 아직 순수한 멜로디를 들을 수 있었다. 나는 속으로 이렇게 말했다. 차라리 꿀벌이 되어 순진무구하게 집이나 짓는 것이 낫겠어. 사람들과 더불어 세상을 지배하려 하느니, 백성들을 지배하려 하느니 그냥 이리들처럼 더불어 울부짖는 것이, 그리고 지저분한 것에 손을 더럽히는 것이 낫겠어. 나는 티나로 돌아가고 싶었다. 가서 내 정원과 들을 가꾸며 살고 싶었다.

웃어도 좋다! 정말 나의 진심이었으니까. 세상살이라는 것이 개방과 폐쇄, 소풍과 귀환의 바뀜 속에 있다면, 사람의 마음인들 왜 그렇지 않겠는가?

이 새로운 가르침은 나에게 좀 가혹하게 느껴졌다. 물론 젊은 시절의 당당했던 오류와 작별하는 것도 썩 내키지는 않았다. 누가 자청해서 자신의 날개를 찢어버리겠는가? 그러나 어찌되었든 그렇게 해야 했다.

나는 생각을 실행에 옮겼다. 실제로 배를 탔다. 시원한 산바람이 나를 스미르나 항구에서 바다로 옮겨주었다. 나는 다음 순간에 무슨 일이 벌어질지 전혀 모르는 어린아이처럼 지극히 편안함을 느끼면서 그렇게 배에 누워 그 도시의 나무들과 이슬람 사원들을 바라보았고, 강가에 나 있는 나의 푸른 산책로들, 아크로폴리스에 올라갈 때 걸었던 나의 오솔길들을 바라보았다. 그것들이 눈앞에 계속 지나가도록 그냥 내버려두었다. 그러나 망망대해로 나와 모든 것이 마치 관이 무덤 속으로 들어가듯 점점 가라앉기 시작했을 때, 돌연 내 가슴도 무너지는 것 같은 느낌이 들었다. "오, 하늘이시여!" 나는 울부짖었다. 내 안의 모든 생명이 눈을 뜨고 도망치는 현재를 붙잡으려고 무진 애를 썼다. 그러나 현재는 사라져버렸다, 사라져버렸다!

내 눈앞에는 그 낙원과 같은 땅이 마치 안개처럼 놓여 있었다. 거기서 나는 드넓은 초원의 한 마리 사슴처럼 계곡과 산등성이를 이리저리 한껏 누비고 다녔었다. 내 가슴에 이는 메아리가 나를 샘과 강물로, 먼 곳과 땅속 깊은 심연까지 이끌었었다.

순진한 마음을 간직한 채 거기 트몰로스 산 안쪽으로 혼자 걸어 들어가기도 했다. 그곳의 아래쪽에는 에페수스*가 한때 행복한 전성기를 보내며 서 있었고, 테오스**와 밀레투스***도 있었다. 그리고 그곳의 위쪽, 슬픔에 잠긴 트로아스****에는 알라반다와 함께 갔다. 알라반다와 함께 이리저리 거닐었다. 나는 신처럼 그의 위에 군림하기도 했지만, 어린아이처럼 다정하고 믿음 어린 태도로 그의 눈에 봉사하기도 했다, 영혼의 기쁨을 느끼면서, 그의 내면의 본질을 마음 깊이 즐겁게 누리면서. 그의 말의 고삐를 잡아줄 때나 나 자신을 초월해 멋진 결단과 대담한 생각과 불같은 연설 속에서 그의 영혼을 만날 때면 나는 언제나 행복했다!

그러나 이제 모든 것이 사라졌다. 이제 나는 아무것도 아닌 존재가 되었고, 모든 것을 돌이킬 수 없을 정도로 잃었고, 인간들 중에서 가장 가련한 인간이 되었다. 어쩌다 그렇게 되었는지도 모른 채.

오, 영원한 방황이여! 나는 혼자서 생각했다. 인간은 언제쯤 너의 사슬에서 벗어날 수 있을까?

우리는 마치 자기 것이라도 되는 양 내 마음이니 내 계획이

---

* 고대 이오니아 지역의 중요 도시들 중 하나. 소아시아의 서해안, 카이스트로스 강 입구에 있으며 7세기에 몰락했다.
** 이오니아 북부 스미르나의 남서쪽에 있는 도시.
*** 소아시아 서해안에 위치한 도시로, 기원전 7세기에서 6세기 사이에 전성기를 누렸다.
**** 고대 트로이 문명의 자취들을 포함하는 소아시아의 한 지역.

니 하고 말하지만, 우리를 마음 내키는 대로 이리저리 휘휘 돌리다가 무덤에 내팽개치는 것은 어떤 낯선 힘이다. 우리는 그힘에 대해 알지 못한다. 그것이 어디에서 오는지 알지 못하고 어디로 가는지도 알지 못한다.

우리는 위를 향해 자라나 저 하늘 위로 가지와 줄기를 뻗으려 한다. 그리고 토양과 기후는 저희 마음 내키는 대로 우리를 데려간다. 벼락이 네 우듬지에 떨어져 뿌리 깊은 곳까지 쪼개진들, 가련한 나무야! 네가 뭘 어쩌겠느냐?

나는 이런 생각을 해보았다. 벨라르민, 그대는 내 이야기를 듣고 화가 날 것이다! 그러나 그대에게 들려줄 이야기가 더 있다.

벗이여, 우리는 이것이 슬픈 것이다. 우리의 정신이 그리도 쉽사리 방황하는 영혼의 외관을 띠는 것, 스쳐 지나가는 슬픔에 너무 집착하는 것 말이다. 고통을 치유해야겠다는 생각 자체로 병드는 것, 정원사가 자신이 돌보아야 할 장미 넝쿨에 손을 찔려 다치는 것 말이다. 아! 그런 것들이 많은 사람을 바보로 만들었다. 평소 같으면 그들이 마치 오르페우스*처럼 완전히 제압했을 그런 사람들 앞에서 말이다. 그런 것들이 고귀한 인물들을 조롱거리로 만든 것이다. 우리가 거리 아무 데서나

---

* 그리스의 신화에 등장하는 음유시인. 노래와 칠현금 솜씨로 인간과 신뿐만 아니라 식물과 맹수, 심지어 돌멩이마저도 매료했다.

만날 수 있는 그런 사람들 앞에서. 하늘의 총아들에게 암초가 무엇이냐 하면 바로 그들의 사랑이 그들의 정신과 마찬가지로 힘차고도 부드럽다는 것이다. 그리고 그들의 가슴에서 이는 파도가 그 파도들을 제어하는 해신 포세이돈의 삼지창*보다 훨씬 더 강력하고 빠르게 움직인다는 것이다. 그러므로 사랑하는 벗이여, 이 세상 누구도 자만하지 말아야 한다.

히페리온이 벨라르민에게

내가 오래도록 앓아온 슬픔에 대해 그대에게 이야기하면 그대는 내 이야기를 들어주고 그것을 이해해줄 수 있는가?

내 말을 액면 그대로 들어주기를. 그리고 한번도 살아본 적이 없기 때문에 사는 것보다는 살아봤으니 죽는 것이 더 낫다고 생각하기를. 번뇌가 없는 자들을 부러워하지 마라. 그들은 나무로 만든 꼭두각시에 불과하다. 그런 인간들은 부족한 것이 하나도 없다. 영혼이 워낙 빈한하다 보니 비나 햇빛도 필요가 없다. 뭐 돌볼 것이 있어야지.

그렇다! 맞다! 마음을 얕게 갖고 폭이 좁은 정신을 가지면

---

* 포세이돈은 이 삼지창으로 바위뿐 아니라 파도까지도 노호하게 하거나 잠재울 수 있었다.

서 행복해하고 마음의 평화를 유지하는 것, 그것은 너무나 쉬운 일이다. 누가 그런 것을 부러워하랴. 화살을 맞은 송판이 아프다는 소리를 별로 안 낸다고 누가 부러워하겠는가. 속이 빈 단지를 벽에 던졌더니 그냥 쿵 소리만 난다고 해서 누가 부러워하겠는가.

사랑하는 이들이여, 여러분은 그냥 만족하는 편이 좋을 것이다. 아니, 아주 조용하게 왜 그러지? 하고 생각만 하는 편이 좋을 것이다. 다른 사람들이 여러분처럼 행복하지도 자기만족을 느끼지도 않는 것이 이해되지 않을 때면 말이다. 다시 말해 괜히 나서서 여러분의 삶의 지혜를 법으로 만들려고 해서는 안 된다. 세상 사람들이 여러분이 하는 방식을 따라 하는 그날은 세상의 종말이 될 테니 말이다.

나는 요구하는 것 없이 아주 조용히 티나에서 살았다. 실제로 나는 세상의 현상들을 지나가는 대로 내버려두었다. 마치 가을 안개처럼. 그리고 내 마음이 그림에 그려진 포도송이를 향해 날아가는 새처럼 뭔가를 붙잡으려고 날아갈 때면* 가끔 나는 눈물이 그렁그렁한 눈으로 내 마음을 향해 웃어주었다. 나는 아무 말 없이 다정하게 바라보았을 뿐이다.

---

* 기원전 420년경 고대 그리스의 화가 파라시오스와 제욱시스가 누가 더 그림을 잘 그리나 내기를 했는데, 제욱시스가 그린 포도 그림이 어찌나 사실적이었던지 새들이 날아와 포도송이를 쪼아먹으려고 했다고 한다.

나는 누가 무슨 소리를 해도, 누가 무례하게 굴어도 그냥 넘어갔다. 나 자신이 전향했고, 어느 누구도 전향시킬 생각이 없었다. 다만 사람들이 자기들이 펼치는 익살극을 내가 그들처럼 재미있게 여기거나 아니면 높이 평가하기 때문에 그것에 대해 별말 하지 않는 것으로 믿을 때는 서글픈 기분이 들었다. 사람들의 어리석은 짓을 따를 생각은 없었다. 그렇지만 나는 가능한 한 그들의 행동을 공격하지 않았다. 나는 이렇게 생각했다. 이런 게 다 그 사람들의 즐거움이야. 그 사람들은 그걸로 먹고사는 거야.

사람들이 하는 일에 내가 동참하는 경우도 꽤 있었다. 내가 크게 마음을 쓰지 않아도, 먼저 나서서 뭘 하자고 말하지 않아도 어느 누구도 그것을 알아채지 못했으며, 또 어느 누구도 아쉬워하지 않았다. 그러니 혹시라도 내가 그 사람들에게 용서해주시기 바랍니다, 라고 말했다면 그들은 멈춰 서서 의아한 표정으로 이렇게 물었을 것이다. '우리에게 무슨 잘못을 했다고 그러시죠?' 참으로 관대한 사람들이다!

아침에 창가에 서서 바쁜 하루를 맞이할 때면 나도 순간적으로 나 자신을 잊고 예전에 그랬던 것처럼 내가 마음속으로 원하는 뭔가를 할까 하고 주위를 둘러보기도 했다. 그러나 얼른 나 자신을 꾸짖고 내 말을 알아듣지 못하는 땅에서 무심코 모국어를 지껄인 사람처럼 정신을 차렸다. 어디로 가려 하느냐, 내 마음아? 나는 정신을 차린 뒤 나 자신에게 이렇게 말하고 내 마음을 따랐다.

도대체 인간은 왜 그토록 많은 것을 원하는가? 나는 이런 질문을 던지곤 했다. 인간의 가슴속의 그 무한성은 대체 무엇인가? 무한성이라고? 무한성이 대체 어디에 있는데? 누가 그것을 감지한 적이라도 있는가? 아무튼 인간은 자기 능력보다 더 많은 것을 원한다! 어쩌면 그것이 사실인지도 모른다! 오! 그대도 그것을 많이 경험했을 것이다. 어쩌면 그것은 있는 그대로 필요한 일인지도 모른다. 힘이라는 것이 원하는 대로 마구 쏟아져 나오지 않는다는 사실이 힘에 달콤하고 몽상적인 느낌을 부여한다. 그것이 불멸에 관한 아름다운 꿈과 너무도 황홀하고 사랑스럽고 거대한 환상들을 만들어주는 것이다. 인생길이 직선으로 곧장 이어지지 않는다는 사실, 화살처럼 곧장 날아가지 않는다는 사실, 오히려 낯선 힘이 곧장 날아가고자 하는 자의 길을 막아선다는 사실, 그것이 인간에게 그의 낙원과 그의 신들을 만들어준다.

인간의 가슴에서 이는 파도는, 만약 그 오래된 침묵의 바위가, 운명이 막아서지 않았다면 그렇게 아름답게 거품을 내며 치솟지 못했을 것이고, 정신으로 화하지 못했을 것이다.

그러나 우리 가슴속의 충동은 죽기 마련이고, 충동과 더불어 우리의 신들과 신들의 하늘나라도 죽는다.

불은 잠들어 있던 컴컴한 요람으로부터 온갖 즐거운 모습으로 피어오르고, 그 불꽃은 솟구쳤다 떨어졌다 하면서 나무가

다 탈 때까지 부서지기도 하고 즐겁게 제 몸을 휘감기도 한다. 그리하여 불꽃은 연기를 내며 버둥대다가 꺼진다. 남는 것은 재뿐이다.

우리의 인생도 그렇게 흘러간다. 이것이 현자들이 소름 끼치도록 놀라운 신비스러운 비유를 통해 설명해온 모든 것의 진수다.

그렇다면 너는 어떠냐고? 무엇을 알고 싶은가? 그대의 가슴 속에서 갑자기 뭔가가 깨어나고, 그대의 마음이 죽어가는 사람의 입처럼 한순간 그토록 그대를 향해 열렸다가 다시 닫히는 것, 그것은 좋은 징조가 아니다.

조용히 있어라. 그리고 모든 것이 제 갈 길로 가도록 내버려두어라! 꾸미지 마라! 한 뼘이라도 더 커 보이려고 유치하게 굴지 마라! 그것은 마치 그대가 해를 하나 더 만들고 그 해를 위해 딸린 식솔들, 즉 지구와 달을 하나씩 더 만들려는 것과 같다.

그렇게 나는 이런저런 생각을 해보았고, 끈기를 갖고 모든 것과 서서히 작별했다. 오, 그대들 나와 동시대인들이여! 그대들의 내면이 죽어가더라도 의사에게 묻지 말 것이며 성직자들에게도 묻지 말지어다.

그대들은 위대한 모든 것에 대한 믿음을 상실했다. 그러므로 만약 그런 믿음이 낯선 하늘로부터 혜성이 다가오듯 되돌아오지 않는다면 너희는, 너희는 사라질 수밖에 없다.

히페리온이 벨라르민에게

우리가 모든 것을 알아낸 것 같은 때에 모든 현존의 망각이, 우리 존재의 침묵이 깃든다.

우리가 모든 것을 잃은 것 같은 때에도, 희미한 별빛 하나 없는 우리 영혼의 밤에도, 썩은 나무조차 우리에게 빛을 던지지 않을 때에도 모든 현존의 망각이 깃든다.

나는 마음의 평화를 찾았다. 이제는 한밤중에 나를 내모는 것이 없었다. 이제 나는 나 자신의 불꽃에 나를 태우지 않았다.

이제 나는 조용히 그리고 쓸쓸히 앞만 바라볼 뿐, 과거나 미래를 바라보며 떠돌지 않았다. 이제는 먼 것이나 가까운 것이 내 마음속에서 요동치지 않았다. 사람들이 자기를 보아달라고 요구하지 않으면 굳이 그들을 쳐다보지도 않았다.

평소 나에게 금세기는 영원히 비어 있는 다나이데스*의 독처럼 보였다. 이 독의 틈을 채워보려고 내 영혼은 넘치는 사랑을 마구 쏟아부었다. 이제 더는 내 눈에 빈틈이 보이지 않았고, 삶의 권태가 나를 짓누르지도 않았다.

이제 나는 꽃에게 '너는 내 동생이야!'라고 말하거나 샘물에

---

* 그리스 신화에 나오는 다나오스 왕의 딸들. 억지 결혼을 강요당해 첫날밤에 남편들을 모조리 죽였고, 그 죄로 지하세계에서 구멍이 숭숭 뚫린 독에 물을 계속 퍼 담는 벌을 받았다.

게 '우리는 한 종족이야!'라고 말하지 않았다. 이제 나는 메아리처럼 충실하게 모든 사물에 이름을 부여했다.

버드나무 잎 하나 비치지 않는 메마른 둑을 따라 흘러가는 강물처럼, 세상은 아무런 아름다움도 더해지지 않은 모습으로 내 곁을 지나갔다.

히페리온이 벨라르민에게

이 세상에 인간만큼 성장하고 또 인간만큼 나락으로 깊이 스러지는 존재도 없다. 인간은 고통을 심연의 밤에, 행복을 창공에 비유하곤 한다. 그런데 이렇게 표현된 것은 얼마나 보잘것없는가?

그러나 그토록 오랜 죽음 끝에 인간의 내면에 여명의 빛이 서서히 밝아오고, 고통이 마치 형제를 맞이하듯 멀리서부터 움터오는 기쁨을 맞이하러 갈 때만큼 아름다운 것은 없다.

아, 내가 다가오는 봄을 다시 맞이하다니, 그것은 천국에서나 맛볼 수 있는 예감이었다! 만물이 잠들었을 때 사랑하는 이의 리라 켜는 소리가 조용한 대기를 타고 멀리서부터 들려오듯 봄의 은근한 멜로디가 내 가슴을 에워싸며 울려 퍼졌고, 죽은 가지들이 다시 소생하고 부드러운 바람이 내 뺨을 어루만졌을 때, 나는 마치 낙원에서 오듯 봄이 다가오는 것을 느꼈다.

이오니아의 사랑스러운 하늘이여! 나 그토록 그대에게 매달려본 적이 없었고 밝고 사랑스럽게 노니는 모습에서 그때처럼 내 마음이 그대와 닮은 적도 없었다.

하늘의 눈과 땅의 젖가슴에 봄이 돌아왔는데 어느 누가 사랑의 기쁨과 위대한 행위를 갈망하지 않을까?

나는 병상에서 일어나듯 살며시 그리고 천천히 일어났다. 그러나 은밀한 희망에 가슴이 너무도 행복하게 전율했기 때문에 그것이 무슨 뜻인지 묻는 것조차 잊었다.

이제는 한층 아름다운 꿈들이 나를 감쌌다. 잠에서 깨니 그 꿈들은 마치 애인이 뺨에 해준 키스의 흔적처럼 내 가슴에 남아 있었다. 오, 아침 햇살과 나, 우리는 마치 화해한 친구들처럼 서로를 향해 다가갔다. 아직은 서먹한 구석이 있지만 가까워진 포옹의 무한한 순간을 벌써 영혼 속에 지닌 채.

이제 나의 눈이 또다시 진정으로 떠졌다. 물론 예전처럼 자신의 힘으로 무장하고 그 힘으로 채워지지는 않았다. 내 눈은 전보다 더 애원하는 빛을 띠고 살려달라고 간청했지만, 내 마음 깊은 곳에서는 전과 다름없는 내가 되고 또 전보다 더 나아질 수 있을 것 같은 느낌이 들었다.

나는 사람들을 다시 바라보면서 나도 그들 속에서 함께 활동하고 누려야 할 것 같은 느낌을 받았다. 나는 마음을 다해 이곳저곳에 가서 그들과 함께했다.

제기랄! 옛날에 한때 잘난 괴짜였던 인간이 그들과 다름없는 인간이 되었으니 그들이 얼마나 쾌재를 불렀을까! 숲 속에서 뛰놀던 사슴이 굶주림 때문에 그들의 닭장으로 떠밀려 들어왔다며 얼마나 신나게 놀려댔을까!

아! 나의 스승 아다마스를 만나고 싶었지만, 나의 친구 알라반다를 만나고 싶었지만, 아무도 내 앞에 나타나지 않았다.

결국 나는 스미르나로 편지까지 썼다. 한 인간이 가진 모든 애정과 힘이 편지를 쓰는 그 순간 속으로 집결되는 것 같았다. 그렇게 세 번 편지를 썼다. 하지만 아무런 답장이 없었다. 애원도 해보고, 협박도 하고, 함께했던 사랑과 용기의 순간들을 모두 상기시켰지만 내가 죽음마저도 함께하려 하고 사랑했던 그 사람, 절대 잊을 수 없는 그 사람으로부터는 아무런 답장도 오지 않았다. "알라반다!" 나는 외쳤다. "오, 나의 알라반다! 너는 나에게 사형선고를 내렸다. 너는 나를 곧게 세워주었고, 내 젊음의 마지막 희망이었다. 그러나 이제는 아무것도 원치 않는다. 그것으로 확실하고 성스러워졌다!

우리는 죽은 자들이 자신들의 죽음을 알기라도 하는 것처럼 슬퍼하지만 그들은 사실 평화를 누리고 있다. 그러나 우리의 고통 중에는 그 무엇과도 견줄 수 없는 고통이 있으니, 그것은 자신이 완전히 절멸된다는 끊이지 않는 느낌이다. 우리가 삶의 의지를 잃게 될 때, 이를테면 우리의 마음이 '너는 끝장이야, 다른 방도가 없어. 너는 꽃을 심은 적도 없고 오두막을 지은 적도 없어. 고작 할 수 있는 말이라곤 지상에 흔적 하나를 남겼다는 것뿐'이라고 스스로에게 말할 때 말이다. 아! 우리의 영혼은 언제나 이토록 그리움으로 가득 차 있으니, 그 큰 그리움 때문에 낙심하기도 하는 것이다!

나는 늘 뭔가를 추구해왔다. 하지만 사람들 앞에서는 감히 눈을 뜨지 못했다. 아이들 웃음소리가 두려웠던 순간들도 있다.

그러는 가운데 나는 매우 조용해졌으며 인내심도 생겼다. 그리고 때로는 이런저런 것들이 지닌 놀라운 치유력에 대한 미신도 믿게 되었다. 나는 내가 구입한 비둘기나 뱃놀이, 산에 숨겨진 골짜기로부터 위안을 기대했다.

됐다! 됐어! 만약 내가 테미스토클레스 장군*과 함께 자랐다면, 스키피오 장군 집안**의 일원으로 살았다면, 내 영혼은 자신에게 이런 면이 있는 줄 전혀 몰랐을 것이다.

히페리온이 벨라르민에게

때때로 내 안에서는 정신력이 살아 움직였다. 그러나 물론

---

* 아테네의 정치가이자 장군(기원전 ?524~?460). 그리스와 페르시아 간 전쟁의 향방을 좌우한 살라미스 해전(기원전 480)에서 혁혁한 공을 세웠으며 후세의 문학에서 헬라 세계를 구원한 사람으로 숭상되었다.
** 고대 로마의 가문. 기원전 2~3세기에 유명한 정치가와 명망 높은 장군들을 많이 배출했다. 이들이 많은 전쟁에서 승리함으로써 로마가 기틀을 잡을 수 있었다.

파괴적인 쪽으로만 작용했다.

인간이란 무엇인가? 이런 말로 시작할 수 있을 것이다. 그런 것이 어떻게 이 세상에 존재할 수 있을까? 혼돈처럼 부글부글 끓거나 썩은 나무처럼 곰팡이를 피우고 절대 성숙에 이르지 못하는 그런 것? 잘 익은 달콤한 포도송이에 그런 설익은 포도알이 달려 있는 것을 자연은 어떻게 참아내는가?

인간은 식물들에게 이렇게 말한다. 나도 한때는 너희와 같았다고! 그리고 순수한 별들에게는 이렇게 말한다. 나도 나중에 다른 세상에 가면 너희와 같은 존재가 될 거라고! 그러는 동안 인간은 분열되어 자신을 상대로 이런저런 기술을 써본다. 그렇게 해서 일단 완전히 해체되면 언젠가 담쌓기처럼 뭔가 생동감 있는 것을 조립해낼 수 있을 것처럼. 개선되는 것이 아무것도 없어도 인간은 흔들리지 않는다. 그는 자신이 행하는 일을 스스로 여전히 재주라고 생각한다.

오, 가련한 자들아, 너희는 느낄 것이다. 너희는 인간의 숙명에 대해 말하고 싶어 하지 않는다. 우리 위에서 섭리하는 무無에 철저히 사로잡힌 너희는 그만큼 철저히 알고 있다. 우리가 무를 위해 태어났으며, 무를 사랑하고, 무를 믿고, 무를 위해 뼈 빠지게 일하다가 결국엔 서서히 무로 스러진다는 것을. 너희가 그것을 진지하게 생각해 털썩 무릎을 꿇는다면 난들 어쩌겠는가? 나 역시 벌써 몇 번씩이나 이런 생각에 잠겼고, 또 이렇게 소리 질렀다. 왜 내 뿌리에 도끼질을 하는가, 잔인한 정신아? 그리고 나는 아직 이렇게 살아 있다.

오, 너희 어두운 형제들아, 예전에는 상황이 달랐다. 그 시절엔 우리의 머리 위쪽이 아름다웠고, 앞쪽도 무척이나 아름답고 즐거웠다. 우리의 마음은 멀리 행복한 망령들 앞까지 물결쳤고, 우리의 정령들은 대담하고도 즐겁게 위로 솟구쳐 울타리를 부숴버렸다. 그러다 그 정령들이 주위를 둘러보니, 아, 슬프게도 주변엔 한없는 공허뿐이었다.

오! 나는 누구를 향해서인지 모르지만 무릎 꿇고 두 손을 비비며 다른 생각을 하게 해달라고 간청할 수 있다. 그러나 나는 그것을, 소리 질러대는 진리를 제압하지 못한다. 내가 이중으로 확인하지 않았던가? 삶의 내부를 들여다보면 모든 것 뒤에 최후로 오는 것은 무엇인가? 무다. 내가 정신적으로 상승할 때 모든 것의 맨 위에 있는 것은 무엇인가? 무다.

그러나 조용히 해라, 나의 마음아! 그렇다, 그건 너의 마지막 힘이다. 네가 지금 그렇게 허비하고 있는 것 말이다. 너의 마지막 힘이라고? 그러면 너는, 너는 하늘을 점령하려는 것이냐? 대체 네 수백 개의 팔은 어디에 있는가, 거인아.* 너의 펠

---

* 알로에우스의 아들들인 에피알테스와 오토스(이들을 아울러 알로아다이라고 부른다)를 이른다. 이들은 거인과 같은 존재들로 그리스 동쪽 해안에 있는 두 산인 오사 산과 펠리온 산을 올림포스 산에 탑처럼 쌓아 하늘에까지 오르려 함으로써 신들에게 위협을 가한 바 있다. 그러나 이들이 수백 개의 팔을 가졌던 것은 아니다. 오히려 거인들 간의 싸움에서 제우스 편에 섰던 헥타톤카이렌이라는 거

리온 산과 오사 산은 어디에 있는가. 신들의 아버지의 성城에 이르는 계단은 어디에 있는가. 너는 그 계단을 타고 올라 신과 신들의 식탁과 불멸의 올림포스 산 꼭대기를 아래로 내던지고 유한한 생명의 인간들을 향해 이렇게 설교할 것이다. 너희 순간의 자식들아! 이 꼭대기에 오르려 하지 마라. 이 위에는 아무것도 없으니.

나의 마음아, 다른 자들 위에 섭리하는 것에 대해서는 신경 쓰지 마라. 너에게는 너의 새로운 교리가 중요하다. 네 위와 네 앞은 비어 있고 황량하다. 네 안이 비어 있고 황량하기 때문이다.

너희 타자들아, 너희가 나보다 더 부자라면 그래도 너희가 조금이나마 도움이 되지 않을까.

너희의 정원이 그렇게 꽃으로 가득하다면 왜 너희의 숨결이 나까지 기쁘게 해주지 못하는가? 너희가 그렇게 신성으로 가득하다면 내게도 한 모금 마시게 해다오. 축제에서는 아무도 굶어죽지 않는다. 가장 가난한 사람도 굶지 않는다. 그러나 너희 속에서 축제를 즐기는 자는 단 하나뿐이다. 바로 죽음이다.

궁핍과 불안과 밤이 너희의 주인이다. 그것들이 너희를 떼어놓고, 그것들이 너희를 몽둥이질로 몰아댄다. 너희는 굶주

인들이 그랬다. 유한한 생명을 가진 이 거인들은 고대부터 불멸의 거인들과 혼동되었다.

림을 사랑이라고 부른다. 그리고 너희의 눈에 아무것도 보이지 않는 곳, 그곳에 너희의 신들이 살고 있다. 신들 그리고 사랑이라고?

오, 시인들의 말이 맞다. 아무리 보잘것없고 하찮은 것도 우리에게 감동을 주지 않는 것은 없다.

나는 그렇게 생각했다. 이 모든 것이 어떻게 내 마음속에 찾아왔는지, 아직도 나는 모르겠다.

제2장

히페리온이 벨라르민에게

나는 지금 영웅 아이아스*의 섬인 사랑스러운 살라미스**에 살고 있다. 나는 이 그리스의 모든 곳을 사랑한다. 그리스는 내 마음의 색채를 지니고 있다. 어디를 바라보아도 기쁨이 묻어 있다.

누구 주위에나 사랑스럽고 위대한 것들이 널려 있다.

나는 아래쪽 산자락에 유향나무 가지로 오두막을 짓고 그 주위에 이끼와 나무들뿐 아니라 백리향과 온갖 관목들을 심었다.

---

* 살라미스의 왕 텔라몬의 아들. 트로이 전쟁 때 살라미스군의 장군이었다.
** 그리스 아테네 앞쪽 사로니코스 만에 있는 섬.

그곳에서 나의 가장 소중한 시간을 가졌고, 저녁마다 그곳에 앉아 오래도록 아티카를 굽어보았다. 그러다 가슴이 너무나 벅차게 뛸 때면 도구들을 챙겨 만으로 내려가 물고기를 낚는다.

아니면 저 위쪽 언덕바지에 올라가 지난날 살라미스 섬 앞 바다에서 거칠면서도 지혜롭게 치러진 멋진 해전 이야기를 읽으며 아군과 적군의 분노 어린 혼란을 조정하고 마치 기수가 말을 다루듯 훌륭하게 제어하던 정신을 기뻐하면서도 나 자신의 전사戰史를 생각할 때면 마음속 깊이 부끄러움을 느낀다.

아니면 멀리 바다를 바라보며 내 인생을 생각한다. 내 인생의 상승과 하강, 행복과 슬픔을 생각한다. 그럴 때면 내 과거가 어느 거장이 모든 음을 이용해 불협화음과 화음을 잘 어울리게 은근슬쩍 섞어서 들려주는 리라 연주처럼 느껴지곤 한다.

오늘 이곳 위쪽은 평소보다 세 배는 더 화창하다. 이틀간 내린 반가운 비가 대기와 삶에 지친 대지를 식혀주었다.

대지는 더욱 짙은 초록으로 물들고, 들판은 더욱 확 트여 보인다. 한없이 펼쳐진 황금빛 밀밭엔 수레국화가 곳곳에 즐거이 피어 있고, 저 아래 깊은 곳에 자리 잡은 숲에서는 수천의 나무 우듬지들이 희망의 빛을 내뿜으며 밝게 솟아오르고 있다. 원경의 모든 선들이 공간을 부드럽고도 크게 가르고 있고, 산들은 태양을 향해 마치 계단처럼 한 단 한 단 포개져 끊임없이 위로 오르고 있다. 하늘은 어디를 보아도 맑기만 하다. 하얀 햇살이 창공에 입김처럼 뿜어져 있고, 마치 은빛 조각구름 같은 수줍은 달이 밝은 대낮의 하늘에 떠가고 있다.

히페리온이 벨라르민에게

지금의 이런 느낌은 참으로 오랜만이다.

제우스의 독수리가 뮤즈들의 노랫소리에 귀 기울이듯,* 나는 내 마음속에 이는 놀랍고 한없는 화음에 귀 기울인다. 감각과 영혼이 오롯이, 강력하고도 즐겁게 미소 짓는 진지함 속에서 나는 운명 그리고 운명의 성스러운 세 자매 여신들**과 마음 깊이 노닌다. 나의 온 존재가 성스러운 젊음의 빛으로 가득해져 스스로에 대해 그리고 만물에 대해 환호한다. 나는 별빛 맑은 하늘처럼 고요하고 움직임으로 가득하다.

오랫동안 이런 축제의 순간을 기다려왔다. 그대에게 다시 이런 글을 쓸 날이 오기를 바랐다. 이제 원기를 되찾았다. 자, 그러면 그대에게 다시 이야기를 들려주겠다.

---

* 횔덜린이 번역한 핀다로스의 첫 번째 신탁의 송가 첫머리에서 핀다로스는 아폴론과 뮤즈들의 황금 칠현금의 힘을 이렇게 노래한다. "새들의 왕인 독수리조차 제우스의 왕홀에 닿으면 잠이 드나니."
** 클로토 여신은 생명의 실을 잣고, 라케시스 여신은 생명의 실을 유지해주며, 마지막 아트로포스 여신은 생명의 실을 자르는 역할을 한다.

내가 어두운 시절을 보내고 있을 때 칼라우리아 섬*에 사는 한 지인이 나를 그곳으로 초대했다. 그가 자기가 사는 산골로 들어오라는 편지를 보내왔다. 그곳에서는 세상 어느 곳보다 자유롭게 살 수 있고, 가문비나무 숲이 펼쳐져 있고 그 가운데로 냇물이 소리를 내며 흐르고, 그 한가운데에는 레몬나무 숲과 야자나무들, 사랑스러운 약초들, 은매화와 성스러운 포도넝쿨이 우거져 있다고 했다. 그는 산꼭대기에 정원을 만들어놓고 집도 한 채 지어놓았다. 집 뒤에는 빽빽하게 들어선 나무들이 그늘을 드리우고, 뙤약볕 쏟아지는 한여름날에도 시원한 공기가 집 주위를 살며시 감싼다. 그곳에서는 히말라야삼나무의 우듬지에 앉은 새처럼 산 밑을 굽어볼 수 있는데, 마을과 푸른 언덕들 그리고 기분 좋게 떠 있는 군도群島가 내려다보인다. 그 모든 것이 마치 아이들처럼 멋진 산을 에워싸고 있으며, 산에서 거품을 내며 쏟아지는 냇물을 먹고 산다고 했다.

그런 이야기에 구미가 조금 당겼다. 화창한 4월의 어느 날, 나는 배를 타고 그 섬으로 건너갔다. 그날따라 바다가 너무나 아름답고 맑았다. 공기는 고산지대에 온 것처럼 가벼웠다. 신성한 포도주가 나오면 귀한 요리에서 손을 떼듯이, 나는 흔들리는 배에 몸을 실은 채 육지를 등 뒤에 두었다.

바다와 공기의 영향을 거부하려 해보았지만 어두운 생각은

---

* 사로니코스 만에 있는 섬. 오늘날엔 포로스 섬이라고 불린다.

힘을 쓰지 못했다. 나는 몸과 마음을 맡긴 채 나 그리고 다른 사람들에 대해 아무것도 묻지 않았고 아무것도 찾지 않았으며 아무것도 생각하지 않았다. 그저 반쯤 잠든 채 배에 몸을 싣고 몸이 일렁이게 내버려두었다. 내가 카론*의 나룻배에 타고 있다고 상상해보았다. 오, 그렇게 망각의 사발을 들이켜는 것**은 정말로 달콤한 일이다.

나를 태운 나룻배의 유쾌한 뱃사공은 나와 많은 이야기를 나누고 싶어 하는 눈치였지만, 나는 별로 말을 하지 않았다.

그가 손가락을 들어 좌우를 가리키며 푸른 섬을 일러주었지만, 나는 그쪽을 오래 바라보지 않고 이내 다시 사랑스러운 몽상에 잠겼다.

마침내 그가 멀리 보이는 고요한 산정을 가리키며 곧 칼라우리아 섬에 도착한다고 말했을 때 나는 정신을 차렸다. 내 존재 전체가 놀라운 힘을 향해 몸을 열었고, 그 힘은 갑자기 달콤하고 고요하게, 설명할 길 없는 방식으로 나와 노닐었다. 나는 놀라움과 기쁨에 눈을 크게 뜨고 원경의 비밀을 바라보았고, 가슴이 가볍게 떨려왔다. 기쁨에 겨워 나도 모르게 손을 뻗어 뱃사공을 얼른 붙잡았다. "아, 그래요?" 내가 외쳤다. "저

---

* 죽은 자들이 하데스의 문까지 가도록 지하세계의 강물을 건너게 해주는 뱃사공.
** 지하세계의 강인 레테의 강물을 마시고 이승에서의 일을 모두 잊는 것을 암시한다.

게 칼라우리아 섬입니까?" 내 말을 듣고 그가 나를 쳐다보았고, 나는 어찌해야 할지를 몰랐다. 나는 지극히 애정 어린 마음으로 친구를 맞이했다. 내 마음은 두근거림으로 가득 찼다.

그날 오후 나는 즉시 섬을 걸어보고 싶었다. 숲과 은밀한 계곡이 형언할 수 없을 정도로 나를 자극했고, 정겨운 햇살은 모두 밖으로 나오라고 유혹했다.

나날의 일용할 양식보다 살아 있는 모든 것이 더 보고 싶었다. 새나 짐승 모두 축제를 맞고 있는 것 같았다.

그런 광경을 바라보는 것처럼 황홀한 일이 어디 있겠는가! 어머니가 주위를 둘러보면서 우리 귀염둥이 어디 있느냐고 다정하게 물으면 아이들이 우르르 그녀의 품으로 뛰어들고 막둥이까지도 요람에서 두 팔을 벌리듯이, 모든 생명체들이 하느님의 대기를 향해 날아들고, 뛰쳐나오고, 그리로 들어가려고 애를 썼다. 무당벌레와 제비, 비둘기와 황새가 즐거이 뒤섞여 위아래에서 몰려들었고, 땅에 발이 묶인 것들은 발걸음이 곧 비행이 되었다. 말은 웅덩이를 훌쩍 뛰어넘었고, 사슴은 울타리를 넘었으며, 바다 밑에서는 물고기들이 올라와 수면에서 펄떡펄떡 뛰었다. 어머니 같은 공기가 모두의 심장을 향해 밀려들어 그들을 들어올리기도 하고 제 쪽으로 당기기도 했다.

사람들도 문을 열고 나와 영혼의 바람결을 놀라운 마음으로 느꼈다. 바람결은 이마에 부드러운 머리칼을 살짝 날렸고 햇살을 식혀주었으며, 사람들은 다정하게 옷자락을 풀어 바람을 가슴에 받아들였다. 그들은 더 달콤하게 숨을 쉬었으며, 그들이 살고 움직이는 맑고 가볍고 사랑스러운 바닷물을 더 정답게 어루만졌다.

오, 정령의 누이여! 우리 안에 타오르는 불꽃처럼 섭리하며 살아 있는 성스러운 공기여! 내가 어디로 발길을 옮겨도 너는 늘 나를 따라다닌다. 이 얼마나 멋진 일인가, 어디에나 편재하는 너, 불멸의 존재여!

그 드높은 원소는 아이들과 함께 가장 멋지게 노닐었다.

어린아이들은 평화롭게 흥얼거렸고, 입술에서는 박자 없는 노래가 흘러나왔으며, 열린 목구멍을 통해 즐거운 탄성이 터져 나왔다. 어떤 아이는 몸을 쭉 뻗어 위로 껑충 뛰기도 하고, 또 어떤 아이는 생각에 잠겨 주위를 서성거리기도 했다.

모든 것이 행복의 언어였고, 황홀한 대기의 애무에 대한 하나의 응답이었다.

나는 이루 말할 수 없는 그리움과 평화의 감정으로 가득 차 있었다. 어떤 낯선 힘이 나를 지배했다. 나는 혼잣말로 지껄였다. 다정한 정령이여, 너는 나를 어디로 부르는가? 낙원인가, 아니면 다른 어디인가?

나는 어느 숲 속을 찾아가 바위를 타고 졸졸대며 내려오는 냇물을 따라 위로 올라갔다. 냇물은 무해하게 자갈들 위를 미끄러지듯 흘렀고, 계곡은 점차 폭이 좁아져 나중에 가서는 아치형을 이루었다. 그리고 한낮의 빛은 침묵하는 어둠 속에서 외롭게 노닐었다.

　나는 이곳에서 말하고 싶다, 나의 벨라르민이여! 이곳에서 차분하게 그대에게 편지를 쓰고 싶다!

　말을 한다고? 오, 기쁨에 있어서 나는 초보자일 뿐이다. 나는 말하고 싶다!

　행복한 자들의 땅에는 고요함이 깃들고, 마음은 별들 너머에서 자신의 궁핍과 자신의 언어를 잊는다.

　나는 그것을 성스럽게 간직해왔다! 팔라스 여신상*처럼 그것을 내 가슴속에 지녀왔다. 나에게 나타난 신성을! 앞으로 운명이 나를 움켜잡아 이 심연에서 저 심연으로 집어던지고 내 안의 모든 힘과 생각들이 익사한다 해도, 그것은 유일하게 내 안에서 나를 넘어 살아남으리라. 그리하여 맑고 영원히 파괴되지 않는 모습으로 내 안에서 빛을 발하며 통치하리라!

　그렇게 그대는 널브러지듯 땅에 누워 있었다, 달콤한 생명이여. 그렇게 그대는 올려다보았다. 그리고 몸을 일으켜 세웠고, 이제 서 있었다. 날씬하고 충만한 모습으로, 그리고 신처럼 조용히. 내가 방해해도 그대의 거룩한 얼굴은 여전히 쾌활한 황홀함으로 가득 차 있었다.

　오, 그 고요한 눈동자를 들여다본 사람, 그 달콤한 입술의 열

---

*　제우스 신이 이 여신상을 하늘에서 던졌고, 이 여신상을 소유한 도시는 제우스의 보호를 받는다고 한다. 그러므로 이 여신상은 성스러운 비호의 징표이다.

림을 직접 겪은 사람, 그 사람이 무엇을 더 말하겠는가?

평화로운 아름다움이여! 신적인 평화여! 그대의 도움으로 노호하는 삶과 의심하는 정신을 가라앉혀본 사람에게 다른 무엇이 소용 있겠는가?

내 비록 분명히 말하지는 못하지만, 최선과 최고의 아름다움이 마치 구름 속에서 모습을 드러내듯 나타나고 완벽한 천국이 예감하는 사랑 앞에서 열리는 순간이 있다. 벨라르민이여, 그럴 땐 아름다움의 본질을 생각하고 나와 함께 무릎을 꿇자. 그리고 나의 지복을 생각해다오! 하지만 잊지는 말아다오. 그대가 예감만 하는 것을 내가 이미 가진 적이 있다는 것을, 자네에게는 구름 사이로나 드러나는 것을 내 이 두 눈으로 직접 본 적이 있다는 것을.

사람들은 가끔 '기쁘다!'고 말하고 싶어 한다. 오, 내 말을 믿어다오. 너희 인간들은 기쁨이 무엇인지 전혀 모른다! 너희에겐 아직 기쁨의 그림자조차 나타난 적이 없다! 오, 가라. 그리고 푸른 하늘에 대한 이야기는 하지 마라, 너희 눈먼 자들아!

우리는 어린아이처럼 될 수 있다! 순진무구한 황금의 시대는 다시 돌아온다! 평화와 자유의 시대는 돌아온다! 그래도 이 지상에는 기쁨이 있고 안식처가 있다!

인간은 늙고 시들지 않는가, 인간은 떨어진 나뭇잎 같은 존재가 아닌가? 자기의 나무줄기를 다시 찾아가지 못하고 바람에 휘날려 결국엔 모래 속에 파묻히는 나뭇잎 같은 존재가 아

그리스의 은자 히페리온

93

닌가?

그래도 인간의 봄은 다시 찾아온다!

아무리 훌륭한 것이 시들어 떨어져도 울지 마라! 곧 다시 회춘할 테니! 너희 가슴속의 노래가 그친다 해도 슬퍼하지 마라! 가슴속 노래를 다시 조율해줄 손이 곧 나타날 테니!

나는 어땠던가? 끊어져버린 리라 연주 같지 않았던가? 여전히 약간의 소리를 내기는 했지만, 그것은 죽음의 곡조였다. 나는 우울한 백조의 노래를 불렀던 것이다. 나는 나를 위해 죽음의 화환을 하나 엮어보고 싶었다. 그러나 내 수중에는 겨울 꽃들밖에 없었다.

그리고 그것은, 죽음의 정적은, 내 인생의 밤과 황야는 어디에 있었나? 궁핍에 전 그 죽을 운명은?

물론 인생이란 곤궁하고 고독한 것이다. 우리는 마치 갱도 속 금강석처럼 이 아래쪽에서 살고 있다. 어떻게 하면 위로 다시 올라갈 수 있을까 해서 어찌하여 이곳에까지 내려오게 되었는지 물어봤자 다 소용없는 일이다.

우리는 마른 나뭇가지나 부싯돌 속에 잠들어 있는 불꽃과 같다. 그래서 매 순간 이 갑갑한 포로 상태를 끝장내려고 애를 쓴다. 그러나 해방의 순간은 찾아온다. 그 해방의 순간은 투쟁으로 지친 영겁의 시간을 보상해준다. 그 순간 신성은 지하 감옥을 부수고 나오고, 그 순간 불꽃은 장작에서 잿더미 위로 승리의 불길을 피워 올린다. 아! 그 순간 우리는 사슬에서 벗어

난 정신이 고통과 노예 상태를 잊고 개선가를 부르며 태양의
전당으로 돌아가는 듯한 느낌을 받는다.

히페리온이 벨라르민에게

한때는 나도 행복했었다, 벨라르민이여! 지금도 나는 행복
하지 않은가? 그녀를 처음으로 본 그 성스러운 순간이 마지막
순간이었다 해도 행복하지 않은가?

나는 그것을, 내 영혼이 찾던 그 유일한 것을 한 번 본 적이
있다. 우리가 별들 저 위로 떼밀어놓았던 완성을, 시간의 종말
쪽으로 밀어젖혀두었던 그 완성을 눈앞에서 느꼈다. 그때 이
세상 지고의 것이 인간과 사물들의 영역 속에 나타났던 것이
다!

그것이 어디에 있는지 나는 더 이상 묻지 않는다. 그것은 세
상 속에 있었다. 그것은 세상 속으로 다시 돌아올 수도 있다.
지금은 그것이 세상 속에 한층 더 깊이 숨겨져 있다. 나는 그
것이 무엇인지 더 이상 묻지 않는다. 나는 그것을 직접 보았으
며 그것을 직접 만나보았다.

오, 지고의 것과 최선의 것을 찾는 너희들, 지식의 심연에서,
행동의 아우성 속에서, 과거의 어둠 속에서, 미래의 미로에서,
무덤 속에서 또는 별들 너머에서 지고의 것과 최선의 것을 찾

는 너희들은 그것의 이름을 아는가? 하나이자 전부인 것의 이름을?

그것의 이름은 아름다움이다.

너희는 너희가 원한 것이 무엇인지 알았는가? 나는 아직 그것을 알지 못한다. 하지만 어렴풋이 짐작은 한다. 그것은 새로운 신성의 제국이다. 나는 그 제국을 향해 발길을 재촉한다. 다른 사람들의 손을 잡고 그곳으로 이끌어간다. 강물이 다른 강물들을 대양으로 이끌어가듯이.

그리고 당신, 당신은 나에게 길을 알려주었습니다! 당신과 함께 나는 시작했습니다. 당신을 모르던 시절은 말할 가치도 없습니다.

오, 디오티마,* 디오티마, 천상의 존재여!

히페리온이 벨라르민에게

시간이 존재한다는 것을 잊어버리자. 그리고 인생의 하루하루를 헤아리지 말자!

---

* 횔덜린은 끝에서 둘째 음절에 강세를 넣어 발음한 이 여인의 이름을 나중에 주제테 곤타르트에게 전이했다. 디오티마라는 이름은 플라톤의 《향연》에서 차용한 것이다.

두 존재가 서로를 예감하고 서로에게 다가가는 순간에 비하면 수백 년이라는 세월이 도대체 무엇이란 말인가?

노타라가 처음 나를 그녀의 집으로 데려갔던 그날 저녁이 지금도 눈에 선하다.

그녀는 우리 집에서 불과 몇백 걸음밖에 떨어지지 않은 산기슭에 살고 있었다.

그녀의 어머니는 사려 깊고 인자한 분이었고, 그녀의 남동생은 무척 쾌활하고 순진한 청년이었다. 그 두 사람은 모든 면에서 디오티마를 집안의 여왕으로 받들었다.

아! 그녀가 나타나는 곳에서는 모든 것이 성스러워지고 아름다워졌다. 내가 어디를 바라보든, 내가 무엇을 만지든, 그녀가 밟은 양탄자, 그녀가 앉은 방석, 그녀가 쓴 작은 탁자 등 모든 것이 그녀와 은밀한 연대를 맺고 있었다. 그리고 그녀가 처음으로 내 이름을 불렀을 때, 그녀가 몸소 내 곁으로 가까이 다가와 그녀의 순수한 숨결에 귀 기울이는 내 존재를 건드렸을 때!

우리는 서로에게 거의 말을 건네지 않았다. 말하는 것 자체가 부끄러웠다. 우리는 화음이 되고 싶었고, 천상의 노래를 통해 하나가 되고 싶었다.

대체 무슨 말을 하겠는가? 우리는 그저 서로를 바라보았을 뿐이다. 우리들에 대해 말하는 것이 꺼려졌다.

마침내 우리는 대지의 생명에 대해 이야기했다.

여태껏 대지를 위해 그토록 열정적이고 순진무구한 찬가를 부른 적은 없었다.

넘쳐흐르는 우리의 마음을 착한 어머니의 품속에 쏟아내는 것은 정말 행복한 일이었다. 우리는 그렇게 해서 마음이 가벼워지는 것을 느꼈다. 여름 바람이 열매가 가득 열린 사과나무 가지를 흔들어 달콤한 사과들을 풀숲에 쏟아붓는 듯한 기분이었다.

우리는 대지를 하늘의 꽃들 중 하나라고 불렀고, 하늘을 생명의 무한한 정원이라고 불렀다. 장미들이 자신의 황금빛 꽃가루에서 기쁨을 느끼듯이, 영웅다운 태양은 자신의 햇살로 대지를 기쁘게 해준다고 우리는 말했다. 대지는 찬란하게 살아 있는 생명체이며, 그 가슴으로부터 분노의 불길이나 부드럽고 맑은 물이 쏟아져 나올 때 흡사 신과 같다는 말도 했다. 대지는 이슬방울을 먹고 살고, 하늘의 도움을 받아 한번 즐기기 위해 마련되는 소나기구름을 먹고 살면서 늘 행복해한다고도 했다. 태양신이 변함없이 사랑하는 반쪽으로 본디 태양신과 긴밀하게 결합되어 있었지만 모든 것을 섭리하는 운명에 의해 태양신으로부터 떨어져 나와 이제는 태양신을 찾고, 접근하고, 멀어지고, 기쁨과 슬픔 속에서 지고의 아름다운 모습으로 무르익어가는 것이라는 말도 했다.

그렇게 우리는 이야기를 나누었다. 나는 그대에게 그 이야기의 내용을, 그 정신을 전해줄 생각이다. 그러나 생명 없는 정신이 무슨 소용인가?

날이 어둑해져서 우리는 헤어져야 했다. 안녕, 천사의 눈동자여! 나는 마음속으로 그렇게 생각했다. 어서 다시 나에게 나타나다오, 아름답고 신성한 정신이여, 그대의 평온과 충만함과 함께!

히페리온이 벨라르민에게

그로부터 며칠 뒤 그들은 우리가 있는 곳으로 올라왔다. 우리는 함께 정원을 둘러보았다. 디오티마와 내가 생각에 잠겨 앞장섰다. 내 눈에는 자꾸만 환희의 눈물이 고여왔다. 이토록 성스러운 여인이 내 옆에서 이렇게 소박한 모습으로 함께 걷다니.

우리는 산 정상의 앞쪽 가장자리에 서서 무한한 동쪽을 멀리 굽어보았다.

디오티마의 눈이 크게 떠졌다. 그리고 그녀의 사랑스럽고 조그만 얼굴은 꽃봉오리가 살며시 열리듯 하늘의 대기 앞에 열렸으며 순수한 언어와 영혼이 되었다. 그녀는 마치 구름 속으로 날아갈 것처럼 온몸을 쭉 펴고 서 있었다. 가벼우면서도 위엄 있는 모습이었다. 두 발은 거의 땅을 딛고 있지 않은 것 같았다.

오, 나는 독수리가 가니메데스에게 했던 것처럼* 그녀를 두 팔로 끌어안고 바다와 섬들 위로 훨훨 날아가고 싶었다.

그녀가 앞으로 더 걸어나가더니 가파른 암벽을 내려다보았다. 그녀는 아찔한 계곡을 내려다보며 아래쪽의 바위와 거품 이는 세찬 급류가 흐르는 곳에서 위쪽 밝은 산꼭대기까지 뻗어 있는 어두운 숲 속 여기저기에 시선을 두고 즐기는 것 같았다.

그녀가 몸을 기대고 서 있는 난간은 높이가 좀 낮았다. 그래서 그 매혹적인 여인이 앞으로 몸을 구부리는 사이 내가 그녀를 살짝 잡아줄 수 있었다. 아! 전율하는 뜨거운 환희가 내 온몸을 꿰뚫고 지나갔다. 내 온 감각은 미쳐 날뛰며 어쩔 줄을 몰랐다. 그녀를 만지는 순간 내 두 손은 숯덩이처럼 불타올랐다.

다음 순간 그녀 곁에 이토록 다정하게 함께 서 있다는 사실에 기쁨이 느껴졌다. 그리고 그녀가 혹시 쓰러지면 어쩌나 하는 아이와 같은 사랑스러운 걱정, 그 훌륭한 처녀가 감동스러워하는 모습을 바라보는 기쁨이라니!

사랑의 한순간에 비하면 인간들이 수천 년에 걸쳐 행하고 생각해온 것은 대체 무엇이란 말인가? 그것이야말로 자연에서 가장 성공적인 것이며 가장 신성한 아름다움이 아니던가!

---

* 가니메데스는 트로이의 왕 트로스의 아들로, 빼어난 아름다움 때문에 독수리로 변신한 제우스에게 납치되어 신들에게 술을 따르는 시동이 되었다.

삶의 문턱에서 시작되는 모든 계단들이 그곳을 향해 나 있다. 우리는 그곳에서 와서, 그곳을 향해 가는 것이다.

히페리온이 벨라르민에게

그녀의 노래만은 잊어야 했다. 그 영혼의 소리만큼은 이제 다시는 나의 끝없는 꿈속에 나타나서는 안 되었다.

백조가 졸면서 냇가에 앉아 있을 때는 물 위로 당당하게 미끄러져가는 백조의 모습을 떠올리기가 쉽지 않다.

그녀가 노래를 할 때만 나는 그녀에게서 사랑스럽고 조용한 여인의 모습을 보았다. 그녀는 말로 자신을 표현하기를 꺼렸다.

그때 비로소 범접하기 어려운 천상의 여인이 우아하고 사랑스러운 모습으로 나타났다. 그때 마치 신들의 계명이 들려오듯, 피어나는 여린 입술로부터 간청하고 달래는 듯한 입김이 불어왔다. 그 신성한 목소리 속에서 내 가슴은 얼마나 요동쳤던가! 인생의 모든 위대함과 초라함, 모든 기쁨과 슬픔이 그 기품 있는 소리 속에서 얼마나 아름답게 보였던가!

제비들이 날아가는 벌을 잽싸게 낚아채듯이, 그녀는 늘 우리 모두를 사로잡았다.

우리에겐 기쁨이나 경탄이 아니라 하늘의 평화가 찾아왔다.

나는 그녀에게 그리고 나에게 수천 번도 넘게 이렇게 말했다. 가장 아름다운 것은 또한 가장 성스러운 것이기도 하다고. 그녀의 모든 것이 바로 그랬다. 그녀의 노래뿐 아니라 그녀의 인생도.

히페리온이 벨라르민에게

그녀의 마음은 꽃들 속에 있을 때 가장 편안했다. 마치 자신이 꽃들 중 한 송이인 것처럼.

그녀는 꽃 하나하나의 이름을 불러주었고, 사랑하는 마음으로 꽃들에게 더 예쁜 새 이름을 지어주었다. 각각의 꽃들에게 가장 즐거운 시기가 언제인지도 정확히 알고 있었다.

이 모퉁이 저 모퉁이에서 사랑스러운 것이 불쑥 나타나고 다른 것들보다 자기가 먼저 인사를 받고 싶어 할 때 누이가 그러듯, 우리가 초원이나 숲 속을 거닐 때면 그 차분한 여인은 눈과 손이 무척 바빴고 행복감에 넋이 나가기도 했다.

그것은 누구에게서 받아들인 것도 아니고 배운 것도 아니었다. 그저 그녀와 함께 자연스럽게 성장해온 것이었다.

그것은 언제나 확실하고 곳곳에서 증명된다. 어느 영혼이 순진무구하고 아름다울수록, 영혼이 없다고 일컬어지는 다른 행복한 생명들과 더욱더 친숙함을 나누게 되는 것이다.

히페리온이 벨라르민에게

나는 고귀한 정신의 소유자는 채소 다듬는 법도 모른다고 생각하는 사람들을 수천 번도 더 실컷 웃어주었다. 디오티마는 적절한 때에 부엌일에 대해서도 멋지게 이야기했다. 실제로 자선을 베풀기 위해 불을 돌보고 자연처럼 마음에 기쁨을 주는 음식을 만드는 고상한 처녀보다 더 고귀한 존재는 없다.

히페리온이 벨라르민에게

세상의 모든 인위적 지식이라는 것은 대체 무엇인가? 인간 사고의 그 잘난 성숙이라는 것은 무엇인가? 자신이 무엇을 알고 있는지, 과거에 자신이 무엇이었는지조차 알지 못하는 영혼의 자연스러운 소리에 비하면 말이다.

뿌리로부터 솟아난, 알이 통통하고 싱싱한 포도송이를 마다하고 장사꾼이 상자에 꾹꾹 눌러 담아 세상에 내보내는 건포도를 선택할 사람이 어디 있겠는가? 천사가 가진 지혜에 비하면 책 속에 들어 있는 지혜가 무엇이란 말인가?

그녀는 늘 별로 말을 많이 하지 않는 것 같으면서도 많은 것을 말했다.

어둑어둑해진 저녁 무렵에 그녀를 집까지 바래다준 적이 있다. 수천의 구름 조각들이 마치 꿈결처럼 살며시 초원을 향해 다가왔고, 성스러운 별들이 엿듣는 정령처럼 나뭇가지 사이로 내려다보았다.

그녀의 경건한 마음이 속삭이는 나뭇잎 소리, 졸졸대는 샘물 소리에 귀 기울이지 않고 지나친 적은 없지만, 그녀의 입에서 "정말 아름다워요!"라는 말을 듣기는 힘들었다.

그런데 그때 그녀가 그 말을 했다. 정말 아름다워요!

"다 우리 보라고 그런 것 같네요!" 나는 아이들이 하는 투로 말했다. 농담도 아니고 진담도 아닌 분위기로.

"당신 말이 무슨 뜻인지 알겠어요." 그녀가 대꾸했다. "나는 가족 관계 같을 때 이 세상이 가장 좋다고 생각해요. 각자 굳이 의식하지 않고 상대의 마음을 받아주고, 진심에서 우러난 호의를 베풀고 기쁨을 주는 거죠."

"정말 밝고 숭고한 생각이군요!" 내가 외쳤다.

그녀는 잠시 침묵했다.

마침내 내가 다시 말을 꺼냈다. "우리도 그 가정의 아이들입니다. 우리는 아이들이고 앞으로도 그렇게 될 거예요."

"영원히 아이가 되는 거죠." 그녀가 대답했다.

"그럴까요?" 내가 물었다.

"그 점에 있어서는." 그녀가 말을 이었다. "저는 자연을 믿어요. 매일같이 믿어요."

오, 내가 이 말을 했을 때의 디오티마라면 얼마나 좋을까!

그러나 그대는 그녀가 무슨 말을 했는지 모를 것이다, 나의 벨라르민이여! 그대는 그것을 보지도 듣지도 못했으니까.

"당신 말이 맞습니다." 나는 그녀를 향해 큰 소리로 말했다. "영원한 아름다움인 자연은 자신 안의 어떤 상실도 어떤 덧붙임도 참지 못해요. 자연의 장식물은 내일이 되면 오늘과는 달라집니다. 그러나 우리가 행하는 최선의 것이 없으면, 우리 자신이 없으면 자연은 아무것도 아닙니다. 적어도 당신이 없으면 안 돼요. 우리가 자신이 영원하다고 믿는 것은 우리의 영혼이 자연의 아름다움을 느끼기 때문입니다. 자연 속에 당신이 없다면 자연은 불완전한 것에 불과하고, 신적인 것이나 완벽한 것이 못 됩니다. 당신의 희망들 앞에서 자연이 부끄러움을 느낀다면, 자연은 당신의 마음을 얻을 자격이 없어요."

히페리온이 벨라르민에게

그토록 궁핍을 모르고, 그토록 신처럼 만족스러워하는 존재를 나는 이 세상 어디서도 본 적이 없다.

대양의 파도가 복된 섬들의 해변에 넘실대듯, 나의 마음은 그칠 줄 모르고 그녀의 천국 같은 평화 주위를 맴돌았다.

내가 그녀에게 줄 수 있는 것이라고는 거친 모순과 유혈이 낭자한 기억들로 가득 찬 기분뿐이었다. 내가 그녀에게 줄 수 있는 것이라고는 수천 가지의 근심과 수천 가지의 날뛰는 희망들로 가득 찬 나의 무한한 사랑뿐이었다. 그녀는 변함없이 아름다운 모습으로, 힘도 들이지 않고, 미소 짓는 완성된 모습으로 내 앞에 서 있었다. 그리고 가멸적인 존재가 지니는 모든 동경과 모든 꿈, 아! 정령이 황금빛 아침 시간에 드높은 영역에 자리하여 예감하는 모든 것이 그 고요한 하나의 영혼 속에 가득 차 있었다.

사람들은 별들 너머에 이르러서야 싸움 소리가 잦아들 거라고 늘 말한다. 미래에 이르러 우리의 효모가 가라앉았을 때에야 들끓던 삶이 비로소 환희의 포도주로 변할 거라고 단언한다. 복된 자들의 마음의 평화를 이 지상 어디에서도 찾을 수 없다는 것이다. 내가 아는 바는 이와 다르다. 나는 더 가까운 길로 걸어왔다. 나는 그녀 앞에 서서 천국의 평화를 보고 들었다. 그리고 한숨 짓는 혼돈 한가운데에 있을 때 우리니아 여신이 니에게 나타났다.

그 모습 앞에서 나는 얼마나 자주 내 비탄을 달랬던가! 그 지복의 눈빛에 침잠하여 마치 샘물을 들여다보듯 그녀의 마음속을 들여다보노라면 내 들떠 있는 삶과 분투하는 정신이 얼마나 자주 진정되곤 했던가! 그 샘물은 제 위에 은방울로 떨어지는 하늘의 건드림에 살며시 요동치곤 했다!

그녀는 나의 레테 강이었다. 그녀의 영혼은 나의 성스러운 레테 강이었다. 나는 그 강에서 내 현존의 망각을 마셨다. 그녀

앞에 불사조처럼 서서 기쁜 마음으로 나를 꾸짖었고, 악몽을 꾼 뒤처럼 나를 짓누르고 있던 모든 사슬들을 비웃어주었다.

오, 그녀와 함께했으면 나는 더 행복한 사람, 더 훌륭한 사람이 되었을 텐데!

그녀와 함께했으면! 그러나 그것은 실패로 끝났다. 그리고 이제 나는 내 앞에 있는 것과 내 안에 있는 것 속에서 이리저리 방황하고 있다. 내가 앞으로 어떻게 될지, 내가 할 다른 일들이 어떻게 될지 나는 알지 못한다.

내 영혼은 마치 물에서 강가의 모랫바닥에 던져져 몸을 뒤틀며 파닥거리다가 결국에는 대낮의 뜨거운 열기에 말라 죽어가는 한 마리 물고기와 같다.

아! 이 세상에 조그만 것이라도 내가 할 수 있는 일이 있다면 좋을 텐데! 내가 할 수 있는 일거리, 혹은 전쟁이라도 있으면 이 마음이 원기를 회복할 텐데!

사람들이 어머니의 젖가슴에서 떼어내 황야에 던져버린 아이들을 어느 늑대가 젖을 먹여 살렸다는 이야기가 있다.*

내 마음은 별로 행복하지 않다.

---

* 로마의 전설에 따르면 쌍둥이인 로물루스와 레무스는 테베레 강에 던져졌으나 늑대의 젖을 먹고 어느 목동의 보살핌을 받으며 자랐다고 한다.

히페리온이 벨라르민에게

나는 그녀에 관한 이야기를 간헐적으로 잠깐씩 언급할 수
있을 뿐이다. 그녀에 대해 이야기하려면 그녀가 정말로 어떤
사람인지를 잊어야 한다. 살아 있는 그녀의 모습에 사로잡혀
환희와 고통 속에서 스러지지 않으려면, 그녀에 대한 기쁨으
로 인해 죽지 않으려면 그리고 그녀를 잃은 슬픔으로 인해 죽
지 않으려면, 마치 그녀가 아주 옛날에 살았던 것처럼, 그래서
남에게 들은 말을 통해 그녀에 대한 몇 가지를 알고 있는 것처
럼 나 자신을 속여야 한다.

히페리온이 벨라르민에게

소용없는 일이다. 아무리 애써도 감출 수가 없다. 내가 내 생
각을 안고 그 어디로 도망쳐도, 하늘로 올라가거나 심연으로
내려가도, 시절의 처음으로 가거나 끝으로 도망쳐도, 내 마지
막 은신처가 되어주었고 평소 내 안의 모든 근심 걱정들을 먹
어 치워주었으며 삶의 모든 쾌락과 고통을 자신의 불꽃으로
내 안에서 태워주었던 세계의 멋지고 은밀한 정신을 향해 양
팔을 벌리고 달려들어도, 아니면 바닥 없는 대양으로 내려가
듯 그 정신의 깊은 곳을 향해 잠수를 해도, 그곳에서도, 디오티

마의 무덤이 내 곁에 있다는 달콤하고도 어지러운 치명적 전율은 그곳에서도 나를 찾아낸다.

들리는가? 그대는 내 말이 들리는가? 디오티마의 무덤 말이다!

이제 내 마음은 아주 차분해졌고, 내 사랑은 내가 사랑했던 죽은 여인과 함께 매장되었다.

그대도 알다시피, 벨라르민! 나는 오랫동안 그녀 이야기를 그대에게 쓰지 않았다. 내 마음이 편안할 때만 그녀 이야기를 썼다.

지금은 어떠냐고?

나는 바닷가에 가서 그녀가 잠들어 있는 칼라우리아를 굽어본다. 바로 그렇게 지내고 있다.

아, 누구 하나 나에게 나룻배를 빌려주지 않고, 누구 하나 나를 불쌍히 여겨 그녀를 찾아 강을 건너가도록 노를 건네주며 도와주지 않는다!

착한 바다마저도 가만히 있지 않으니 나무토막 하나 다듬어 그것을 타고 그녀에게 건너가지도 못한다.

차라리 미쳐 날뛰는 바다에 몸을 던져 파도에게 부탁하고 싶다. 디오티마가 있는 해안으로 나를 던져달라고!

사랑하는 형제여! 나는 온갖 몽상으로 마음을 달래가며 수시로 수면제를 먹고 있다. 하지만 수면제를 써가며 임시변통하느니 고통에서 영원히 벗어나는 것이 훨씬 멋지지 않겠는가.

하지만 어쩌겠는가? 나는 현재의 상황에 그냥 만족하고 있다.

만족하고 있다고? 아, 그것도 괜찮다! 신이 도와주지 못하는 마당에 그것이라도 도움이 되니 말이다.

자! 자! 내 능력에 닿는 일은 다 해보았다! 나는 내 영혼을 돌려줄 것을 내 운명에게 요구한다.

히페리온이 벨라르민에게

그녀는 내 것이 아니었던가? 그대들 운명의 여신들이여, 그녀는 내 것이 아니었던가? 나는 맑은 샘물에게 증인이 되어달라고 요구한다. 우리의 말을 엿들었던 순진한 나무들에게도. 한낮의 햇살과 푸른 하늘아! 그녀는 내 것이 아니었던가? 삶의 이런저런 모든 소리에서 그녀는 나와 하나가 아니었던가?

나처럼 그녀를 알아본 존재가 또 어디 있던가? 내 마음속에 와서 모인 것처럼 그 햇살들은 또 어느 거울에 가서 모였던가? 그녀는 먼저 내 기쁨 속에서 자신을 느끼고 자신의 멋진 모습에 기쁜 마음으로 놀라지 않았던가? 아! 내 가슴처럼 어디를 가나 그녀 가까이에 있는 그런 가슴이 어디 있는가. 그녀를 가득 채우고 또 그녀에 의해 가득 찼던 나와 같은 가슴이 어디 있는가. 속눈썹이 눈을 보호하듯 그녀의 가슴을 껴안을 나 같은 가슴이 어디 있는가.

우리는 한 송이 꽃이었다. 우리의 영혼은 서로 얽혀 살았다. 사랑할 때면 부드러운 기쁨을 닫힌 꽃받침 속에 숨기는 꽃처럼.

하지만, 하지만 그 꽃이 거만한 왕관처럼 내 손에 꺾여 먼지 속에 던져졌는가?

히페리온이 벨라르민에게

우리 두 사람은 미처 알아차리기도 전에 서로에게 속했다.

나는 사랑과 행복에 젖어 온 마음을 다 바쳐 그녀 앞에서 침묵했고, 내 모든 생명은 그녀를 바라보고 그녀를 포옹하는 눈빛에만 헌신했다. 그러면 그녀는 내가 무슨 생각에 잠겨 있는지 알지 못한 채 애정이 담긴 미심쩍은 눈빛으로 다시 나를 바라보았다. 때때로 기쁨과 아름다움에 취해 매혹적인 이야기를 하는 그녀에게 귀를 기울일 때면, 내 영혼은 벌들이 부드럽게 흔들리는 나뭇가지 주위를 맴돌듯, 지극히 고요한 움직임 주위를 떠돌며 날아다녔다. 그녀가 평화로운 생각에 잠겨 나를 향해 몸을 돌리면, 나는 내 기쁨에 놀라 그것을 감추지 않을 수 없었고, 그런 사랑스러운 일 가운데 그녀는 다시 평온을 구하고 얻었다.

소리가 울려서 내가 미처 그 소리를 듣기도 전에 그녀는 놀랍게도 모든 것을 아는 투로 내 안 깊은 곳에 있는 모든 화음과 불협화음을 알려주었다. 그녀는 내 이마에 비친 조각구름의 모든 그림자를, 슬픔의 모든 그림자를, 입술에 어린 자존심의 모든 그림자를, 내 눈에서 반짝이는 모든 불꽃을 보았다. 내정신이 절제를 모르고 낭비하듯 끊이지 않는 대화에 빠져들때면 그녀는 내 마음의 밀물과 썰물에 귀 기울이고 조심스러운 태도로 침울한 순간들을 예감했다. 사랑스러운 그 여인은거울처럼 충실하게 내 뺨의 모든 변화를 나에게 일러주고 늘똑같지 않은 내 성격에 대해 다정하게 근심의 말을 해주는 가운데 마치 소중한 자식을 대하듯 훈계하고 벌을 주었다.

아! 당신, 순수했던 당신은 그때 우리가 함께 올라갔던 내거처에서 당신 집까지 내려가면서 손가락을 헤아려 계단의 수를 세기도 하고, 당신이 다니는 산책 코스를 알려주기도 하고, 평소에 당신이 앉곤 하는 장소들을 알려주기도 했다. 그곳에서 어떻게 시간을 보냈는지도 이야기해주었다. 그리고 끝에가서는 당신이 느끼기에 나도 오래전부터 그곳에 있었던 것같다고 말했다.

애당초 우리는 오래전부터 서로에게 속하지 않았던가?

히페리온이 벨라르민에게

내 마음이 푹 쉬도록 나는 내 마음을 위해 무덤을 하나 만들어주려 한다. 천지 사방이 겨울이라 나는 칩거 중이다. 불어닥치는 폭풍을 피해 행복한 회상의 울타리로 나를 감싸고 있다.

언젠가 우리는 노타라—나는 이 친구의 집에서 묵고 있었다—그리고 우리처럼 칼라우리아의 기인인 몇몇 친구와 함께 디오티마의 집 뜰 안 꽃 핀 편도나무 아래에 앉아 우정에 대한 이야기를 나누었다.

나는 그들이 나누는 대화에 거의 끼어들지 않았다. 언제부터인가 나는 특히 심정과 관련되는 이야기가 나오면 되도록 말을 많이 하지 않았다. 나의 디오티마가 나를 그렇게 과묵하게 만들어놓았다.

그들 중 한 사람이 큰 소리로 말했다. "하르모디오스와 아리스토게이톤*이 살았던 시절엔 말이야. 그 시절엔 세상에 아직 우정이 있었어." 그 말을 듣자 나는 너무 기뻐서 가만히 있을 수가 없었다.

내가 그를 쳐다보며 외쳤다. "그런 말을 다 하다니 자네한

---

* 고대 아테네의 참주제를 무너뜨리는 계기를 만든 두 청년. 참주 히파르코스가 하르모디오스를 탐내자 친구이자 애인 사이였던 두 청년은 참주의 암살을 도모했는데, 하르모디오스는 현장에서 체포되어 처형되었고, 아리스토게이톤은 나중에 체포되어 고문을 받다가 결국 처형되었다.

테 월계관을 씌워줘야겠군! 그 우정에 대해 정말 아는 것이 있나? 아리스토게이톤과 하르모디오스 사이의 우정에 대한 비유를 알아? 이런 말을 하는 걸 용서하게! 하지만 하늘에 맹세하고 하는 말이네! 아리스토게이톤이 했던 사랑을 느껴보고 싶은 사람은 아리스토게이톤이 되어보지 않으면 안 되네. 하르모디오스가 주는 사랑을 받고 싶은 남자는 번개마저도 두려워해서는 안 되는 걸세. 그 무시무시한 젊은이가 미노스 왕*의 엄격한 잣대를 가지고 사랑하지 않았다면, 나는 그 모든 것을 거짓으로 여겼을 걸세. 극소수의 사람만이 그 시험을 통과했네. 탄탈로스**가 그랬던 것처럼 신들과 함께 식사하는 것보다 반신의 친구가 되는 것이 더 쉬운 건 아니야. 그러나 자랑스러운 그 한 쌍의 친구들처럼 서로에게 예속되는 것보다 더 멋진 일은 세상에 없지.

내가 고적한 시간에 조용히 가져보는 희망과 바람이 있다면, 그것은 그처럼 위대한, 아니, 그보다 더 위대한 소리가 세계사의 교향악 속에서 다시 울려 퍼지는 것일세. 사랑은 활기찬 사람들로 넘치는 수천 년을 탄생시켰네. 그리고 우정은 그런 세월을 다시 탄생시킬 거야. 지난날 민족들은 아이들의 조

---

* 그리스 신화에 나오는 크레타의 왕. 엄격한 법 적용으로 유명했으며, 죽어서 명계의 사자(死者)들을 심판하는 재판관이 되었다고 한다.
** 제우스의 아들. 올림포스 신들의 식사에 초대를 받았는데, 그 자리에서 신들을 모욕한 죄로 목마름에 고통당하는 벌을 받았다.

화로부터 출발했네. 앞으로는 정신들의 조화가 새로운 세계사의 출발점이 될 걸세. 인간은 식물의 행복에서 시작했고 또 성장했네. 그렇게 무르익은 거지. 이제부터 인간들은 안으로부터 그리고 바깥으로부터 줄기차게 끊임없이 들끓어오를 걸세. 인류는 그렇게 해서 끝없이 해체되어 마치 혼란 자체처럼 누워 있는 거야. 그리고 여전히 보고 느낄 수 있는 사람들은 모두 현기증에 사로잡히는 걸세. 그러나 아름다움은 인간들의 삶에서 도망쳐 위쪽 정신의 우듬지로 올라갈 걸세. 과거에 자연이었던 것이 이상理想이 되는 거지. 나무의 아래쪽은 시들고 비바람에 절어 있어도 거기서 싱싱한 우듬지가 솟아오르는 것과 같아. 우듬지는 빛나는 햇살을 받아 푸르러지지. 지나간 청춘 시절에 줄기가 그랬던 것처럼. 과거에 자연이었던 것이 이상이 되는 거야. 이 이상, 새롭게 회춘한 이 신성을 보고 극소수의 사람들은 자신을 깨닫고, 그들은 하나가 된다네. 왜냐하면 그들 사이에는 함께하는 것이 있기 때문이야. 이들로부터, 바로 이 사람들로부터 세계의 두 번째 연령대가 시작된다네. 이 정도면 자네들이 내 생각을 이해할 만큼 충분히 이야기한 것 같네."

그때 디오티마가 보인 반응을 그대가 봤어야 한다. 그녀는 자리에서 벌떡 일어나더니 나에게 두 손을 내밀면서 외쳤다. "다 알아들었어요, 사랑하는 이여. 완전히 이해했어요. 당신이 말하고자 하는 바를.

사랑은 세계를 탄생시켰고, 우정은 세계를 재탄생시킬 거예요.

오, 그러니 너희 미래의 새로운 쌍둥이별들아, 히페리온이 잠들어 있는 곳을 지날 때면 잠시 걸음을 멈추어라. 이제는 잊힌 그 남자의 유골을 생각하며 이렇게 말해다오. '만약 지금 그가 살아 있다면 우리와 같은 모습으로 이곳에 있을 거야.'"

나는 그 말을 들었다, 벨라르민이여! 그 말을 직접 들었으니 나 어찌 기꺼이 죽지 않겠는가?

그렇다! 맞다! 나는 미리 대가를 지불받았다. 나는 이 세상에 나와서 살았다. 신이라면 이보다 더한 기쁨을 견딜 수 있겠지만, 나는 아니다.

히페리온이 벨라르민에게

내가 요즘 어떻게 지냈는지 궁금한가? 모든 것을 얻기 위해 모든 것을 잃은 사람처럼 지냈다.

디오티마와 함께 시간을 보냈던 나무 그늘로부터 자주 마치 승리에 도취한 사람처럼 돌아왔으며, 내 생각을 드러내 보이지 않기 위해 자주 서둘러 그녀 곁을 떠야 했다. 그 정도로 내 안에는 기쁨이 노호했다. 디오티마의 사랑을 받고 있다는 뿌듯함과 감격스러운 믿음이 노호했다.

그런 다음 나는 가장 높은 산과 그곳의 공기를 찾았다. 그럴 때면 내 정신은 피 흘리던 날개가 아문 독수리처럼 탁 트인 공간 속에서 치솟으면서, 눈에 보이는 온 세계가 내 것이라도 되는 양 그 세계 위로 날개를 활짝 펼쳤다. 참으로 놀라웠다! 나의 뜨거운 열기 속에서 지상의 사물들이 마치 황금처럼 녹고 정화되어 나와 사물들에게서 신성한 것이 만들어지는 듯한 기분이 자꾸만 들었다. 나의 기쁨은 그렇게 노호했다. 그때마다 나는 어린아이들을 위로 번쩍 들어 내 벌렁대는 가슴에 끌어 안기도 하고, 풀과 나무들에게 인사를 건네기도 했다! 겁먹은 사슴들과 숲의 모든 야생 새들을 마치 한 식구처럼 모아놓고 내 자비 어린 손으로 먹이를 줄 수 있도록 나에게 마법의 힘이 있으면 얼마나 좋을까 소망하기도 했다. 그토록 행복감에 미쳐서 만물을 사랑했다!

그러나 오래가지 않아 그 모든 것들은 내 안에서 한 점의 빛처럼 꺼져버렸다. 그리고 나는 슬픔에 잠겨 아무 말도 없이 마치 그림자처럼 앉아 사라져버린 생명을 찾아보려 했다. 비탄에 빠지고 싶지도 않고 스스로를 달래고 싶지도 않았다. 나는 목발이 지겨워진 절름발이처럼 희망을 내동댕이쳤다. 눈물을 흘린다는 것이 부끄러웠다. 지상에 살아 있는 것 자체가 부끄러웠다. 그러나 내 자존심은 눈물로 터져버렸다. 예전 같으면 부정했을 고통이 이제는 사랑스러워졌다. 나는 그 고통을 마치 어린아이처럼 가슴에 끌어안았다.

아니에요, 나의 가슴은 외쳤다. 아니에요, 나의 디오티마! 나는 아프지 않아요. 당신은 당신의 평온을 잘 지키고, 나는 내 길을 가도록 내버려둬요. 당신의 안식을 방해받지 마요, 사랑스러운 별이여! 당신 아래쪽의 땅이 들끓어오르고 슬픔에 젖는다 해도.

오, 그대의 장미를 퇴색하게 내버려두지 마오, 복된 신들의 청춘이여! 지상의 근심으로 그대의 아름다움을 늙게 하지 마오, 달콤한 생명이여! 내 기쁨은 그대가 근심 걱정 없는 하늘을 그대 안에 지니는 거요. 그대는 궁핍해지면 안 되오, 정말 안 되오! 그대는 그대 안에서 사랑의 빈곤을 보면 안 되오.

그 뒤 다시 그녀를 만나러 내려갈 때면 한 시간 뒤의 내 마음이 어떠할지 솔바람에게 묻고 싶었고 떠가는 구름의 모양을 보고 그것을 알고 싶었다. 가는 도중에 나와 마주친 어느 다정한 얼굴이 무뚝뚝하지 않은 목소리로 '정말 좋은 날이에요!' 하고 외쳤을 때 나는 얼마나 기뻤던가!

조그만 소녀 하나가 숲에서 나와 선물이라도 할 것 같은 표정으로 산딸기 가지를 사라고 내게 내밀었을 때, 또는 지나가는 도중에 한 농부가 벚나무 위에 앉아 버찌를 따다 나뭇가지 사이로 나를 부르며 한 줌 맛보지 않겠느냐고 물었을 때, 그것이야말로 미신을 믿는 내 마음에는 좋은 징조가 아니었겠는가!

내가 걸어내려간 길 쪽으로 디오티마의 창문들 중 하나가 열려 있었다면, 그것 역시 기쁘지 않았겠는가!

어쩌면 그녀는 조금 전에 바깥을 내다보았는지도 모른다.

이윽고 나는 그녀와 마주 섰다. 숨을 헐떡이고 몸을 비틀대면서. 나는 심장의 떨림을 느끼지 않으려고 두 팔을 포개 가슴을 세게 눌렀다. 그리고 내 정신은 헤엄치는 사람이 세찬 물줄기와 맞서 싸우듯 무한한 사랑 속에 빠져 죽지 않으려고 무진 애를 썼다.

"우리 이야기 좀 할까요?" 나는 이렇게 소리쳐 말했다. "우리는 애를 써야 할 때가 많아요. 자기 생각을 붙들어놓을 이야깃거리를 찾기가 힘드니까요."

"생각들이 허공으로 도망이라도 치나요?" 나의 디오티마가 대꾸했다. "그렇다면 당신 생각들의 날개에 납덩이라도 매달아야겠군요. 아니면 어린아이가 연이 떨어져 나가지 않게 줄을 매달듯 내가 당신 생각에 줄을 매달아줘야겠어요."

그 사랑스러운 아가씨는 우스갯소리를 해서 어색한 분위기를 없애보려 했지만 별로 소용이 없었다.

나는 큰 소리로 말했다. "네, 그래요. 당신이 원하는 대로 해요, 당신 좋을 대로. 낭송을 해야 하나요? 당신의 류트는 어제와 다름없이 잘 조율돼 있을 테고요. 그런데 당장은 낭송할 것이 없네요."

"처음이 아니에요. 벌써 몇 번째인지 몰라요." 그녀가 말했다. "우리가 만나기 전에 당신이 어떻게 살았는지 들려주겠다고 약속했잖아요. 지금 들려주지 않을래요?"

"당신 말이 맞아요." 내가 응수했다. 내 마음은 그녀의 부탁에 기꺼이 응했다. 그래서 나는 그대에게 들려주었던 것처럼 아다마스에 대해, 스미르나에서 보낸 쓸쓸한 나날들에 대해, 알라반다에 대해 그리고 그와 어떻게 헤어졌는지에 대해, 또 칼라우리아로 넘어오기 전에 내가 앓은 알 수 없는 병에 대해 그녀에게 들려주었다. 이야기가 끝났을 때 나는 그녀에게 차분히 말했다. "이제 당신은 나에 대해 전부 알게 되었군요. 이제 나한테 느끼는 불쾌감이 전보다 줄었을 거예요. 이제 당신은 이렇게 말할 겁니다." 나는 웃는 얼굴로 덧붙여 말했다. "'여기 이 헤파이스토스*가 다리를 전다고 조롱하지들 마세요. 신들이 두 번씩이나 하늘에서 땅으로 내동댕이쳐서 그렇게 된 거니까.'"

"그만 좀 해요." 그녀는 목멘 소리로 이렇게 말하더니 손수건으로 눈물을 훔쳤다. "오, 제발 그만 좀. 당신의 운명이나 당신의 마음을 스스로 조롱하지 마세요! 당신의 마음을 나는 잘 알아요. 아니, 당신보다 더 잘 알아요.

사랑하는, 사랑하는 히페리온! 당신을 돕는 건 참으로 어려운 일 같아요."

---

* 그리스 신화에 나오는 불의 신. 부모인 제우스와 헤라가 싸울 때 어머니 헤라 편을 들자, 화가 난 제우스가 그를 올림포스 산에서 내던져 절름발이가 되었다고 한다.

"당신은 아나요?" 그녀가 격앙된 목소리로 말을 이었다. "당신이 무엇에 목말라하는지, 당신에게 유일하게 없는 것이 무엇인지, 알페이오스가 아레투사를 찾듯* 당신이 무엇을 찾으려는지, 당신이 겪는 모든 슬픔들 중에서 당신이 무엇 때문에 가장 슬퍼하는지 알아요? 그것이 불과 몇 년 전에 사라진 것은 아니에요. 사실 그것이 언제 왔다가 언제 사라졌는지 정확히 말하기는 힘들어요. 하지만 그것은 과거에 있었고 현재에도 있어요. 그것은 당신 마음속에 존재해요! 당신이 찾고 있는 그것은 바로 더 나은 시대, 더 아름다운 세상이에요. 당신은 그와 같은 세상만을 당신의 친구들 속에서 포옹했고, 당신은 그들과 함께 바로 그 세상이었어요.

당신에게 그 세상을 밝혀준 사람은 아다마스였어요. 그러나 그 세상은 그와의 이별과 함께 사라졌죠. 그 세상의 빛은 알라반다에게서 당신을 향해 두 번째로 다가왔어요. 이번엔 더 뜨겁게 활활 타올랐지요. 그랬기 때문에 알라반다와 헤어지고 나니 당신의 영혼이 마치 한밤중을 맞은 것 같았던 거죠.

알라반다에게 품었던 그 미세한 의심이 왜 당신 안에서 절망으로 변해버렸는지 이제 알겠어요? 당신은 왜 그를 배척했을까요? 단지 그가 신이 아니었기 때문일까요?

당신이 원한 것은 인간이 아니었어요. 내 말을 들어봐요. 당

---

* 알페이오스는 강의 신으로, 사랑하는 물의 정령 아레투사의 뒤를 쫓았다.

신이 원한 것은 하나의 세계였어요. 당신이 단 한 번의 행복한 순간에 응축된 모습으로 느꼈던 모든 황금 세기의 상실, 더 나은 시대의 모든 정신들로 이루어진 정신, 영웅들의 모든 힘으로 이루어진 힘, 당신 입장에서는 의당 한 개인이, 한 사람의 인간이 이것들을 대체해줘야 했어요! 이제 왜 당신이 가난하기도 하고 또 부자이기도 한지 알겠어요? 왜 당신이 그토록 자존심이 세면서도 또 그토록 풀이 죽어 있는지도요? 왜 당신에겐 그토록 끔찍하게 기쁨과 슬픔이 교차할까요?

그건 바로 당신이 모든 것을 갖고 있으면서 아무것도 갖고 있지 않기 때문이고, 앞으로 다가올 황금시대의 환상이 당신 것이면서도 아직 존재하지 않기 때문이고, 당신이 정의와 미美의 나라의 시민이고 또 백주에 당신을 사로잡는 아름다운 꿈들 속에서는 신들 속의 신이지만, 꿈에서 깨어나면 지금의 그리스 땅에 서 있기 때문이에요.

두 번이라고 말했던가요? 아니요, 당신은 하루에도 일흔 번씩 하늘에서 땅으로 내동댕이쳐질 거예요. 이 말을 당신한테 꼭 해야 하나요? 난 당신이 이 시대의 운명을 잘 견뎌내지 못할까 봐 걱정돼요. 당신은 앞으로도 여러 시도를 할 거예요. 앞으로도.

오, 신이여! 그런데 당신의 마지막 피난처는 아무래도 무덤이 될 것 같군요."

"아니에요, 디오티마." 내가 외쳤다. "하늘에 걸고 맹세컨대,

절대 아니에요! 하나의 멜로디가 나에게 여전히 들려오는 한, 나는 별들 아래 황야의 죽음 같은 고요도 마다하지 않을 겁니다. 태양이 빛나고 디오티마가 있는 한, 나에게 밤은 없어요.

이 세상 모든 덕을 향해 조종弔鐘을 울리게 해줘요! 나는 당신만을, 당신만을, 당신 가슴에서 나오는 노래만을 듣겠어요, 내 사랑! 이 세상 모든 것이 시들어 꺼져도 나는 불멸의 삶을 찾아내고 말 거예요."

"오, 히페리온." 그녀가 외쳤다. "그게 무슨 말이에요?"

"내가 해야 할 일을 말하는 겁니다. 이제는 안 돼요, 더 이상 이 모든 행복감과 두려움과 근심을 감추지 못하겠어요. 디오티마! 그래요, 당신은 알아요. 아니, 당신은 알아야 해요. 당신은 이미 오래전에 당신이 손을 뻗어주지 않으면 내가 파멸하리라는 것을 알고 있었어요."

그녀는 당황스러워서 어쩔 줄 몰라했다.

그녀가 큰 소리로 말했다. "그렇다면 히페리온 당신은 나를 따를 건가요? 그래요, 나도 그러길 바라요. 나는 생전 처음으로 유한한 목숨을 가진 처녀 이상의 존재가 되길 바라게 되었어요. 하지만 당신에게 나는 내가 될 수 있는 존재밖에 안 될 거예요."

"오, 지금도 당신은 나에게 모든 것이에요." 내가 외쳤다!

"모든 것이라고요? 고약한 아첨꾼이군요! 그럼 마지막 순간에 당신이 유일하게 사랑할 인류는 어떻게 되는 거죠?"

"인류요?" 내가 말했다. "내가 바라는 것은 인류가 당신의 모습을 구호로 삼아 그들의 깃발에 그려넣고 이렇게 말하는 것입니다. '오늘은 신성이 승리할 것이다! 하늘의 천사들아! 언젠가 그리 되리라!'"

"어서 가세요." 그녀가 외쳤다. "어서 가서 하늘을 향해 당신의 거룩한 모습을 보여줘요. 그렇게 거룩한 사람이 나 같은 존재와 이렇게 가까이 있어서는 안 돼요.

당신은 갈 거예요, 안 그래요, 사랑하는 히페리온?"

나는 그녀의 말을 따랐다. 그 순간에 누군들 그 말을 따르지 않을 수 있겠는가? 나는 갔다. 내가 그런 식으로 그녀에게서 떠난 적은 그때껏 한 번도 없었다. 오, 벨라르민! 그것은 기쁨이었고, 삶의 평화였으며, 신성한 고요였고, 뭐라 말할 수 없는 천국 같고 놀라운 기쁨이었다.

여기서 말이 무슨 소용 있겠는가. 그런 기쁨에 대한 비유를 원하는 사람이 있다면, 그 사람은 그런 기쁨을 한번도 느껴보지 못했기 때문일 것이다. 그와 같은 기쁨을 표현해주는 유일한 것이 바로 디오티마의 노래였다. 높은 곳과 깊은 곳 사이에서 황금의 중용을 지키며 물결치는 그녀의 노래였다.

오, 너희 레테 강변의 버드나무들아! 낙원의 숲 속 석양에 물든 너희 오솔길들아! 계곡을 따라 흐르는 냇가에 핀 너희 백합들아! 언덕에 핀 너희 장미꽃들아! 이 다정한 순간에 나는 너희를 믿는다. 그리고 내 가슴에 대고 말한다. '너는 그곳에서

그녀를 되찾을 것이다. 네가 잃어버린 모든 기쁨까지도.'

히페리온이 벨라르민에게

나의 지극한 행복에 대해 그대에게 들려주고 싶은 마음이 더욱 절실해진다.

지난날에 누렸던 기쁨을 통해 내 가슴을 단련하련다. 이 가슴이 강철이 될 때까지. 지난날의 기쁨을 통해 나를 단련하련다. 내가 난공불락의 존재가 될 때까지.

흠! 하지만 지난날의 기쁨은 마치 칼로 내리치는 것처럼 내 영혼을 내리치곤 한다. 그래도 나는 익숙해질 때까지 그 칼을 가지고 논다. 나는 손을 불속에 집어넣는다. 내가 그 불속을 마치 물속처럼 견딜 수 있을 때까지.

나는 겁내지 않을 것이다! 그렇다, 나는 강건해지고 싶다! 나 자신에게 아무것도 숨기지 않겠다. 모든 지복 중에서 나에게 가장 큰 지복을 무덤에서 불러내련다.

인간이 최상의 아름다움 앞에서 두려움을 느낀다는 것은 믿기 힘든 사실이지만, 사실이 그러니 어쩔 수 없다.

아, 나는 수백 번이나 추억의 그 순간들로부터, 그 치명적 환희로부터 도망쳤고 내 눈길마저도 거기서 돌려버렸다, 마치 어린아이가 번개로부터 도망치듯이! 그렇지만 제아무리 우거진 이 세상 정원에도 내 기쁨보다 더 사랑스러운 것은 자라지 않는다. 하늘과 땅 그 어디에도 내 기쁨보다 더 고귀한 것은 우거지지 않는다.

그러나 벨라르민이여, 그대에게만, 순수하고 자유로운 영혼의 소유자인 그대에게만 들려주겠다. 나는 아낌없이 햇살을 베푸는 태양처럼 마구 베풀 생각은 없다. 내 진주를 멍청한 대중 앞에 던져줄 생각은 없다.*

지난번에 영적인 대화를 나눈 뒤로 나는 날이 갈수록 나 자신을 알 수 없었다. 나와 디오티마 사이에 뭔가 성스러운 비밀이 생긴 것 같았다.

나는 경이로움을 느꼈고, 꿈을 꾸었다. 한밤중에 한 성인聖人의 정령이 나타나 자신과 교류하자며 나를 선택하는 꿈이었다. 내 영혼의 상태가 그랬기 때문이다.

오, 그것은 행복과 슬픔이 교묘하게 혼합된 감정이다. 그런 상태에 처하면 우리는 일상의 삶에서 영원히 벗어난다.

그 뒤로는 디오티마와 단둘이 만나지 못했다. 늘 제삼자가 끼어들어 우리를 방해하고 떼어놓았다. 그녀와 나 사이에는 세계가 무한하고 텅 빈 공간처럼 놓여 있었다. 디오티마의 소식을 전혀 듣지 못한 채로 초조하기 짝이 없는 엿새가 흘러갔다. 우리의 주변에 있는 다른 사람들이 내 감각을 마비시키고

---

* 신약성경 마태복음 7장 6절 "너희가 가진 진주를 돼지들 앞에 던지지 마라" 참조.

내 외면의 삶을 모조리 죽여놓아, 닫혀버린 내 영혼이 그녀를 향해 달려갈 생각을 전혀 하지 못하게 된 것 같았다.

눈으로 그녀의 모습을 찾으려 하면 내 눈앞은 밤이 되었고, 그녀를 향해 한마디라도 건네려 하면 목소리가 목구멍에 걸려 나오지 않았다.

아! 뭐라 말할 수 없는 성스러운 욕구가 내 가슴을 자꾸 찢어발기려 했고, 격한 사랑이 마치 나락에 갇힌 거인*처럼 내 안에서 분통을 터뜨리곤 했다. 운명이 벼려놓은 사슬에 맞서, 사랑하는 반쪽과 하나의 영혼으로 함께 있지 못하고 떨어져 있게 하는 무자비한 철의 법칙에 맞서 내 정신이 그토록 심각하게, 그토록 불공대천의 원수처럼 항거한 적은 없었다.

이제 별빛 밝은 밤이 내 삶의 근본 공간이었다. 황금이 비밀스레 자라는 땅속 깊은 곳처럼 사위가 고요해지면 내 사랑의 더욱 아름다운 삶이 시작되었다.

그럴 때면 내 마음은 시를 짓는 권리를 행사했다. 그럴 때 내 마음은 나에게 이렇게 말했다. 히페리온의 영혼은 이 지상에 내려오기 전 신과 같았던 어린 시절에 예비 천국**에서, 지

---

* 제우스에 대항한 거인족 티타노마키아를 뜻한다. 이들은 타르타로스로 추락해 그 나락에 갇혀버린다.
** 독일어 원문에는 'Vorelysium'이라고 표기되어 있다. 플라톤은 《파이돈》에서 우리의 현존에는 무한한 선존(先存)이 존재하며 또한 무한한 후존(後存)이 이어진다고 말한다.

상의 나뭇가지들과 같은 나뭇가지들 아래에서, 황금빛 강물에 비쳐 아름답게 보이는 나뭇가지들 아래에서 아름다운 샘물 소리를 들으며 사랑스러운 디오티마와 더불어 놀았다고.

그리고 마치 과거처럼 내 안에서 미래의 문이 활짝 열렸다.

그때 우리는, 디오티마와 나는 하늘을 날아다녔다. 우리는 제비들처럼 떠돌았다. 세계의 한 봄에서 다른 봄으로, 태양의 드넓은 영역을 누비면서, 그리고 그 공간을 넘어 하늘의 다른 섬들을 지나 시리우스 성*의 황금 해안으로, 아르크투루스 성**의 유령의 골짜기로.

오, 사랑하는 이와 하나의 술잔으로 세계의 환희를 마시는 것은 얼마나 멋진 일인가!

나는 정령들 한가운데에서 나 자신에게 불러준 행복한 자장가에 취해 잠이 들었다.

그리고 아침 햇살에 대지의 생명이 되살아났을 때, 고개를 들어 위를 보며 간밤의 꿈들을 찾아보았다. 꿈들은 아름다운 별들처럼 사라지고 없었고, 슬픔의 환희만이 내 영혼 속에 꿈들의 존재를 증명해주었다.

나는 슬펐다. 하지만 행복한 자들 속에 있어도 그렇게 슬퍼할 수 있다고 생각한다. 그 슬픔은 기쁨의 전령이었다. 그 슬픔

---

* 큰개자리에서 가장 밝은 항성으로, 한국과 중국에서는 천랑성이라고 부른다.
** 목동자리에서 가장 밝은 항성.

은 어스름한 여명과 같았다. 그 여명의 빛을 받아 아침 노을의 수없이 많은 장미들이 꽃을 피우는.

뜨겁게 타오르는 여름날이 이제 모든 것을 어두운 그늘 속으로 쫓아버렸다. 디오티마의 집 주위로도 고요가 깃들고 인기척이 사라졌다. 질투심 많은 커튼들만이 곳곳의 창문에서 나를 막아섰다.

나는 그녀 생각에 잠겨 살았다. 당신은 어디 있나요? 나는 생각했다. 이 외로운 영혼은 당신을 어디에서 찾을 수 있나요? 달콤한 여인이여, 당신은 앞만 바라보며 생각에 잠겨 있나요? 일거리를 옆으로 치우고 한쪽 팔을 무릎에 세워 손으로 머리를 받치고 사랑스러운 생각에 잠겨 있나요?

나의 평화로운 여인이 달콤한 몽상으로 자신의 가슴에 활기를 줄 때면 아무것도 그녀를 방해하지 말기를. 그 포도송이 같은 여인을 건드리지 말기를. 그녀의 부드러운 포도송이에 맺힌 시원한 이슬을 걷어내지 말기를!

그런 꿈을 꾸었다. 그러나 나의 생각이 그 집의 벽들 사이에서 그녀의 모습을 흘깃흘깃 찾는 사이, 나의 발은 다른 곳에서 그녀의 모습을 찾으러 나섰다. 나도 모르게 디오티마의 정원 뒤편에 있는 성스러운 숲의 아치 밑을 걷고 있었다. 그곳은 내가 그녀를 처음 만난 장소였다. 그런데 어찌된 일인가? 나는 그사이에 그 나무들과 자주 만나서 아주 친숙해졌고, 그 나무들 아래 있으면 마음이 한결 평온해지곤 했다. 그런데 이번엔 어떤 힘이 나를 사로잡았다. 마치 여신이 보는 앞에서 죽기 위해 디아나 여신의 숲 그늘에 들어선 것처럼.*

그러는 동안 나는 계속 발걸음을 옮겼다. 한 걸음 한 걸음 떼어놓을 때마다 마음속에 더욱 놀라운 느낌이 들었다. 내 마음은 훨훨 날고 싶은 듯 나를 앞으로 내몰았지만, 마치 발꿈치에 납덩이가 달려 있는 것 같았다. 내 영혼은 앞장서서 서둘러가며 이승의 육신을 이미 떠났다. 귀에는 아무 소리도 들리지 않았고, 눈앞에는 온갖 형상들이 흔들리며 어슴푸레 가물거렸다. 정신은 이미 디오티마에게 가 있었다. 아침 햇살 속에서 나무의 우듬지가 반짝거렸지만, 아래쪽 나뭇가지들은 아직 차가운 여명을 느끼고 있었다.

그때 웬 목소리가 나를 향해 외쳤다. "아! 나의 히페리온!" 나는 소리가 들려온 쪽을 향해 마구 달려갔다. "나의 디오티마! 오, 나의 디오티마!" 나는 그 이상 말하지 못했고 숨도 쉬지 못했다. 나에게는 의식조차 없었다.

사라져라, 사라져라, 죽어 없어질 삶이여, 외로운 정신이 기껏 모아둔 동전들을 이리저리 살피며 세어보는 궁색한 장사치여! 우리 모두는 신성의 기쁨을 위해 부름받았다!

---

* 아르테미스는 일찍부터 디아나와 동일시되었으며, 그리스 사람들에게는 사냥의 여신이자 죽음의 여신이기도 하다. 괴테의 《타우리스 섬의 이피게니아》 1행과 561행 참조.

여기 내 삶에 구멍이 하나 생겼다. 죽었다가 다시 깨어나보니 나는 천상의 처녀의 품에 안겨 있었다.

오, 사랑의 삶이여! 너는 참으로 지순하고 아름다운 꽃으로 그녀에게서 활짝 피어났구나! 그녀의 매혹적인 머리는 천상의 정령들의 노래를 들으며 살포시 잠든 듯 내 어깨에 기대어 있었으며, 달콤한 평화의 미소를 지어 보였다. 그러다가 밝고 청초한 놀라움 속에 하늘빛 같은 눈을 뜨며 나를 바라보았다. 그 모습은 마치 난생처음으로 세상을 바라보는 것 같았다.

우리는 그렇게 자신을 잊은 채 오랫동안 서로를 사랑스레 바라보며 서 있었다. 둘 중 누구도 어쩌다 그렇게 되었는지 알지 못했지만, 마침내 내 안에 기쁨이 산더미처럼 쌓였고, 잃어버렸던 나의 언어는 황홀의 눈물과 소리가 되어 다시 터지면서 감격에 젖은 나의 고요한 여인을 완벽하게 이승의 존재로 다시 일깨웠다.

마침내 우리는 다시 주변을 둘러보았다.

"오, 다정한 오랜 친구 같은 나무들아!" 디오티마가 오랫동안 나무들을 보지 못한 것처럼 소리쳤다. 외로웠던 지난날들에 대한 기억이 그녀의 기쁨 주위에 맴돌았다. 사랑스러운 그 모습은 마치 환한 석양빛 속에 붉게 타오르는 숫처녀 같은 눈雪 주위에 그림자가 어리는 것 같았다.

나는 외쳤다. "하늘의 천사여! 누가 당신의 손을 잡을 수 있죠? 누가 당신을 제대로 알았다고 말할 수 있죠?"

"왜요, 이상한가요?" 그녀가 대꾸했다. "내가 당신을 이렇게 다정하게 대하는 것이 말이에요. 사랑하는 그대여! 자존심세고 겸손한 사람이여! 그렇다면 나도 당신을 믿지 못하는 사람들 중 하나일 뿐인가요? 나도 당신을 샅샅이 탐색하지 않았나요? 구름에 싸여 있는 당신의 정신을 내가 알아보지 않았나요? 당신을 감춰보세요. 당신 자신의 눈에도 보이지 않게. 그래도 내가 당신을 불러낼 테니까요. 당신을요.

그러나 그 사람은 이미 이곳에 있어요. 그 사람은 별처럼 떠올랐어요. 그 사람은 지금 껍질을 부수고 봄처럼 이곳에 서 있어요. 어두컴컴한 동굴에서 솟아나는 수정 같은 샘물처럼 그 사람은 솟아올랐어요. 그 사람은 어두운 히페리온이 아니고, 거친 슬픔도 결코 아니에요. 오, 나의, 나의 멋진 젊은이여!"

이 모든 것이 나에게는 꿈처럼 여겨졌다. 그런 사랑의 기적이 어떻게 믿기겠는가? 내가 어떻게 믿겠는가? 나는 기뻐서 숨이 넘어갈 것만 같았다.

"여신이여!" 나는 외쳤다. "당신은 지금 나와 이야기하고 있는 건가요? 그렇게 스스로 만족스러운 분이 어떻게 그렇게 자신의 존재를 부인하나요? 어떻게 그렇게 내게서 기쁨을 느끼나요? 오, 이제 알 것 같아요. 이제 알겠어요. 전에 내가 어렴풋이 느꼈던 것을. 인간은 신이 걸치는 옷이고, 하늘이 최고의 것을 한번 맛보라며 자기 아이들에게 자신의 음료를 부어주는 잔이에요."

"그래요, 맞아요!" 그녀가 얼굴에 환한 미소를 띠며 내 말에 끼어들었다. "당신과 이름이 같은 형제, 하늘의 멋진 히페리온*이 당신 속에 있어요."

내가 외쳤다. "나를, 나를 당신 것으로 삼아주세요. 나 자신을 잊게 해주세요. 내 안의 모든 생명과 정신이 당신 안에 가서 머물게 해줘요. 오직 당신에게 머물게 해줘요. 행복에 잠겨 당신을 한없이 바라볼 수 있도록! 오, 디오티마! 예전에 나는 내 사랑이 만들어놓은 어스름한 신상神像 앞에 서 있었어요. 내 외로운 꿈들이 만들어놓은 우상 앞에 서 있었어요. 나는 그 우상을 아주 다정하게 길렀어요. 내 생명으로 생기를 주고 내 마음속 소망들로 생기를 주었어요. 그리고 따뜻하게 해주었어요. 그러나 내 우상은 내가 준 것 외에는 나에게 아무것도 돌려주지 않았어요. 내가 가난했을 때 나를 가난하게 버려두었어요. 그런데 지금! 지금은 당신을 내 품에 안고 있어요. 당신의 숨결을 느끼고 내 눈으로 당신의 눈길을 느끼고 있어요. 내 앞에 있는 당신의 아름다운 모습이 내 오관 속속들이 스며들고 있어요. 나는 잘 버티고 있어요. 이젠 지극히 찬란한 것을 품고도 떨지 않아요. 그래요! 나는 이제 예전의 내가 아닙니다, 디오티마! 나는 당신과 같은 존재가 되었어요. 이제는 신적인 것이 신적인 것과 어울려 노니는 거예요. 아이들이 아이

---

* 태양을 뜻한다.

들과 노는 것처럼요."

"그런데 당신이 내 앞에서 조금 더 침착해지면 좋겠어요."
그녀가 말했다.

"당신 말이 맞아요, 내 사랑!" 나는 기뻐하며 소리쳤다. "그
러지 않으면 우미優美의 세 여신*이 나에게 나타나지 않을 테
니까요. 그러지 않으면 아름다움의 바다를 보아도 거기서 살
랑대는 사랑스러운 움직임을 보지 못할 테니까요. 오, 이제 당
신의 그 무엇도 빠뜨리지 않고 눈여겨보는 법을 배우겠습니
다. 나에게 시간을 줘요!"

"아부도 참 잘하는군요." 그녀가 외쳤다. "하지만 오늘은 그
만해요, 사랑스러운 아첨꾼 나리! 황금빛 저녁 구름이 나에게
시간을 일러주었어요. 오, 슬퍼하지는 마요! 당신과 내가 이
순수한 기쁨을 함께 간직하도록 해요! 이 기쁨이 내일까지 당
신 가슴에 메아리치도록 해요. 괜한 우울한 생각으로 이 기쁨
을 죽이지 말고요! 마음속 꽃들은 다정한 손길을 원해요. 뿌리
야 어디에든 있지만, 그 꽃들은 청명한 기후에서만 피어나거
든요. 그럼 안녕히, 히페리온!"

그녀는 서둘러 자리를 떴다. 그녀가 타오르듯 아름다운 자
태로 내 앞에서 사라져가는 모습을 보는 동안 내 가슴속은 온
통 불꽃으로 이글거렸다.

---

* 로마 신화에서는 '그라티아이'라고 불린다. 각각 우아, 애교, 명랑을 구현한다.

"오, 내 사랑!" 나는 그렇게 소리치면서 그녀의 뒤를 쫓아가 수없이 키스를 퍼부으며 내 영혼을 그녀의 손에 바쳤다.

"어머나!" 그녀가 외쳤다. "앞으로 어쩌려고 이러세요!"

나는 그 말에 뜨끔해서 이렇게 말했다. "용서해줘요, 하늘 같은 내 사랑! 그만 가볼게요. 잘 자요, 디오티마! 내 생각도 조금은 해주고요!"

그녀가 큰 소리로 말했다. "그럴게요. 잘 자요!"

이 정도만 해두자, 벨라르민! 더 쓰는 것은 내 마음의 한계를 벗어나는 일일 것이다. 내 마음은 완전히 뒤집힌 것 같다. 하지만 나는 바깥으로 나가 초목들이 있는 곳으로 가서 그 아래 몸을 눕히고 자연이 나를 그런 안식으로 데려가주도록 기도하려 한다.

히페리온이 벨라르민에게

우리 두 사람의 영혼은 한결 더 자유롭고 한결 더 아름답게 삶을 공유했다. 우리의 내면과 우리 주변의 모든 것은 합일하여 황금빛 평화를 이루었다. 옛 세계는 죽고 우리와 더불어 새로운 세계가 시작된 것 같았다. 모든 것이 신성을 띠었고 힘과 사랑과 경쾌함을 얻었다. 우리 두 사람과 그 밖의 모든 존재들은 서로 떨어질 수 없는 수천의 소리가 하나의 합창을 이루듯 행복하게 하나가 되어 무한한 창공을 떠다녔다.

우리 둘 사이의 대화는 미끄러지듯 흘러갔는데, 그 모습은 마치 황금 모래가 언뜻언뜻 반짝이는 하늘빛의 강물 같았다. 그리고 우리의 고요함은 산꼭대기에 어리는 고요함 같았다. 찬란하게 고독한 그 산꼭대기에서는, 뇌우가 번지는 공간보다 더 높은 그곳에서는 신묘한 바람만이 대담한 방랑자의 곱슬머리를 어루만질 뿐이다.

헤어질 시간을 알리는 종소리가 환희 속에 들려올 때면 우리는 놀랍고 성스러운 슬픔에 잠기곤 했다. 그때마다 나는 이렇게 외쳤다. "이제 다시 우리가 죽을 운명의 인간이 되는군요, 디오티마!" 그러면 그녀는 나에게 이렇게 말했다. "죽을 운명이라는 것은 가상일 뿐이에요. 그것은 해를 오래 쳐다보고 있으면 눈앞에서 반짝이며 떨리는 색채들과 같은 거예요!"

아! 모든 것이 사랑의 고귀한 유희이어라! 상대를 기분 좋게 해주는 말, 상대를 위한 배려, 섬세함, 엄격함과 관용, 그 모든 것이.

서로를 꿰뚫어보는 전지전능함, 그리고 서로를 찬양할 때 지니는 한없는 믿음도!

그렇다! 인간은 태양이어라. 사랑할 때면 인간은 모든 것을 꿰뚫어보고 맑고 아름답게 만든다. 반면 사랑하지 않을 때 인간은 그을음 나는 작은 등불만 희미하게 밝혀진 어두운 집에 지나지 않는다.

나는 침묵해야 했다. 망각하고 침묵해야 했다.

그러나 매혹의 불꽃이 나를 유혹해 마침내 나는 그 불꽃 속으로 몸을 던지고 파리처럼 스러져가고 있었다.

주체할 수 없을 정도로 행복하게 사랑을 주고받던 어느 날, 나는 디오티마가 점점 조용해지는 것을 느꼈다.

이유를 묻고 애원도 해보았지만, 오히려 그것이 그녀를 더 멀어지게 만드는 것 같은 느낌이 들었다. 결국 그녀는 나에게 더 이상 묻지 말라고, 그만 가주었으면 좋겠다고 부탁했다. 그리고 혹시 다음에 오게 되면 다른 이야기를 하면 좋겠다고 했다. 그녀의 말은 나까지도 고통스러운 침묵에 잠기게 했다. 그런 상태를 받아들이기는 참으로 힘들었다.

알 수 없는 돌연한 운명이 우리 사이의 사랑에 죽음을 선고한 것 같은 느낌이 들었다. 그리고 모든 생명이 나와 만물에서 빠져나와 죽은 것 같았다.

물론 나는 그것이 부끄러웠다. 그러면서도 운명이 디오티마의 마음을 지배하지는 못한다고 굳게 믿었다. 아무튼 그녀는 나에게 여전히 불가사의로 남았고, 이미 나쁘게 길이 들어 위안받을 길 없는 나의 감각은 겉으로 확연히 드러나는 사랑을 계속 원했다. 장롱 속에 넣고 잠가버린 보물은 잃어버린 보물이나 마찬가지다. 아! 행복에 젖은 나머지 나는 기다리는 법을 잊었던 것이다. 당시에 나는 사과나무에 달린 사과를 따달라고 하면서 지금 당장 먹지 않으면 사과가 없어지기라도 하는 듯 울고불고하는 아이와 같았다. 나는 마음의 안정을 찾지 못하고 애원하고 또 애원했다. 때론 사납게, 때론 겸손하게, 때론 부드럽게, 때론 격분해서. 사랑은 전지전능하고도 겸손한 웅변으로 나를 완전히 중무장시켜주었다. 오, 나의 디오티마! 드디어 나는 그것을, 그 매력적인 고백을 들었다. 이제 나는 그것을 지니고 간직하련다. 사랑의 물결이 나와 관련된 모든 것과 함께 나를 옛 고향으로, 자연의 품으로 다시 데려갈 때까지.

순진하기 짝이 없는 여인! 그녀는 여태껏 자기 가슴속의 엄청난 보물을 모르고 있었다. 사랑스럽게도 자기 안의 보물을 보고 깜짝 놀라 그 보물을 가슴속 깊은 곳에 파묻어버렸다. 그리고 성스럽고 소박한 그녀는 고백했다. 눈물을 흘리며 고백했다. 자신이 무척이나 사랑한다고. 그녀는 그때껏 가슴속에서 중요하게 여겼던 모든 것과 이별했다. 오, 그녀는 이렇게 외쳤다. "이제 나는 5월과 여름과 가을에게 등을 돌렸어요. 이제는 여느 때처럼 낮과 밤도 신경 쓰지 않아요. 나는 이제 하늘과 땅에 속하지 않고, 오직 한 분, 한 분에게만 속해요. 5월의 만발한 꽃들과 여름의 불꽃, 가을의 무르익음, 낮의 맑음과 밤의 진지함, 그리고 땅과 하늘이 나에겐 그 한 사람 속에서 통합되었어요! 그만큼 그분을 사랑해요!" 그러고는 한껏 나를 바라보았다. 대담하고 성스러운 기쁨을 발산하며 아름다운 두 팔로 나를 끌어안고 내 이마와 입술에 키스했다. 아아! 천사 같은 그녀의 머리가 환희 속에서 내 휜한 목덜미에 와서 얹혔고, 그녀의 달콤한 입술은 방망이질하는 내 가슴을 더듬었다. 그리고 사랑스러운 숨결은 내 영혼을 스쳤다. 오, 벨라르민! 그 순간 내 오감은 죽고 정신은 도망쳤다.

나는 안다. 모든 것이 어떤 결말을 맺을지 나는 알고 있다. 배의 키가 파도에 휩쓸리고 방향을 잃은 배는 젖먹이가 발목을 잡히듯 파도에 발목을 잡혀 바위에 내동댕이쳐질 것이다.

히페리온이 벨라르민에게

인생을 살다보면 몇 번의 위대한 순간을 맞게 된다. 우리는 마치 미래나 과거의 거대한 형상들을 올려다보듯 그 순간들을 올려다본다. 그 순간들을 맞이하여 우리는 장렬하게 싸운다. 우리는 그 순간들 앞에서 버텨낸다. 그러면 그 순간들은 마치 누이들처럼 우리를 저버리지 않는다.

우리는 우리의 산에 올라 그 섬의 오래된 도시의 돌 위에 앉아 사자처럼 용감한 데모스테네스*가 이곳에서 어떻게 종말

---

* 그리스의 훌륭한 연설가(기원전 384~?322). 그리스 도시국가의 자유를 지키기 위해 마케도니아의 지배에 저항했다. 기원전 322년 아테네가 전쟁에서 패했을 때 마케도니아의 왕 안티파트로스는 데모스테네스를 자신에게 넘겨달라고 요구했다. 다행히 데모스테네스는 아테네에서 도망칠 수 있었으나 칼라우리아의 포세이돈 신전에서 독을 먹고 자살함으로써 체포를 면했다.

을 맞이했는지, 즉 그가 이곳에서 어떻게 스스로 택한 성스러운 죽음을 통해 마케도니아의 속박과 칼로부터 스스로를 구원해 자유를 찾았는지에 대해 이야기했다. "그 멋진 영웅은 농담을 건네면서 이 세상과 하직했지." 한 친구가 큰 소리로 말했다. "왜 안 그랬겠나?" 내가 맞장구쳤다. "이곳에서는 더 이상 할 일이 없었으니까. 아테네는 알렉산드로스의 창녀가 되었고,* 세상은 마치 한 마리 사슴처럼 거대한 사냥꾼에 의해 죽음으로 내쫓기는 처지가 되었지."

"오, 아테네!" 디오티마가 외쳤다. "저쪽을 바라볼 때마다 나는 슬픔에 잠기곤 했어요. 저쪽을 바라보는 내 눈에 올림피에이온**의 정령이 푸른 어스름을 젖히고 솟아올랐어요."

"저기까지 거리가 얼마나 되죠?" 내가 물었다.

"하룻길은 될 거예요." 디오티마가 대답했다.

"하룻길요?" 내가 외쳤다. "난 저곳에 한 번도 못 가봤어요. 우리 당장 함께 가봐요."

"좋아요!" 디오티마가 외쳤다. "내일 바다 날씨가 아주 좋을 거예요. 계절적으로도 모든 것이 푸르고 익어갈 때니까요.

그런 순례에는 영원한 태양과 불멸의 대지의 생명이 필요한

---

* 마케도니아가 기원전 338년 카이로네이아 전투에서 아테네와 테베 연합군에게 승리한 것을 빗대어 표현한 말.
** 아테네에 있는 제우스 대신전.

법이지요."

"그러면 내일!" 내가 말하자 친구들도 동조해주었다.

우리는 닭 울음소리를 들으며 아침 일찍 부두에서 출발했다. 맑고 신선한 아침 햇빛을 받아 우리도 빛나고 세상도 빛났다. 우리의 가슴속에는 조용한 황금빛 청춘이 들어 있었다. 우리 안의 생명은 대양에서 새로 태어난 섬의 생명과 같았다. 그리고 그 섬에 첫 번째 봄이 시작되고 있었다.

이미 오래전에 내 영혼에는 디오티마의 영향 아래 전보다 더 큰 균형 감각이 생겨났다. 오늘 따라 균형 감각이 세 배는 더 순수하게 느껴졌다. 분산돼 있던 힘들도 모두 황금빛 중앙을 향해 집중되어 있었다.

우리는 고대 아테네 사람들의 탁월함*에 대해 이야기하면서 그런 훌륭한 면이 어디서 유래하며 또 훌륭한 면모는 무엇인지에 대해 의견을 나누었다.

한 친구가 말했다. "기후와 풍토가 만들어준 게 아닐까?" 그러자 또 한 친구가 말했다. "예술과 철학이지." 세 번째 친구가 말했다. "종교와 국가 형태 아닐까?"

내가 말했다. "아테네의 예술과 종교, 철학과 국가 형태는

---

* 이것에 대해서는 요한 요아힘 빙켈만의《고대 예술사》중〈왜 그리스 예술은 다른 민족들의 예술에 비해 탁월했는가, 그 이유와 원인에 대하여〉장을 참조할 것. 여기서 빙켈만은 프랑스 학자 장 바티스트 뒤보의 지리적 물질주의 이론을 차용하여 자신의 이론을 전개하고 있다. 헤르더의《인류 역사 철학고》중 13장도 참조.

나무의 꽃과 열매지 땅과 뿌리가 아니야. 자네들은 결과를 원인으로 보고 있는 거야.

기후와 풍토가 모든 것을 만들어냈다고 말한 사람은 우리가 지금도 그 풍토 속에서 살고 있다는 점을 생각해야 해.

아테네 민족은 어느 모로 보나 지상의 어떤 민족보다 외부의 강압적 영향을 받지 않고 성장한 민족이야. 그 어떤 정복자도 그들을 약하게 만들지 못했고, 그 어떤 전쟁의 행운도 그들을 도취시키지 못했으며, 그 어떤 외래 종교도 그들을 마비시키지 못했어. 또 그 어떤 섣부른 지혜도 설익은 열매가 되도록 그들을 내몰지 않았지. 그들의 유년 시절은 커가는 다이아몬드처럼 그들 자신에게 맡겨져 있었어. 페이시스트라토스와 히파르코스 시대*까지만 해도 그들에 대해 알려진 것은 거의 없었어. 그들은 트로이 전쟁에도 거의 참여하지 않았어. 그 전쟁은 마치 온실처럼 대부분의 그리스 민족들을 지나치게 일찍 뜨겁게 만들고 활기를 부여했는데 말이야. 비정상적인 운명이 인간을 만드는 것은 아니야. 그런 운명의 아들들이 위대하고 거대해질 수는 있지만, 아름다운 존재나 그와 비슷한 인간이 되지는 못한다네. 서로 반대되는 것들이 궁극적 평화를 이끌

---

* 페이시스트라토스는 시골의 가난한 농부와 목동 그리고 날품팔이 들로 이루어진 당을 이끌며 기원전 560년에서 528년까지 아테네의 참주로 군림했고, 그의 아들 히파르코스가 그의 뒤를 이어 참주가 되었으나 기원전 514년 하르모디오스와 아리스토게이톤에 의해 암살되었다.

어낼 수 없을 만큼 심하게 다툰다면 아름다운 존재가 되는 것은 아주 뒤늦게야 가능할 거야.

스파르타는 넘치는 힘으로 아테네 사람들보다 앞서갔지. 바로 그런 이유로 일찍 힘의 분산과 와해가 초래되었는지도 몰라. 리쿠르고스*가 출현해 훈육을 통해 그들의 오만한 천성을 자제시키지 않았다면 말이야. 그때부터 스파르타인들은 모든 면에서 교육을 받았어. 그들의 모든 탁월함은 근면과 의식적 노력을 통해 획득하고 달성한 것이야. 스파르타인들이 지닌 소박함에 대해 말할 수도 있겠지만, 실제로 그들에게서 어린 아이들이 타고난 것과 같은 소박함을 찾아보기는 힘들어. 어쩌면 당연한 얘기지. 스파르타인들은 너무 일찍 본능의 질서를 깨버렸어. 천성에서 너무 일찍 벗어났어. 훈육이 너무 일찍 시작된 거야. 천성이 충분히 무르익지 않은 상태에서 행해지는 훈육과 예술은 어떤 형태든 시기상조라는 거지. 인간의 마음속에는 완성된 자연이 살아 있어야 해. 학교에 가기 전에 말이야. 그래야 어린 시절의 모습이 학교에서 완성된 자연으로 복귀하는 길을 가르쳐주거든.

스파르타인들은 영원히 미완의 존재로 남았어. 왜냐하면 어린 시절에 완벽한 어린이가 아니었던 사람은 나중에도 완벽한 어른이 되기 힘들거든.

---

* 스파르타의 법률과 제도를 창시했다고 전해지는 전설적 인물.

물론 하늘과 땅도 아테네 사람들뿐 아니라 모든 그리스 사람들을 위해 할 몫을 다 했어. 그들에게 가난을 주지도 않았고 넘치는 풍요를 주지도 않았으니 말이야. 하늘의 햇살이 그들의 머리 위로 불비처럼 쏟아진 적은 없어. 대지도 멍청한 어머니들이 가끔 실수로 그러듯, 지나친 선물 공세나 귀여워하는 태도로 그들을 유약하게 만들거나 도취에 빠지게 하지 않았지.

여기에 테세우스*의 너무나도 위대한 행동이 추가되었어. 다름 아니라 왕권을 자발적으로 제한한 거야.

오! 그런 씨앗이 백성의 가슴에 던져졌으니 황금빛 이삭의 대양이 만들어지는 것은 당연한 일이야. 그 씨앗이 후세에도 아테네 사람들의 가슴속에서 살아남아 우거진 거지.

다시 한 번 말해볼까! 아테네 사람들은 외부로부터 오는 모든 종류의 강압적인 영향에서 자유로운 가운데 편식하지 않고 음식을 골고루 섭취해가며 잘 성장했어. 그래서 그들이 그런 탁월한 사람들이 된 거야. 다른 것이 아니라 바로 이것 때문이지!

태어날 때부터 인간을 방해하지 말고 내버려둬야 해! 인간의 본질이라는 가지런한 꽃봉오리로부터, 어린 시절의 오두막으로부터 인간을 밀어내지 말아야 해! 그렇다고 인간에게 너무 손을 대지 않아도 안 돼. 그러면 그들은 아무런 아쉬움도

---

* 아테네 정치제도의 기틀을 마련한 인물. '아테네 민주주의의 아버지'라 불린다.

느끼지 않고 우리들과 자신을 그렇게 구별할 거야. 또 너무 손을 많이 대서도 안 돼. 그러면 그들은 자신이나 우리들의 힘에 무감각해지고 그렇게 우리들과 자신을 구별할 거야. 한마디로, 나중에 자기 말고도 인간들이 있다는 것을, 다른 무엇이 있다는 것을 깨닫게 해주는 것이 좋아. 그렇게 해야 인간이 되거든. 그렇게 인간이 되는 순간 신도 되는 거야. 그리고 신이 될 때 인간은 아름답지."

"참으로 묘한 이야기군!" 친구들 중 하나가 외쳤다.

"당신이 내 영혼에서 우러나오듯 그렇게 심오하게 말하는 건 처음이네요." 디오티마가 외쳤다.

"당신한테서 배운 거죠." 내가 대꾸했다.

"그렇듯 아테네 사람들은 인간이었지." 내가 말을 이었다. "그렇게 될 수밖에 없었어. 자연의 손에서 아름답게 태어난 거지. 보통 말하듯 육체와 정신이 다 아름답게.

인간적이면서 신적인 아름다움의 첫아이는 예술이야. 신적인 인간은 예술 속에서 스스로를 젊게 하고 되풀이하지. 그는 자기 자신을 느껴보고 싶어 해. 그래서 눈앞에 자신의 아름다움을 세워놓는 거야. 그런 식으로 자신에게 자신의 신들을 부여한 거지. 태초에 인간과 그의 신들은 하나였어. 영원한 아름다움이 존재하던 시절이었지. 인간들이 스스로 의식하진 못했지만. 나는 신비라는 말을 하지만, 그 신비는 실제로 존재해.

신적인 아름다움의 첫아이는 예술이야. 아테네 사람들은 그렇게 생각했지.

아름다움의 둘째 딸은 종교야. 종교는 아름다움에 대한 사랑을 뜻해. 현자는 아름다움 자체를 사랑해. 그 무한한 것, 모든 것을 감싸안는 것을 말이야. 백성은 아름다움의 자식들을 사랑하는데, 그 자식들이 바로 신들이야. 그 신들은 다양한 모습으로 백성에게 나타나지. 아테네 사람들의 경우도 이와 다르지 않았어. 아름다움에 대한 그런 사랑이 없었으면, 그런 종교가 없었으면, 국가라고 하는 건 생명도 정신도 없는 빼빼마른 뼈다귀에 지나지 않았을 거고, 모든 생각과 행위는 우듬지 없는 나무요, 주두柱頭가 떨어져 나간 기둥에 지나지 않았을 거야.

이것은 실제로 그리스인들, 특히 아테네 사람들에게서 찾아볼 수 있는 사실이야. 그들의 예술과 종교는 영원한 아름다움, 즉 완성된 인간 천성의 진정한 자식들이지. 완성된 인간 천성으로부터만 그것들이 태어날 수 있다는 말이야. 그들의 성스러운 예술과 그들의 종교를, 그들이 그것들을 사랑하고 존경할 때 봤던 사심 없는 눈으로 보기만 하면 그 사실을 분명히 알 수 있어.

물론 결함과 부족은 세상 어디에나 있는 법이니 거기에도 있었지. 하지만 한 가지 분명한 점은 그들의 예술에서는 대체로 성숙한 인간을 만날 수 있다는 거야. 이집트인들이나 고트족*에게서 보이는 왜소한 것이나 거대한 것이 그들의 예술에는 없어. 그들의 예술에는 건강한 인간 의식과 건강한 인간의 모습이 있지. 그들은 다른 종족들과 달리 초감각이나 감각의 양 극단으로 치닫는 경우가 적어. 그들의 신들 역시 인간의 아름다움의 중용에 머물고 있고.

그들의 사랑도 마찬가지야. 지나치게 굽실거리지도 않고, 그렇다고 너무 흉허물 없이 대하지도 않지!

아테네 사람들이 지닌 정신적 아름다움으로부터 자유를 느낄 줄 아는 꼭 필요한 감각이 나온 거야.

이집트인은 전횡과 폭정을 별 고통 없이 견디고, 북방의 아들은 법의 전횡, 즉 법률 형식을 띤 불의를 별 거부감 없이 받아들이지. 이집트인은 태생적으로 충성심과 신격화 성향을 타고나고, 반면 북방 사람들은 자연의 순수하고 자유로운 삶을 믿지 않기 때문에 거의 미신 수준으로 법칙을 추종하는 거야.

하지만 아테네 사람은 전횡을 참지 못해. 자신의 신적 본성이 방해받는 것을 싫어하기 때문이야. 또 아테네 사람은 아무 데서나 법칙을 따르지는 않아. 시도 때도 없이 법칙을 필요로 하지는 않으니까. 법률가 드라콘** 같은 사람은 아테네 사람들에게는 아무 쓸모가 없어. 아테네 사람들은 부드럽게 대접받기를 바라. 어쩌면 그건 당연한 일이지."

---

* 북구의 민족들을 뜻한다.
** 아테네의 법률가로, 기원전 624년 관습법을 성문화하라는 임무를 부여받았다. 그렇게 해서 지배계급인 귀족들의 재산을 더욱 강력하게 보호하고 가벼운 도둑질을 한 사람에게 가차 없이 사형을 선고하는 이른바 드라콘법이 만들어졌다. 이 법은 기원전 594년 솔론의 개혁을 통해 개선되었다.

"좋아!" 한 친구가 내 말을 끊었다. "그건 알겠는데, 그렇게 문학적이고 종교적인 민족이 어째서 이제는 철학적인 민족이 되어야 하는 건지 이해가 안 돼."

내가 말했다. "문학을 하는 민족이 아니었다면 절대 철학적인 민족도 되지 못했을 거야!"

"대체 철학이라는 것이, 그 학문의 차가운 숭고함이 문학과 무슨 상관이지?" 그가 응수했다.

나는 확신에 찬 목소리로 말했다. "문학은 말이야. 그 학문의 시작이자 끝이야. 아테나가 제우스의 머리에서 태어난* 것처럼, 철학은 무한한 신적 존재를 시로 표현해온 문학에서 생겨났어. 다시 말해 궁극적으로는 서로 모순되는 것이 문학이라는 신비로운 원천에서 다시 하나로 합쳐지는 거지."

"이분은 역설가예요." 디오티마가 큰 소리로 말했다. "그래도 이분이 하는 말이 짐작은 돼요. 그건 그렇고, 지금 여러분은 본론에서 많이 빗나갔어요. 우리는 아테네 이야기를 하고 있었잖아요."

내가 다시 말을 이었다. "일생에 한번쯤 자기 내면에서 완벽하게 순수한 아름다움을 느껴보지 못한 사람, 자신의 내면에서 우러나오는 힘들이 마치 일곱 빛깔 무지개처럼 자기 안에

---

* 신화에 따르면 아테나 여신은 어머니 없이 아버지 제우스의 머리에서 태어났으며, 태어나자마자 무장을 갖추었다.

서 노닐 때에도 그런 아름다움을 느껴보지 못한 사람, 열광의 순간에 모든 것이 참되게 조화를 이루는 것을 한번도 경험해 보지 못한 사람, 그런 사람은 결코 철학적 회의론자가 되지 못할 것이고, 그런 사람의 정신은 뭔가를 만들기는커녕 부수는 데도 쓸모가 없어요. 회의론자가 사유 가능한 모든 것에서 모순과 결함을 찾아내는 것은 생각이 불가능한 무결점의 아름다움을 알기 때문이지. 인간의 이성이 선의로 내놓는 마른 빵을 그가 뿌리치는 까닭은 자신은 신들의 식탁에서 남몰래 포식할 수 있기 때문이야."

"몽상가 선생!" 디오티마가 외쳤다. "그러니까 당신도 회의론자네요. 정말 아테네 사람들이란!"

"나도 그들과 무척 가까운 인척간이에요." 내가 말했다. "헤라클레이토스가 말한 '서로 다름 속의 하나 됨εν διαφερον εαυτω'이라는 위대한 말*은 그리스인이 아니고서는 할 수가 없는 말

---

* 그리스의 자연철학자 헤라클레이토스(기원전 540~480)는 소아시아의 에페수스 출신으로, 그의 이 같은 생각은 다음의 두 문헌을 통해 전승되었다. 1. 로마의 교부였던 히폴리토스(?170~?235)의 《전이단반박론》. "당신은 잘 모르고 있군요. 단 하나가 서로 나뉘어 있는 것 같지만 궁극의 의미에서는 힘을 합쳐서 하나가 되는 것입니다. 활과 현금의 관계를 보면 알 수 있지요." 2. 플라톤의 《향연》. "음악에 대해 말하면 헤라클레이토스의 말을 잘 모르는 사람조차도 다음의 사실을 깨달을 것이다. 하나(一者)는 서로 나뉘려 함으로써 궁극에 가서는 하나의 조화를 이루며 이것은 활과 리라의 관계와 같다는 사실 말이다. 그러므로 조화로운 하나 됨도 그 자체로 갈등 관계에 있고 서로 나뉘려 하고 싸우는 관계에 있다고 말하는 것은 터무니없는 일이다."

이야. 그것이 바로 아름다움의 본질이거든. 그 말이 발견되기 전에는 철학이 존재하지 않았어.

그런데 이제 개념상으로 규정할 수 있게 되었지. 원래는 전체가 존재했어. 꽃이 무르익었고, 이제는 분해할 수 있게 된 거야.

미의 본질이 사람들에게 고지되었고 삶과 정신 속에도 자리 잡게 된 거지. 그 무한한 하나라는 것이.

우리는 그 무한한 하나를 마음속에서 나눠도 보고 분해도 해보고, 그 나뉜 것들을 다시 결합할 수도 있었어. 그렇게 해서 최고의 것과 최선의 것을 점점 더 인식하게 되었고, 그런 다음 정신의 다양한 영역에서 인식한 것들에 법칙을 부여했지.

왜 아테네 사람들이 철학적인 민족이기까지 했는지 이제 알겠나?

이집트 사람들은 그렇지 못했어. 하늘 그리고 땅과 동등하게 사랑을 주고받는 사이로 살지 못하는 자, 그런 의미에서 자신이 살고 있는 세계와 하나가 되지 못하는 자, 이런 사람은 태생적으로 자기 자신과도 하나가 되지 못하고, 영원한 아름다움을 적어도 그리스인처럼 쉽게 체험하지는 못하지.

동방의 그 나라는 호화로운 폭군처럼 자신이 가진 권력과 광채로 그곳에 사는 사람들을 땅바닥에 엎드리게 하지. 그래서 걷는 법을 배우기도 전에 무릎을 꿇어야 하고, 말하는 법을 익히기도 전에 기도를 해야 해. 마음의 평형을 찾기도 전에 한

쪽으로 기울어져야 해. 꽃과 열매가 열릴 정도로 정신이 튼튼해지기도 전에 운명과 자연은 불타는 듯한 열기로 그에게서 모든 힘을 앗아가버리지. 이집트 사람은 하나의 온전한 존재가 되기도 전에 자신을 바쳐버리는 거야. 그런 까닭에 온전한 전체에 대해 아무것도 모르고, 아름다움에 대해서도 아무것도 몰라. 그가 말하는 최고의 것은 베일에 싸인 권력, 즉 소름 끼치는 수수께끼야. 말 없고 어두운 이시스 여신*이 이집트 사람에겐 알파요 오메가지. 텅 빈 무한성에 불과한 그 여신이 말이야. 거기선 제대로 된 것이 생겨난 적이 한번도 없어. 무無가 아무리 숭고한들 거기서는 무밖에 나오지 않는 거야.

반면에 북방 사람들은 제자들을 너무 어린 나이에 내면 속으로 몰아넣어. 불같은 이집트 사람의 정신이 여행을 즐기느라 세상을 향해 서둘러 가는 반면, 북방의 정신은 여행 채비를 채 갖추기도 전에 자신의 내면으로 귀환하려 하지.

북방에서는 마음속에 성숙한 감정이 깃들기도 전에 사리분별을 익혀야 하고, 공평무사함이 멋진 마무리를 보이기도 전에 모든 것에 책임을 지지. 인간이 되기도 전에 이성을 지녀야 하고 정신에 자의식을 갖춰야 해. 어린아이가 되기도 전에 현명한 어른이 되어야 해. 교양과 발전을 전제로 하지 않고는 전

---

* 고대 이집트의 여신. 원래는 왕좌를 신격화한 존재이며, 많은 마법을 구사하는 것으로 여겨진다. 그리스인들은 이 여신을 데메테르 여신과 동일시했다.

인솔人으로서의 정체성이나 아름다움 같은 것이 마음속에서 자라고 번성하는 것을 허락하지 않아. 순전한 오성과 순전한 이성만이 언제나 북방의 제왕이지.

그러나 순전히 오성만 가지고 사려 깊은 것이 생겨난 적이 없고, 순전히 이성만 가지고 제대로 된 것이 만들어진 적이 없어.*

정신적 아름다움이 없는 오성이란 남이 시키는 대로만 일을 하는 직공과 같아. 그런 직공은 미리 지시받은 대로 목재로 대충 울타리를 짜맞추고 장인이 만들려는 정원을 위해 말뚝들에 못질을 해서 연결할 뿐이야. 오성이 하는 일은 처음부터 끝까지 임시변통에 지나지 않아. 오성이 터무니없는 일이나 불의로부터 우리를 지켜주기는 하지. 오성은 정돈을 할 줄 아니까. 그러나 터무니없는 일이나 불의로부터 보호를 받는 것이 인간이 가진 탁월함의 최고 단계는 아니야.

정신적 아름다움 또는 마음의 아름다움이 없는 이성은 집 주인이 일꾼들 위에 세워놓은 일일감독과 다르지 않아. 그 사람은 언제 끝날지 모르는 그 일이 매듭지어지면 어떤 모양새를 갖추게 될지 일꾼들만큼도 몰라. 그래서 '어서 서둘러'라고 소리만 칠 뿐이지. 그러면서도 일이 진척되는 것을 별로 좋아하

---

* 오성(悟性)과 이성(理性)을 이렇게 구분하는 것은 칸트에게서 연유한다. 오성이란 개념과 규칙들을 통해 현상계에 질서를 부여하는 능력을 말한다. 반면에 이성이란 어떤 원칙에 따라서 판단하거나(이론적 이성) 행동하는(실천적 이성) 능력을 뜻한다. 횔덜린은 이 대목에서 칸트를 비판하고 있다.

지 않아. 일이 다 끝나면 자기가 할 일이 없어지니까.

순전한 오성만으로는 철학이 불가능해. 왜냐하면 철학이란 현존하는 것에 대한 인식 이상의 것이거든.

순전한 이성만으로도 철학은 불가능해. 왜냐하면 철학이란 가능한 어떤 소재를 통합하고 구분하는 일에 있어 결코 끝나지 않는 진보에 대한 맹목적 요구 이상의 것이거든.

그러나 저 '서로 다름 속의 하나 됨'이라는 신적 이상, 노력하는 이성의 아름다움이라는 이상이 빛을 내면 이성은 맹목적으로 요구하지 않고, 왜, 무엇 때문에 요구하는지 스스로 알아.

5월의 햇살이 예술가의 작업장에 비치듯 아름다움의 태양이 오성이 일하는 작업장을 비추면, 오성은 굳이 바깥으로 떠돌려고 하지 않고 임시변통의 일을 잠시 멈추고는 만물이 소생하는 봄빛 속에서 거닐게 될 축제의 날을 즐겨 생각하지."

내 이야기가 여기에 이르렀을 때, 우리는 아티카 해안에 상륙했다.

고대 아테네의 모습이 이제 우리의 마음속에 너무나도 절실하게 자리 잡고 있었기 때문에 체계를 잡아서 말하기가 어려웠다. 그때 나는 나 자신의 표현 방식에 대해 생각해보고 놀라움을 금치 못했다. 나는 외쳤다. "어쩌다가 내가 이 메마른 산꼭대기에 온 거지? 지금 자네들이 그런 내 모습을 보고 있잖아."

"늘 그런 거예요." 디오티마가 대꾸했다. "원기가 왕성할 때는요. 넘치는 힘은 일거리를 찾는 법이죠. 어린 새끼 양들도 어미 젖을 실컷 먹고 나면 서로 뿔로 받고 그러잖아요."

우리는 리카베토스 언덕*을 타고 올라갔다. 마음이 바빴지만 가끔씩 발걸음을 멈추고 생각과 놀라운 기대감에 젖어들었다.

사랑하는 사람의 죽음을 실감하기가 쉽지 않다는 것은 좋은 일이다. 그리고 친구를 정말로 만날지도 모른다는 은근한 기대감 없이 친구의 무덤을 찾는 사람도 없을 것이다. 고대 아테네의 아름다운 망령이 나를 사로잡았다. 사자死者들의 나라에서 귀환한 어머니의 모습으로.

"오, 파르테논 신전**아!" 나는 외쳤다. "세계의 자랑아! 네 발치에는 포세이돈의 나라가 굴에 갇힌 사자처럼 누워 있고,*** 네 주위에는 다른 사원들이 마치 어린아이들처럼 모여 있다. 떠들썩한 아고라와 아카데모스의 작은 숲****도."

"당신은 그렇게 해서 옛날로 돌아가는군요." 디오티마가 말

---

* 아테네 북동쪽에 있는 가파른 언덕.
** 페리클레스 치하였던 기원전 447년에서 438년에 걸쳐 아테나 여신을 모시기 위해 지은 대리석 신전. 페이디아스가 만든 황금과 상아로 된 아테나 파르테노스(처녀 아테나) 여신상이 안치되어 있다. 아크로폴리스의 주요 건축물이다.
*** 아티카의 수호신 자리를 놓고 벌인 바다의 신 포세이돈과 여신 아테나의 싸움을 암시한다. 이 싸움에서 아테나가 승리를 거두었다.
**** 아고라는 대중 집회가 열리는 장소 또는 시장. 아고라의 강세는 원래 마지막 음절에 놓이나 횔덜린은 둘째 음절에 강세를 두어 발음했다. 아테네의 아고라는 국가의 주요 건물들이 모여 있는 아크로폴리스의 북쪽에 있다.
아카데모스는 아티카의 영웅으로, 아테네의 북서쪽 성벽 앞에 그의 성소가 있다. 플라톤이 이 근처에 자신의 철학학교인 아카데미를 열었다.

했다.

"나에게 그 시절을 생각나게 하지 마요!" 내가 응수했다. "그 시절엔 신들의 삶이 있었고, 인간은 자연의 중심이었어요. 아테네 주위에 꽃 피는 봄이 오면, 그 봄은 마치 숫처녀의 젖가슴에 꽂힌 한 송이 수수한 꽃과 같았지요. 태양은 찬란한 지구 위로 부끄럽게 떠올랐고요.

히메토스 산*과 펜텔리콘 산**의 대리석 암벽이 어머니의 품에서 아이가 튀어나오듯 졸고 있던 요람에서 솟구쳐올랐고, 아테네 사람들의 다정한 손길 아래 형태와 생명을 얻었지요.

자연은 꿀과 어여쁜 제비꽃과 은매화와 올리브를 선물했고요.

자연은 사제였고, 인간은 그 사제가 모시는 신이었어요. 그리고 자연 속의 모든 생명, 자연의 모든 형체와 소리들은 사제가 모시는 훌륭한 분, 즉 인간의 열광적인 메아리였지요.

자연은 인간을 칭송했고, 오로지 인간을 위해서만 희생을 바쳤어요.

인간은 그런 대접을 받을 만했어요. 그는 사랑하는 마음으로 성스러운 작업장에 앉아 있기를 좋아했고, 자신이 만든 신상의 무릎을 끌어안거나 산의 발치에, 수니온 곶***의 푸른 끄

---

* 아테네 동쪽에 있는 대리석 채석장으로 유명한 산.
** 아테네 북동쪽에 있는 대규모 대리석 채석장이 있는 산.

트머리에, 경청하는 제자들 사이에 자리를 잡고 고귀한 생각에 잠겨 있었지요. 그는 경기장에서 달리거나 아니면 연단에 서서 뇌우의 신처럼 비와 햇살, 번개를 던지거나 황금빛 구름을 보내고 싶어 했지요."

"오, 저것 좀 봐요!" 그 순간 디오티마가 갑자기 나를 향해 외쳤다.

나는 보았다. 그리고 그 압도적인 광경 앞에서 정신을 잃을 것만 같았다.

그것은 어마어마한 규모의 난파 광경 같았다. 폭풍은 멈추었고 선원들은 도망쳤다. 그리고 산산조각 난 함대의 잔해가 형체를 알 수 없는 모습으로 모래밭에 누워 있었다. 아테네는 바로 그런 모습으로 우리 앞에 누워 있었다. 버려진 기둥들이 저녁에는 푸른빛을 띠었다가 밤이 되면 불길 속에서 활활 타오르는 숲 속 벌거벗은 나무들처럼 우리 눈앞에 서 있었다.

디오티마가 말했다. "이곳에 오면 자신의 운명에 대해 차분해지는 법을 배우게 돼요. 좋건 나쁘건 간에."

"이곳에 오면 모든 것에 대해 차분해지는 법을 배우게 돼요." 내가 말을 이었다. "이 밀밭을 벤 일꾼들이 자기들의 곳간을 밀짚으로 가득 채웠다면 잃은 것은 아무것도 없는 거지요.

***그리스 본토의 남쪽 끝에 있는 곳. 기원전 5세기의 것으로 알려진 도리스식 포세이돈 신전의 잔해가 있다.

나는 이삭 줍는 사람으로 이곳에 있어도 만족할 것 같군요. 하지만 대체 누가 이득을 본 거죠?"

"그야 온 유럽이지." 친구들 중 하나가 대답했다.

"오, 맞아!" 내가 외쳤다. "그들은 기둥과 조각상들을 끌고 가서 서로에게 팔았어. 고귀한 조각상에는 적지 않은 가격을 매겼지. 희귀성 때문에 말이야. 마치 앵무새나 원숭이에 가격을 매기는 것처럼."

"그렇게 말할 것 없어." 아까 그 친구가 말했다. "실제로 그들은 모든 미적인 것에 대한 정신을 갖고 있지 못했어. 그런 정신은 빼앗거나 살 수가 없는 거야."

"그럼, 그럼!" 내가 외쳤다. "그 정신은 파괴자들이 아티카로 쳐들어오기 전에 이미 함께 몰락했어. 건물과 사원들이 무너져야 야생의 짐승들이 성문과 골목들 안으로 들어오는 거야."

"그런 정신을 갖고 있는 사람에게," 디오티마가 위로하는 어조로 말했다. "아테네는 여전히 꽃 피어나는 과일나무와 같아요. 그런 예술가는 토르소 정도는 쉽게 고쳐놓죠."

우리는 이튿날 일찍 출발하여, 파르테논 신전의 잔해, 옛날에 디오니소스 극장*이 있던 자리, 테세우스 신전,** 제우스 신

---

* 아크로폴리스 남쪽 언덕에 있다.
** 이 신전은 예전에는 아테네의 영웅 테세우스의 신전으로 알려져 있었으나, 지금은 대장장이 신 헤파이스토스의 신전으로 본다.

전* 중 아직 남아 있는 열여섯 개의 기둥 등을 보았다. 그중에서 나를 가장 사로잡은 것은 옛 성문**으로, 한때는 그 성문을 통해 구시가에서 신시가로 사람들이 지나다녔고 하루에도 수천 명의 멋진 사람들이 인사를 나누었다. 지금은 이 성문을 통해 구시가나 신시가로 가는 사람이 하나도 없다. 성문은 그저 말없이 황량하게 서 있을 뿐이다. 그 모양새가 마치 한때는 여러 관을 통해 다정하게 찰랑거리는 소리와 함께 맑고 시원한 물을 뿜어 올렸으나 이제는 바짝 말라버린 분수 같다.

그렇게 돌아다니던 중 내가 말했다. "아아! 이건 참으로 운명의 화려한 장난이야. 이곳의 신전들이 무너져 내려 그 부서진 돌멩이들이 아이들의 돌팔매감으로 쓰이고, 동강난 신상들이 농가 앞의 앉을깨가 되고, 묘석들은 풀 뜯는 황소의 쉼터가 되다니. 그래도 그런 호사가 진주를 녹여 마셨던 클레오파트라의 객기***보다는 차라리 더 당당하지 않을까. 그래도 그 모든 위대함과 아름다움을 생각하면 슬픈 일이야!"

---

* 아테네 남동쪽에 자리 잡고 있는 이오니아식의 거대한 신전. 기원전 6세기 페이시스트라토스 시대에 짓기 시작했지만 기원전 2세기 하드리아누스 시대에 가서야 완성되었다. 횔덜린이 언급한 열여섯 개의 기둥은 지금도 그대로 있다.
** 제우스 신전 서쪽에 있는 하드리아누스 성문. 로마식의 거대한 개선문이다. 문에 새겨진 명문에 따르면 '테세우스의 구시가'와 '하드리아누스의 신시가'를 구별 짓기 위해 세워졌다.
*** 플리니우스(23~79)가《박물지》에서 언급한 바에 따르면, 이집트의 여왕 클레오파트라는 한 번의 식사에서 천만 은화에 해당하는 양을 먹겠다고 내기를 한 뒤 포도주 식초로 진주를 녹여 먹었다고 한다.

"착한 히페리온!" 디오티마가 말했다. "떠날 시간이 됐어요. 당신 안색이 창백하고 눈이 피곤해 보여요. 당신은 공연히 이런저런 이야기를 생각나는 대로 자꾸만 늘어놓고 있어요. 자, 어서 바깥으로 나가요! 푸른 초원으로! 생명의 색채 속으로! 그러면 기분이 좋아질 거예요!"

우리는 거기서 나와 가까운 곳에 있는 정원으로 들어갔다.

다른 친구들은 도중에 아테네의 유적을 답사 중이던 두 명의 영국인 학자를 만나 대화에 불이 붙어 자리를 뜨려 하지 않았다. 나는 그들을 그냥 두기로 했다.

내 온몸과 마음에 생기가 돌았다. 다시 한 번 디오티마와 단둘이 있게 되었기 때문이다. 그녀는 아테네의 성스러운 혼돈을 상대로 한 싸움을 훌륭하게 버텨냈다. 하늘의 뮤즈들이 켜는 현악기 소리가 광란하는 폭풍우를 잠재우듯, 디오티마의 차분한 생각이 폐허를 다스렸다. 엷은 구름을 헤치고 달이 모습을 드러내듯 그녀의 정신은 아름다운 고통을 젖히고 솟아올랐다. 하늘의 처녀가 슬픔에 잠겨 서 있었다. 밤에 가장 고혹적인 향기를 풍기는 꽃처럼.

우리는 걷고 또 걸었다. 결국 우리의 걸음은 헛되지 않았다.

오, 너희 천사들의 숲이여, 거기서 올리브 나무와 사이프러스는 귀에 대고 속삭이며 서로에게 다정한 그늘을 던져 시원하게 해주고, 거기서 레몬나무의 황금빛 열매는 어두운 나뭇잎 사이로 반짝 빛나고, 포도송이는 기분 내키는 대로 울타리 위로 자라 영글어가고, 다 익은 유자는 미소 띤 아이처럼 길바닥에 놓여 있구나. 너희 향기롭고 은밀한 오솔길들아! 샘물에 드리운 은매화 가지들이 미소 짓는 너희 평화로운 쉼터야! 나 결코 너희를 잊지 않으련다.

디오티마와 나는 장려한 나무들 밑을 잠시 거닐었다. 우리 앞에 이윽고 밝고 넓은 장소가 나타났다.

우리는 그곳에 앉았다. 우리 사이에 행복한 정적이 자리했다. 내 영혼은 나비가 꽃 주위를 맴돌듯 그 처녀의 성스러운 모습 주위를 떠돌았다. 그리고 내 몸과 마음은 온통 그녀를 바라보는 기쁨에 취해 있었다.

"기분이 좀 풀렸나요? 변덕스러운 분!" 디오티마가 말했다.

"네, 그럼요! 좋아졌어요." 내가 대답했다. "나는 이미 잃었다고 생각했던 것을 갖고 있어요. 세상에서 사라진 줄 알고 애타게 찾던 것이 지금 내 눈앞에 있어요. 그래요, 디오티마! 영원한 아름다움의 샘물은 아직 고갈되지 않았어요.

언젠가 내가 당신한테 이런 얘기를 한 적이 있죠. 나는 신들과 인간들을 더는 필요로 하지 않는다고요. 천상은 사라져버려 사람 하나 살지 않고, 한때 아름다운 인간의 삶으로 넘쳐났던 지상도 이제는 거의 개미탑 같은 꼴이 되어버렸어요. 그래도 옛 천상과 옛 땅이 내게 미소 지어 보이는 곳이 아직 남아 있어요. 천상의 모든 신들과 지상의 모든 거룩한 인간들을 당신 안에서 잊을 수 있으니까요.

세상이 난파된들 그게 나와 무슨 상관이겠어요. 나는 오로지 내 행복한 섬밖에는 몰라요."

"사랑을 하는 때가 있지요." 디오티마가 다정하면서도 진지한 투로 말했다. "행복한 요람에서 지내는 때가 있듯이 말이에요. 그러나 삶은 거기에 머물지 못하게 우리를 밖으로 내몰죠."

"히페리온!" 이 대목에서 그녀는 내 손을 뜨겁게 붙잡았고, 목소리가 한층 격앙되었다. "히페리온! 당신은 숭고한 일을 위해 태어난 분이에요. 스스로를 잘못 판단하면 안 돼요. 당장 일거리가 없어서 잠시 주춤하는 것뿐이에요. 일은 빨리 진척되지 않고요. 그런 바람에 당신은 좌절했어요. 젊은 검객들이 그러듯 당신은 목표점을 분명하게 확인하고 주먹에 노련함을 가하기도 전에 너무 빨리 탈락하고 말았어요. 당연한 일이지만 당신이 때린 것보다 더 많이 상대로부터 맞았기 때문에 두려움이 생겼고, 당신 자신이나 다른 모든 일에 대해 믿음을 상실한 거예요. 그만큼 당신은 민감하기도 하고 격정적이기도 해요. 그렇다고 해서 잃은 것은 아무것도 없어요. 만약 당신의 정서와 행동이 일찍 성숙했다면 당신은 지금과 같은 정신을 지니지 못했을 거예요. 만약 당신이 고뇌하고 속으로 들끓는 사람이 아니었다면 이렇게 사유하는 인간이 되지는 못했을 거예요. 내 말을 믿어줘요. 만약 당신이 균형감을 잃어본 적이 없다면, 당신은 아름다운 인간의 그런 균형감을 절대 인식하지 못했을 거예요. 당신의 마음은 마침내 평온을 찾았어요. 난 그렇게 믿고 싶어요. 난 잘 알아요. 하지만 당신은 정말 스스로 기진맥진했다고 생각하나요? 당신은 사랑의 천국 속에 스스로를 가둘 건가요? 당신의 도움을 필요로 하는 세상이 당신 아래에서 말라 죽고 얼어 죽도록 그냥 방치할 건가요? 당신은 햇볕처럼 내리쬐어야 하고, 만물에 생기를 부여하는 비처럼 인간들의 땅으로 내려가야 해요. 당신은 아폴론처럼 빛나야 하고,* 제우스처럼 천지를 흔들고 생기를 불러일으켜야 해요.** 그러지 않으면 천국에 있을 자격이 없어요. 부탁이니 다시 한 번 아테네로 가세요. 가서 그곳 폐허 아래를 서성거리는 사람들을 보세요. 거친 알바니아 사람들도 살펴보고, 천진난만하고 마음씨 착한 그리스인들도 보세요. 그리스인들은 자신들을 짓누르고 있는 굴욕적 압제를 흥겨운 춤이나 성스러운 민담으로 달래고 있어요. 내가 이런 일을 부끄럽게 생각할 것 같아요? 이런 일 역시 새롭게 만들어갈 수 있어요. 곤경에 처한 사람들에게서 당신의 마음을 거둘 수 있나요? 그 사람들은 악당도 아니고 당신에게 나쁜 짓을 하지도 않았어요!"

"그 사람들을 위해 내가 무슨 일을 하죠?"내가 큰 소리로

---

* 태양의 신이자 빛의 신인 아폴론은 인류를 인식으로 이끄는, 결코 실수하지 않는 위대한 진리의 포고자이기도 하다.
** 날씨의 신으로서의 제우스에 대한 암시. 제우스는 지상에 천둥을 보내고 만물의 생기를 북돋우는 비를 보낸다.

물었다.

"당신이 내면에 갖고 있는 것을 그들에게 줘요." 디오티마가 대답했다. "줘요."

"그만, 그만 말해요, 위대한 영혼이여!" 내가 외쳤다. "그러지 않아도 당신은 나를 굴복시켜요. 그러지 않아도 당신은 나를 굴복시킬 수 있을 것 같아요.

그들은 더 행복해지지는 않겠지만 고상해지기는 하겠죠. 아니요! 그들 역시 행복해질 거예요. 그들은 밖으로 나와야 해요. 그들은 위로 솟아야 해요. 바다 밑에서 솟구치는 불길이 젊은 산들을 물 위로 치솟게 하듯이.

나 비록 혼자의 몸으로 별 이름도 없이 그들 속으로 걸어들어가겠지만, 참다운 인간 한 사람이 인간의 조각들에 지나지 않는 수백 명의 인간보다 낫지 않을까요?

성스러운 자연이여! 너는 내 안과 밖에 있는 동일한 존재이다. 내 밖에 있는 것을 내 안의 신성과 결합시키는 일은 그리 어려운 일은 아니리라. 벌들도 그들의 조그만 왕국을 만드는 데 난들 필요한 것을 심고 가꾸지 못하겠는가?

안 그래요? 그 아랍 상인*은 코란의 씨를 뿌렸고, 그러자 한

---

* 이슬람교의 창시자인 마호메트(570~632)를 가리킨다. 마호메트는 예언자로 활동하기 전에 상인으로 일했다. 이슬람교의 경전인 코란은 마호메트가 죽은 뒤 그가 남긴 말과 글을 기록한 것이다.

무리의 제자가 끝없는 숲처럼 자라났지요. 옛 진리가 살아 있는 젊은 모습으로 새로이 돌아온다면 그 터전이 번성하지 않을 이유가 있나요?

밑동부터 바뀌리라! 인간성의 뿌리로부터 새로운 세계가 움트리라! 새로운 신성이 그들을 다스리고, 새로운 미래가 그들 앞에 펼쳐지리라.

일터에서, 집에서, 모임에서, 사원에서, 어디서나 다 달라지리라!

하지만 나는 아직 배워야 해요. 예술가이긴 하지만 아직 숙달되지 않았어요. 머리로는 떠올리는데 손이 아직 그것을 따라가지 못해요."

"이탈리아로 가세요." 디오티마가 말했다. "독일로, 프랑스로 가세요. 몇 년이면 되겠어요? 내 생각엔 삼사 년이면 충분할 것 같은데. 당신은 결코 느린 사람이 아니니까요. 거기에 가서 가장 위대한 것과 가장 아름다운 것만 구하세요."

"그다음에는 어떻게 하죠?"

"우리 백성의 교육자가 되어주세요. 위대한 사람이 되어주세요. 나는 그렇게 되길 바라요. 그렇게 되어 당신을 포용하면 훌륭한 남자의 일부가 된 느낌이 들 거예요. 그러면 당신의 불멸의 반쪽을 선물받은 것처럼 기쁠 거예요. 폴룩스가 카스토르에게 그랬듯이. 오! 나는 자랑거리를 지닌 처녀가 되는 거예요, 히페리온!"

나는 잠시 아무 말도 하지 않았다. 말로 표현할 수 없는 기쁨에 가득 찼기 때문이다.

"결단과 행동 사이에 만족이라는 것이 있나요?" 마침내 내가 다시 말을 꺼냈다. "승리에 앞서 평온이 존재하나요?"

"그건 영웅이 느끼는 평온이지요." 디오티마가 말했다. "하느님의 말씀처럼 명령이자 성취인 결심들이 있어요. 당신의 결단이 바로 그래요."

우리는 돌아갔다. 첫 포옹을 한 뒤와 같은 기분이었다. 모든 것이 낯설고 새롭게 느껴졌다.

나는 아테네의 폐허를 굽어보고 서 있었다. 휴한지를 내려다보는 농부의 심정이었다. '가만히 누워 있어라.' 나는 다시 배를 타러 가며 생각했다. '가만히 누워 있어라, 잠든 땅아! 머지않아 네게서 어린 생명이 푸르게 자라나 하늘의 축복을 바라보며 자라나리라. 머지않아 구름은 헛되이 비를 뿌리지 않을 것이고, 머지않아 태양은 옛 제자들을 다시 만나리라.'

자연이여, 너는 인간들의 안부를 묻는가? 연주하던 예술가가 죽어 사라져서 우연의 형제인 바람이 연주하는 현악 소리처럼 비탄하는가? 그들이, 너의 인간들이 온다, 자연이여! 젊음을 되찾은 백성이 너를 다시 젊게 해줄 것이다. 너는 백성의 신부가 되고, 정신들의 옛 동맹은 너와 함께 새로워질 것이다.

단 하나의 아름다움만 있게 될 것이다. 그리고 인간의 본성과 자연은 만물을 포괄하는 하나의 신성으로 합쳐질 것이다.

태어나지 않는 것이 최선이고, 만약 태어났다면
왔던 길을 되도록 빨리 돌아가는 것이
차선의 방책이다.
—소포클레스

제1장

히페리온이 벨라르민에게

우리는 아티카 땅에서 돌아온 뒤 그해의 마지막 아름다운 시간을 보냈다.

우리에게 가을은 봄의 형제였다. 부드러운 열기가 가득한 가을은 지나간 사랑의 기쁨과 슬픔을 추억하기에 좋은 축제 같은 한때였다. 시든 나뭇잎들에 저녁노을이 어렸고, 가문비나무와 월계수만이 영원한 초록빛을 띠고 있었다. 철새들은 청명한 대기 속을 떠돌며 떠나기를 주저했고, 다른 새들은 포도원이나 정원으로 몰려다니며 사람들이 남겨놓은 것들을 수확했다. 활짝 열린 하늘에서 천상의 빛이 쏟아져 내렸고, 나뭇가지들 사이로는 성스러운 태양이 미소를 지어 보였다. 기쁨과 감사의 마음 없이 그 이름을 부르지도 못하는, 깊은 번민에 싸여 있는 나를 그 눈빛으로 낫게 해주고 울적함과 근심을 내 영혼에서 씻어준 바로 그 태양이었다.

우리는, 디오티마와 나는 우리가 평소에 좋아했던 오솔길들을 하나하나 다 찾아갔다. 이제는 사라진 행복했던 순간들이 곳곳에서 우리를 맞아주었다.

우리는 지나간 5월을 추억했다. 그때와 같은 대지의 모습은 본 적이 없다고 우리는 말했다. 대지는 모습이 확 바뀌어 꽃들의 은빛 구름이 피어올랐고, 기쁜 삶의 한줄기 불꽃이 불순한 것들을 몽땅 지워버렸다고.

"아아! 만물엔 기쁨과 희망이 가득했어요." 디오티마가 큰 소리로 말했다. "끝없는 성장 의지로 가득 차 있으면서도 별로 힘들어 보이는 구석이 없었죠. 가만히 혼자 놀면서 별다른 생각을 하지 않는 아이처럼 고요하면서도 행복했어요."

"바로 그거예요." 내가 외쳤다. "그것을 보고 나는 자연의 영혼을 깨달아요. 그 고요한 불꽃이 힘차게 서두르는 것 같으면서도 머뭇거리는 것을 보고 말이죠."

"행복한 사람들은 그런 머뭇거림을 정말 좋아해요." 디오티마가 큰 소리로 말했다. "있잖아요, 어느 날 저녁인가 세찬 폭풍우가 지나간 뒤 우리는 함께 다리 위에 서 있었지요. 붉은 계곡물이 마치 화살처럼 우리 발밑으로 세차게 흘렀어요. 그런데도 옆에 있는 숲은 고요히 푸른빛을 띠고 있었고, 밝은 너도밤나무 이파리들은 움직임이 거의 없었어요. 우리는 기분이 좋았어요. 혼이 살아 있는 그 푸른빛이 시냇물처럼 우리에게서 날아가버리지 않았고, 아름다운 봄은 길든 한 마리 새처럼 우리를 살며시 품어주었으니까요. 하지만 봄은 이제 저 산들 너머에 가 있어요."

우리는 이렇게 말한 뒤 미소 지었다. 기분은 슬픔 쪽에 더 가까웠지만.

우리의 행복도 그렇게 사라질 터였다. 우리는 그것을 미리 느끼고 있었다.

오, 벨라르민! 감히 누가 자기는 끄떡없다고 말할 수 있겠는가. 아름다움마저도 그렇게 자신의 운명을 향해 한 걸음 한 걸음 무르익어 시들어가는데, 신적인 것마저도 굴욕감을 느껴야 하고 모든 무상無常한 것들과 무상의 운명을 나눠야 하는데!

히페리온이 벨라르민에게

나는 사랑스러운 그 처녀와 그녀의 집 앞에서 잠시 머뭇거렸다. 마침내 밤의 빛이 고요한 저녁 어스름 속으로 비쳐들었다. 이제 나는 노타라의 집으로 돌아왔다. 마음속엔 생각이 가득했다. 영웅적인 삶에 대한 생각이 들끓어올랐다. 그녀와 포옹을 하고 돌아올 때면 늘 그랬다. 알라반다의 편지가 한 통와 있었다. 그는 편지에 이렇게 썼다.

그들이 준동하기 시작했네, 히페리온. 러시아가 터키를 향해 선전포고를 했어. 러시아가 함대를 이끌고 다도해로 오는 중이야.* 터키의 술탄을 유프라테스 강까지 축출하는 데 협력하면 그리스의 독립을 보장해주겠다는 거야. 그리스 사람들은 자기 몫의 일을 하고 자유를 얻을 거야. 마침내 할 일이 생기니 너무나 좋군. 일이 이 정도에까지 이르지 않는다면 나는 해를 보고 싶지 않았네.

자네가 아직 전과 다름없다면, 어서 오게! 미스트라** 쪽 길로 오면 코로네*** 요새 앞에 있는 마을에서 나를 만날 수 있어. 내가 사는 곳은 언덕 위 숲가의 하얀 농가라네.

스미르나의 내 집에서 자네가 만났던 사람들과는 헤어졌어. 자네가 예민한 감각으로 그들 영역에 발을 들이지 않은 것은 잘한 일이야.

우리 둘이 다시 만나 새로운 삶을 함께할 수 있기를 간절히 바라네. 지금까지 이 세상은 자네가 이름을 내기에는 정말 형편없었어. 자넨 노예 같은 삶을 싫어했고, 그래서 아무것도 하지 않았지. 그렇게 아무것도 하지 않고 살다 보니 자네는 까다롭고 몽상적인

---

* 1770년에.(원주)
** 펠로폰네소스 반도 남쪽 스파르타 근처에 있는 도시.
*** 펠로폰네소스 반도 남서쪽 메세니아 만에 면해 있는 도시.

인간이 된 거야.

자넨 수렁에서 헤엄치고 싶어 하지 않았어. 어서 오게, 어서 와. 이 넓은 바다에서 같이 헤엄쳐보자고!

우리에게 좋은 일이 될 거야, 그대 내 유일한 사랑아!

이상이었다. 처음 편지를 본 순간 나는 당혹스러웠다. 창피함에 얼굴이 화끈거렸고, 뜨거운 온천처럼 가슴이 들끓어올랐다. 나는 안절부절 어쩔 줄을 몰랐다. 알라반다에게 추월당하다니, 영원히 그에게 지다니, 너무나 고통스러웠다. 하지만 나도 그만큼 열정적으로 미래의 과업을 가슴에 담았다.

"내가 너무 나태해졌어." 나는 외쳤다. "무사안일에 빠져 있었고, 현실과 너무 동떨어져 있었고, 너무 게을렀어! 알라반다는 고상한 수로 안내인처럼 세상을 바로 보고 있다. 알라반다는 부지런해서 파도 속에서도 먹잇감을 찾는다. 그런데 너는 두 손을 품에 찔러넣고 잠이나 자는 거냐? 말로만 만족하고 온갖 주문으로 세계를 불러내려 하느냐? 네가 하는 말은 모두 눈송이처럼 쓸데없는 것들이어서 하늘을 더 흐리게 만들 뿐이다. 네가 외우는 주문은 독실한 신자들을 위한 것이다. 불신자들은 네 말을 듣지도 않는다. 그렇다! 부드럽다는 것, 그것은 상황이 좋을 때는 멋진 것이지만, 때가 좋지 않을 때는 추하고 비겁한 것이다! 그러나 하르모디오스여! 나는 그대의 은매화가 되고 싶다. 그대가 칼을 숨겼던 은매화가. 그간 내가 한가

하게 지낸 것이 헛된 일이 아니기를 바란다. 그리고 나의 잠은
불꽃만 댕기면 활활 타오를 기름과 같은 것이 되어야 한다. 나
는 위급할 때 방관하지 않을 것이다. 괜히 빈둥거리며 언제 알
라반다가 월계관을 쓸지 하는 소식에나 신경을 쓰지도 않을
것이다."

히페리온이 벨라르민에게

알라반다의 편지를 읽는 순간 창백해지는 디오티마의 표정
이 내 가슴을 쳤다. 이어서 그녀는 차분하고 진지한 어조로 그
일을 당장 그만두라고 충고했고, 우리는 많은 것을 두고 설왕
설래했다. "오, 당신들 폭력적인 사람들!" 그녀가 마침내 소리
쳤다. "이토록 금세 극단에 빠져드는 사람들, 당신들은 복수의
여신을 생각해야 해요!"

"극단적인 일을 당한 사람은 극단적인 행동을 해도 무방해
요." 내가 말했다.

"아무리 무방하다 해도 당신까지 그래야 하는 건 아니죠."
그녀가 말했다.

"그렇게 보일지도 모르죠." 내가 말했다. "하지만 지금까지
꾸물거릴 만큼 꾸물거렸어요. 오, 나는 아틀라스의 짐이라도
짊어지겠어요. 내 젊은 시절의 부채를 그렇게 해서 갚을 수 있

다면요. 내가 확신 같은 것을 가진 적이 있나요? 내 안에 변치 않는 어떤 확고한 것이라도 있나요? 오, 나를 제발 내버려둬요, 디오티마! 이번 일을 통해 그것을 쟁취해야겠어요."

"그것은 헛된 오만이에요!" 디오티마가 외쳤다. "얼마 전까지만 해도 당신은 아주 겸손했어요. 바로 얼마 전에 이런 말을 했잖아요. 이제 바깥세상에 나가서 뭔가 배워야겠다고."

"당신은 참으로 사랑스러운 궤변가군요!" 내가 외쳤다. "우리는 그때 전혀 다른 이야기를 하고 있었어요. 숭고한 아름다움을 간직한 올림포스로, 영원히 젊은 샘에서 모든 선과 참된 것이 솟아나는 그곳으로 백성을 이끌기에는 나는 아직 힘이 모자라요. 하지만 칼을 쓰는 일이라면 이미 익혔고 지금으로서는 더 배울 것이 없어요. 새로운 정신의 연대는 허공에서 이루어질 수 없어요. 아름다움의 성스러운 신정神政은 자유국가에서 이루어져야 해요. 그 국가는 지상에 자리를 잡을 거고요. 그리고 우리는 바로 그 터를 정복할 겁니다."

"물론 정복하겠지요." 디오티마가 큰 소리로 말했다. "그래 놓고 왜 그렇게 하는지 이유는 잊겠지요. 당신은 기껏해야 자유국가 하나를 빼앗는 거예요. 그리고 나중에 가서 당신은 이렇게 말할 거예요. '내가 왜 이 나라를 건설했지?' 아아! 모든 아름다운 생명은 소진되고 말 거예요. 그 자유국가에서 살아움직여야 할 모든 아름다운 생명이 당신 안에서조차 다 낭비되고 없는 거죠! 거친 싸움이 당신을, 그 아름다운 영혼을 갈

기갈기 찢어버릴 거예요. 당신은 늙을 거고요, 복된 영혼이여! 그리고 결국에 가서는 삶에 지쳐서 이렇게 묻겠지요. '너희는 지금 어디 있는가, 청춘의 이상理想들아?'"

"정말 가혹하네요, 디오티마." 내가 큰 소리로 말했다. "그렇게 내 마음에 파고들어서 나 자신의 죽음에 대한 공포와 지고한 생에 대한 애착에 나를 묶어두려 하다니. 하지만 아닙니다! 아니에요! 노예 같은 삶은 우리 모두의 영혼을 죽일 뿐이지만, 정당한 전쟁은 우리 모두의 영혼을 살려내요. 황금은 불속에 집어넣어야 비로소 태양의 빛깔을 띠는 법입니다! 인간이 자신의 청춘을 제대로 누리려면 먼저 족쇄를 끊어버려야 합니다! 자기 자신을 구하려면 스스로 일어나 채비를 갖추고 모든 아름다운 자연을 싹부터 죽이는 이 독사들을, 징그럽게 기어다니는 이 세기를 짓밟아버려야 합니다! 내가 늙을 거라고요, 디오티마! 그리스를 해방시키다가? 늙고 빈한하고 천한 사람이 될 뿐이라고요? 오, 그렇다면 그 아테네 청년은 맥 빠지고 공허하고 신에게서 버림받은 느낌을 받았겠네요! 그 청년이 마라톤 전투의 승리의 전령으로 펜텔리콘 산정에 이르러 아티카의 계곡을 내려다보았을 때 말입니다!*"

---

* 기원전 490년 아티카 동쪽에 있는 마라톤 평원에서 아테네가 페르시아를 상대로 승리를 거둔 뒤 아테네의 병사 하나가 그 소식을 전하려고 아테네까지 달린 끝에 "우리가 승리했어요"라는 말을 시민들에게 전하고 그 자리에 쓰러져 죽은 일을 가리킨다.

"내 사랑! 내 사랑!" 디오티마가 외쳤다. "그만해요! 이제 당신한테 아무 말도 하지 않겠어요. 가세요, 어서 가세요, 자존심 강한 사람! 아! 당신 생각이 그렇다면 나는 어쩔 수가 없네요. 당신을 어떻게 할 도리가 없어요."

그녀는 몹시 슬프게 울었고, 나는 죄지은 사람처럼 그녀를 앞에 두고 서 있었다. "용서해줘요, 거룩한 처녀여!" 그렇게 외치면서 나는 그녀 앞에 무릎을 꿇었다. "오, 용서해줘요. 어쩔 수가 없어요! 내가 가기로 선택한 것도, 가려고 생각한 것도 아니에요. 내 안에는 어떤 힘이 있어요. 그런 결단을 내린 것이 나 자신인지 아닌지 알 수가 없어요."

"전적으로 당신의 영혼이 당신에게 명하는 거예요." 그녀가 대꾸했다. "영혼의 명령을 좇지 않으면 몰락이 초래되기도 하죠. 하지만 영혼의 명령을 좇는 것 역시 마찬가지예요. 최선의 선택은 당신이 가는 거예요. 그게 더 위대하니까요. 행동하세요. 나는 그것을 견디겠어요."

히페리온이 벨라르민에게

이 시점부터 디오티마는 놀라우리만치 변해버렸다.

우리의 사랑이 있고부터 그녀의 눈길과 사랑스러운 말 속에서 말 없는 생명이 돋아나고, 그녀의 탁월한 차분함이 나에게 빛나는 감격으로 다가올 때면 나 얼마나 기뻐하며 바라보 았던가.

그러나 아름다운 영혼도 최초의 만개 후에, 제 갈 길의 아침 을 보내고 난 후에 한낮의 꼭대기를 향해 가야 할 때면 얼마나 낯설게 느껴지는가! 사람들은 그 복된 처녀를 이제 거의 알아 보지 못했다. 그녀는 너무나도 숭고하고 너무나도 번뇌에 빠 진 모습으로 변해버렸다.

오, 슬픔에 잠긴 그 거룩한 모습 앞에 누워 그녀로 인한 고 통 때문에 울다가 이 몸에서 혼이 빠져나가는 듯한 느낌을 얼 마나 많이 받곤 했던가. 그러다가 얼마나 놀라워하며 자리에 서 벌떡 일어나 전능한 힘들로 이 마음을 가득 채우곤 했던가. 억눌렸던 가슴에서 한 점 불길이 일어 그녀의 눈으로 치솟았 다. 넘치는 소망과 번뇌들 때문에 그녀의 가슴은 터질 것만 같 았다. 그만큼 그 처녀의 생각들은 멋지고 대담했던 것이다. 새 로운 위대함이, 느낄 수 있는 모든 것을 제압하는 눈에 보이는 힘이 그녀의 내면을 지배했다. 그녀는 한층 더 지고한 존재가 되었다. 그녀는 더 이상 가멸적인 인간에 속하지 않았다.

오, 나의 디오티마, 그 일이 어떤 결과를 가져올지 당시에 내 가 생각이나 할 수 있었겠습니까?

히페리온이 벨라르민에게

　지혜로운 노타라도 우리의 새로운 계획에 매료되어 든든한 원군이 되어주겠다고 나에게 약속했다. 그는 당장 코린토스 지협을 점령하고 이곳 그리스를 마치 손잡이 잡듯 붙잡기를 바랐다. 그러나 운명은 일이 다른 방향으로 흘러가기를 원했고, 목표에 이르기 전에 그의 계획을 휴지 조각으로 만들어버렸다.

　그는 티나 쪽으로 가지 말고 되도록 사람들 눈에 띄지 않게 해서 바로 펠로폰네소스로 가라고 나에게 조언했다. 도중에 아버지에게 편지를 써야 하지 않겠느냐고 조언하기도 했다. 사려 깊은 어른이니 일을 실행에 옮기기 전이라면 허락을 받아내기 어렵겠지만 일이 이미 벌어진 뒤에는 용서해주지 않겠느냐는 것이 이유였다. 그의 제안이 그다지 마음에 들지는 않았지만, 큰 목표를 눈앞에 둔 입장에서 사사로운 감정은 희생할 수밖에 없는 노릇이었다.

　"이런 상황에서 말이야," 노타라가 이어서 말했다. "자네가 부친의 도움을 받기는 힘들 거야. 그러니 자네가 활동하면서 여러 모로 필요한 것들을 당분간은 내가 마련해주겠네. 나중에 갚도록 해. 안 되면 할 수 없고. 내 것은 자네 것이기도 하니까. 돈이라고 부끄러워할 것 없어." 그는 미소를 지으며 덧붙였다. "포이보스*의 준마들도 공기만 먹고 살지는 않는다고

그리스의 은자 히페리온

179

시인들이 말하잖아."

히페리온이 벨라르민에게

마침내 작별의 날이 찾아왔다.

나는 아침 내내 위쪽에 위치한 노타라의 정원에 있었다. 상록의 사이프러스들과 히말라야삼나무 밑의 겨울 공기가 상큼했다. 내 마음은 차분했다. 청춘의 위대한 힘이 나를 곧추세워주었고, 내가 예감한 고통은 마치 한 조각의 구름처럼 나를 더 높은 곳으로 띄워주었다.

디오티마의 어머니는 마지막 날만은 그녀의 집에서 함께 보내자며 노타라와 나를 비롯한 다른 친구들을 초대해주었다. 그 마음씨 착한 사람들은 모두 나와 디오티마와 함께 시간 보내는 것을 좋아했기 때문에, 그들로 인해 우리 사랑의 신성이 방해받는 일은 없었다. 그러므로 그들은 이제 나의 작별에도 축복의 기운을 불어넣어줄 터였다.

나는 언덕을 내려갔다. 소중한 그녀는 부엌의 화덕 앞에 있었다. 그녀는 이런 날에 집안일을 하는 것을 성스러운 사제의

---

* 태양신 아폴론의 별명. 그리스인들은 아폴론이 사두마차를 타고 창공을 달린다고 생각했다.

일로 생각하는 것 같았다. 그녀는 모든 것을 단정하게 정돈하고 집안 구석구석을 아름답게 손질해놓았다. 그 일에 어느 누구의 도움도 받지 않으려 했다. 정원에 아직 남아 있던 꽃들을 모두 모았고, 철이 지났음에도 장미와 싱싱한 포도송이를 마련해놓았다.

내가 위층으로 올라가자 내 발소리를 알아챘는지 그녀가 문가로 나와 조용히 맞아주었다. 창백한 두 뺨은 화덕의 열기 때문에 붉게 물들었고, 진지한 두 눈은 휑하니 커져 눈물로 반짝였다. 그녀는 그 모습에 흠칫 놀라는 나를 보더니 이렇게 말했다. "자, 안으로 들어가요. 어머니가 안에 계세요. 나도 곧 따라 갈게요."

나는 안으로 들어갔다. 안쪽에 귀부인이 앉아 있다가 아름다운 손을 나에게 내밀었다. "어서 오게나." 그녀가 큰 소리로 말했다. "이보게, 어서 오게나! 사실 난 자네에게 화를 내야 마땅하네. 자넨 내게서 자식을 가로채 나를 곤경에 빠뜨렸어. 그러더니 이제는 자네 마음대로 떠나려 하다니. 그래도 하늘의 힘들이시여, 만약 부당한 일을 계획하고 있다면 이 사람을 용서해주시고, 만약 이 사람이 옳은 일을 하려 한다면 이 사랑스러운 사람을 지체 없이 도와주소서!" 나는 뭔가 대꾸하려고 했다. 그러나 바로 그때 노타라와 그의 친구들이 안으로 들어왔고, 그들의 뒤를 따라 디오티마도 들어왔다.

우리는 잠시 아무 말도 하지 않았다. 우리 모두가 가슴속에

품은 슬픈 사랑을 소중하게 생각했기에, 말과 자만심 어린 생각으로 그 슬픈 사랑을 어지럽힐까 두려웠기 때문이다. 별 의미 없는 말이 몇 마디 오가고 나자, 디오티마는 아기스 왕과 클레오메네스 왕 이야기*를 좀 들려달라고 내게 부탁했다. 나는 그 위대한 두 영혼의 이름을 불같은 존경심을 가지고 불렀다. 그들에 대해 나는 이렇게 말하고 싶다. 그들이야말로 틀림없이 프로메테우스와 같은 반신이며 스파르타의 운명을 상대로 한 그들의 싸움은 찬란한 신화 속에 등장하는 그 어느 싸움보다 훨씬 더 영웅적이었고, 테세우스와 호메로스가 그리스의 새벽이라면 그 사람들의 정신은 그리스의 저녁노을이라고.

나는 이야기를 들려주었고, 이야기가 끝났을 때 우리 모두는 더욱 힘이 생기고 더욱 드높아지는 느낌이 들었다.

"행복할 거야." 친구들 중 하나가 외쳤다. "크나큰 마음의 기쁨과 새로운 투쟁 사이를 오가는 삶을 사는 사람은."

---

* 아기스 4세(재위 기간 기원전 244~241)는 스파르타의 왕으로 부채 탕감, 토지 재분배, 스파르타 정신의 소생 등 개혁을 통해 옛 스파르타의 질서를 복원하려 했으나 개혁이 실패한 뒤 처형되었다. 클레오메네스 3세(재위 기간 기원전 235~221)는 옛 스파르타의 사회적, 경제적 평등을 되살리는 등 더욱 급진적인 개혁을 꾀했다. 과두정치를 타파하고 그 신봉자들을 추방했으며, 압수한 토지를 일반인들에게 나누어주었다. 그리스의 가난한 민중은 클레오메네스에게서 혁명적인 지도자의 모습을 보았으나, 유산계급은 클레오메네스가 추구한 스파르타의 주도권이 그리스 전역에 미칠까 봐 두려움을 느꼈다. 기원전 222년 스파르타는 해체될 지경으로 패퇴하여 마케도니아 밑으로 들어가야 했고, 클레오메네스의 개혁은 결국 무위로 돌아가고 말았다.

"맞아!" 또 다른 친구가 외쳤다. "영원한 청춘이란 언제나 자유롭게 힘을 써서 즐거움과 일 속에서 자신을 유지하는 것을 말해."

"오, 나도 당신과 같이 가고 싶어요." 디오티마가 나를 향해 큰 소리로 말했다.

"당신이 이곳에 남는 것도 좋은 일이에요, 디오티마!" 내가 말했다. "사제는 사원을 벗어나면 안 돼요. 당신은 성스러운 불꽃을 지켜야 해요. 당신이 가만히 아름다움을 지켜야 언젠가 내가 그것을 당신에게서 다시 찾지요."

"그 말이 맞아요, 내 사랑. 그게 더 좋겠어요." 그녀가 말했다. 그녀의 목소리가 떨렸다. 그녀는 눈에 어리는 눈물과 당혹스러운 기색을 보이지 않으려고 하늘빛처럼 맑은 눈을 손수건에 묻었다.

오, 벨라르민! 그녀를 그토록 부끄러움에 얼굴 붉히게 만들다니 나는 가슴이 찢어지는 것 같았다. 나는 소리쳤다. "친구들! 나를 위해 이 천사를 지켜주게. 그녀의 소식을 모르면 나는 아는 것이 하나도 없는 거야. 오, 하늘이여! 그녀를 잃으면 내가 무슨 일을 할 수 있을지 생각한들 무슨 소용이 있겠습니까."

"진정하게, 히페리온!" 노타라가 끼어들어 말했다.

"진정하라고?" 내가 외쳤다. "아, 이 착한 친구들아! 자네들은 정원에 꽃이 피는 것도 보고 수확은 어떻게 될 것인지 하는 것들을 신경 쓸 수 있어. 자네들의 포도밭을 위해 기도도 할 수 있고. 하지만 나는 내 영혼을 바친 이 유일한 사랑과 별다른 희망도 갖지 못한 채 헤어져야 하는 거야?"

"오, 그렇지 않아, 이 착한 사람!" 노타라가 흥분해서 외쳤다. "자네가 희망 없이 그녀와 헤어져선 안 되지! 그래, 자네들 사랑의 그 순수함을 걸고 말하네! 자네들을 위해 내가 축복을 빌어주겠네."

"그 말을 들으니 생각나는군." 내가 얼른 소리쳐 말했다. "의당 이분께서, 이 소중한 어머니께서 우리를 축복해주셔야 해. 이분께서 자네들과 함께 우리를 증언해주셔야 해. 이리 와요, 디오티마! 당신의 어머니께서 우리의 결합을 축성해주실 거야. 우리가 바라는 아름다운 사회가 우리를 맺어줄 때까지."

그 말과 함께 나는 한쪽 무릎을 꿇었다. 디오티마도 큰 눈으로 얼굴을 붉히면서, 진지한 미소를 지으면서 내 옆에 무릎을 꿇었다.

나는 소리쳐 말했다. "오, 자연이여! 우리의 생명은 그대와 하나입니다. 그리고 우리의 세상 역시 사랑을 통해 그대와 그대의 모든 신들처럼 신성한 젊음으로 가득합니다."

디오티마가 말을 이었다. "그대의 숲 속을 우리는 걸었습니다. 그리고 그대처럼 샘물가에 앉았습니다. 그대처럼 저쪽 산 너머로 갔습니다. 그대의 아이들인 별들과 함께, 그대처럼."

나는 소리쳐 말했다. "우리 둘이 멀리 떨어져 있었을 때에도, 하프의 속삭임처럼 다가오는 황홀감이 우리의 귀에 처음으로 울려왔을 때에도, 우리가 서로 만났을 때에도, 우리가 더 이상 잠을 이루지 못했을 때에도, 그리고 우리 안의 모든 소리가 충만한 화음의 삶을 향해 깨어났을 때에도, 성스러운 자연이여! 우리는 그대처럼 언제나 존재했습니다. 그리고 우리가 헤어져야 하고 기쁨을 떠나 보내야 하는 이 순간에도 우리는 그대처럼 비록 고통으로 가득하지만 마음이 편합니다. 그러니 어느 순수한 입이 증언해줘야 합니다. 우리의 사랑이 그대처럼 성스럽고 영원하다는 것을."

"내가 증언하겠네." 어머니가 말했다.

"우리가 증언하겠네." 다른 친구들이 외쳤다.

우리 두 사람을 위해 할 말은 더 이상 없었다. 나는 가슴이 벌렁거리는 것을 느꼈다. 작별이 순간이 무르익은 것 같았다.

"이제 떠나야겠습니다. 잘들 있어요!" 내가 말했다. 순간 모든 이의 얼굴에서 생기가 가셨다. 디오티마는 대리석 입상이 된 것처럼 서 있었고, 내 손에 잡힌 그녀의 손은 죽은 것처럼 느껴졌다. 나는 주변의 모든 것을 살해해버려 쓸쓸했으며 끝간 데 없는 정적 앞에서 현기증을 느꼈다. 그 정적 속에서 나의 들끓는 생명은 몸을 둘 데가 없었다.

"아아!" 나는 외쳤다. "내 가슴속은 불에 델 듯이 펄펄 끓는데, 당신들은 모두 차갑게 서 있군요. 사랑하는 사람들이여! 이 집에 있는 신들만 내게 귀를 빌려주고 있나요? 디오티마!

당신은 말이 없군요. 당신 눈에는 아무것도 보이지 않나요! 오, 차라리 보이지 않는 편이 나아요!"

"어서 가세요." 그녀가 한숨을 지으며 말했다. "어쩔 수 없는 일이죠. 어서 가세요, 그대 소중한 사람!"

"오, 환희의 입술에서 흘러나오는 이 달콤한 소리!" 나는 외쳤다. 그리고 사랑스러운 입상 앞에 기도하는 듯한 자세로 서 있었다. "달콤한 소리여! 한 번만 더 나에게 불어오라. 한 번만 더 열려라, 사랑스러운 눈빛이여!"

"그렇게 말하지 마요, 그대여!" 그녀가 외쳤다. "더 진지하게 말해줘요. 더 넓은 가슴으로 말해줘요!"

나는 자제해보려 했다. 그러나 그 상황이 마치 꿈속 같았다.

"아!" 나는 외쳤다. "다시 돌아온다면 그것은 작별도 아니야."

"자네, 디오티마를 죽게 만들겠어." 노타라가 외쳤다. "보라고, 디오티마는 저렇게 차분한데, 자네는 이성을 잃었어."

나는 그녀를 바라보았다. 순간 불타는 내 두 눈에서 눈물이 왈칵 쏟아졌다.

"그럼 안녕, 디오티마!" 나는 소리쳐 말했다. "내 사랑의 하늘이여, 안녕! 우리 강건해지자, 소중한 친구들아! 소중한 어머니! 저는 당신에게 기쁨과 슬픔을 모두 드렸어요. 안녕! 안녕!"

나는 비틀대며 그 자리를 떴다. 디오티마 혼자만 내 뒤를 따라왔다.

저녁이 되어 하늘에 별들이 떴다. 우리는 집 아래편에 말없이 서 있었다. 영원한 것은 우리 안에, 우리 위에 있었다. 디오티마가 마치 가벼운 공기처럼 살포시 나를 끌어안았다. "바보같이, 이별이 무슨 대수라고!" 그녀는 불멸의 여인의 미소를 띤 채 내 귀에 대고 은밀하게 속삭였다.

"이젠 나도 기분이 좀 바뀌었어요." 내가 말했다. "둘 중에 뭐가 꿈인지 모르겠네요. 슬픔 쪽인지 아니면 기쁨 쪽인지."

"둘 다예요." 그녀가 대답했다. "둘 다 좋은 거고요."

"완벽한 당신!" 내가 외쳤다. "나도 당신처럼 말할게요. 별이 총총한 하늘을 보며 우리의 소식을 전하기로 합시다. 우리의 입술이 침묵하는 동안엔 저 하늘이 당신과 나 사이의 신호가 되는 거예요."

"그래요!" 그녀가 여태 한 번도 못 들어본 느릿느릿한 어투로 말했다. 그것이 내가 들은 마지막 목소리였다. 그녀의 모습이 어스름 속으로 사라졌다. 내가 마지막으로 뒤를 돌아보았을 때, 꺼져가는 형체가 내 눈앞에서 한순간 움찔했다가 밤 속으로 스러졌는데, 그것이 실제로 그녀였는지는 알 수 없다.

히페리온이 벨라르민에게

왜 나는 그대에게 내 고통을 반복해서 이야기하면서 그 불안했던 청춘을 이 가슴속에 다시 휘저어놓는 걸까? 필멸의 운명을 한 번 겪어낸 것으로 족하지 않은가? 왜 나는 내 마음의 평화 속에 가만히 머물러 있으려 하지 않는 걸까?

그 까닭은 이렇다, 벨라르민! 삶의 숨결 하나하나가 우리의 심장에 소중한 것이고, 순수한 자연의 변화는 그 무엇이나 자연의 아름다움의 일부이기 때문이다. 만약 우리의 영혼이 현세의 경험들을 물리치고 오로지 성스러운 평화 속에서 살아간다면, 우리의 영혼은 잎이 진 나무와 같지 않을까? 머리털 없는 머리 같지 않을까? 사랑하는 벨라르민! 나는 한동안 편히 살았다. 마치 어린아이처럼 인간의 운명과 추구를 잊고 살라미스의 조용한 산발치에서 살았다. 그 이후로 나의 눈에는 많은 것이 달라졌다. 이제는 어떤 인간의 삶을 보아도 고요함을 유지할 수 있을 만큼 내 안에 평화를 갖고 있다. 오, 친구여! 결국엔 우리의 정신은 우리가 겪는 그 무엇과도 화해하는 것이다. 아마 그대는 믿지 못할 것이다. 적어도 나에 대한 것은. 그러나 그대는 내 편지만 보아도 내 영혼이 날마다 얼마나 차분해지는지 알 수 있을 것이다. 그리고 나는 자네가 결국에 그것을 믿도록 앞으로 그 점과 관련해 많은 이야기를 들려줄 생각이다.

여기 디오티마와 내가 칼라우리아에서 작별한 후 주고받
은 편지들을 동봉한다. 이 편지들은 내가 자네한테 밝히는 것
들 중 가장 소중한 것이다. 이 편지들은 내 생에 그 시절의 가
장 따스한 모습을 보여줄 것이다. 전쟁의 소란에 대해서는 거
의 언급이 없을 것이다. 그만큼 나 자신의 삶에 대한 이야기가
많을 것이다. 그것이 바로 자네가 원하는 바가 아닌가? 아, 내
가 얼마나 지극한 사랑을 받았는지도 보아야 한다. 내가 그대
에게 그것을 직접 이야기할 수는 없다. 그것을 들려줄 수 있는
사람은 디오티마뿐이다.

히페리온이 디오티마에게

나는 죽음과 같았던 이별에서 깨어났어요, 나의 디오티마!
마치 잠을 푹 자고 난 것처럼 힘을 얻어 내 정신이 다시 원기
를 회복했어요.

나는 에피다우로스*의 산 정상에서 당신에게 이 편지를 쓰
고 있어요. 당신이 있는 섬이 저 아래 멀리에서 가물거립니다,
디오티마! 거기를 넘어서면 나의 결전장이군요. 그곳에서 나
는 죽거나 승리할 겁니다. 오, 펠로폰네소스! 오, 에우로타스

---

* 펠로폰네소스 반도 아르골리스 동쪽 해안의 고대 도시.

와 알페이오스의 샘들아! 거기서 결판이 날 거예요. 이 나라의 오랜 수호신이 우리의 군대와 함께 저기 스파르타의 숲을 박차고 한 마리 독수리처럼 수천의 깃털을 휘날리며 진격할 겁니다.

나의 영혼은 행동에 대한 기백과 사랑으로 가득 차 있어요, 디오티마. 그리고 나의 눈은 그리스 계곡들을 굽어보고 있어요. '다시 솟구쳐 올라라, 너희 신들의 도시들아!'라고 마법의 힘으로 명령이라도 내려야 할 것처럼.

마치 내 안에 신이 하나 들어 있는 것 같군요. 우리의 이별이 거의 느껴지지 않으니까요. 레테 강가에 모인 망령들처럼, 나의 영혼은 당신의 영혼과 더불어 지금 천상의 자유를 누리며 살고 있어요. 이제 운명은 우리의 사랑 위에 군림하지 못해요.

히페리온이 디오티마에게

나는 지금 펠로폰네소스 중앙에 와 있어요. 오늘 묵을 오두막과 똑같은 오두막에서 예전에 한 번 묵은 적이 있어요. 내가 아직 소년이던 때에 아다마스와 함께 이 고장을 여행하다가 그랬지요. 그때 나는 정말로 행복감을 느끼며 집 앞의 긴 의자에 앉아 멀리서 다가오는 카라반의 방울 소리에 귀 기울였고,

가까이에 있는 꽃 피는 아카시아들 아래에서 은빛 물줄기를 수조에 쏟아붓는 분수의 찰랑거리는 물소리를 들었습니다.

지금 나는 다시 행복해졌어요. 나는 이 땅을 누비는 중입니다. 마치 지난날 참나무들이 명성을 예언하는 소리를 냈다고 하는 도도나의 숲*을 거니는 심정입니다. 내 눈에는 오로지 행동만 보일 뿐이에요. 과거의 행동이든 미래의 행동이든. 탁 트인 하늘 아래를 아침부터 저녁까지 거닐면서 늘 그 생각뿐이죠. 내 말을 믿어줘요. 이 땅 여기저기를 누벼보고도 자신의 목에 걸린 멍에를 그냥 참아넘길 뿐 펠로피다스 장군** 같은 사람이 되고 싶은 마음이 들지 않는 자는 심장이 비어 있는 자거나 아니면 아무 생각이 없는 자일 거예요.

그리도 오래 잠들어 있었던가요? 그리도 오래 시간이 슬며시 흘러가버렸나요? 지옥의 강처럼 황량하게 무위도식하며 흐린 빛으로 말없이 흘러가버렸나요?

그러나 이제 모든 것이 준비되어 있어요. 이곳 산중에 사는 사람들은 복수심에 불타고 있습니다. 휘몰아칠 폭풍을 기다리

---

* 그리스에서 델포이 다음으로 중요한 신탁의 장소. 제우스에게 바쳐진 성소로, 아주 먼 옛날 예언자들이 성스러운 참나무가 바람에 살랑대는 소리를 듣고 신탁을 해석했다고 한다.
** 테베의 장군(기원전 ?410~364). 기원전 382년 테베가 스파르타의 지배 아래 놓이자 아테네로 도망하여 테베의 해방을 이끌어냈다. 민주정치를 확립하여 테베의 발전에 힘썼으며, 기원전 371년 레우크트라 전투에서 스파르타군을 물리쳤다.

며 침묵하는 소나기구름처럼 대기하고 있어요. 디오티마! 나로 하여금 그들에게 신의 입김을 불어넣게 해줘요. 나로 하여금 가슴에서 나오는 한마디 말을 그들에게 하도록 해줘요, 디오티마. 두려워할 것은 아무것도 없어요! 그 사람들은 그다지 거칠게 나오지 않을 거예요. 나는 거친 자연을 잘 알아요. 그런 자연은 이성을 비웃지만 열광과는 한편이지요. 혼신의 힘을 다해 행동하는 사람은 결코 길을 잘못 들지 않아요. 잔머리를 굴릴 필요도 없고요. 어떤 힘도 그를 막아서지 못할 테니까요.

히페리온이 디오티마에게

　내일이면 나는 알라반다에게 가 있을 거예요. 코로네로 가는 길을 사람들에게 물어보는 것은 내겐 하나의 기쁨입니다. 그러다 보니 필요 이상으로 자꾸 묻게 돼요. 태양의 날개라도 빌려서 그에게 달려가고 싶어요. 그러면서도 일부러 주저하면서 이렇게 묻곤 해요. 그는 지금 어떤 모습일까?

　왕 같은 젊은이여! 왜 내가 더 늦게 태어났는가? 왜 나는 그와 한 요람에서 뛰쳐나오지 못했는가? 나는 우리들 사이에 가로놓인 차이를 견딜 수가 없습니다. 왜 나는 티나에서 한가한 목동처럼 살면서 뒤늦게야 그와 같은 사람이 되겠다고 꿈꾸게 되었을까요? 그가 이미 적극적인 활동 속에서 자연을 시험해

보고 바다와 공기를 비롯한 모든 원소와 겨루기를 마친 시점에 가서야? 왜 내 안에는 활동하는 데서 오는 환희를 향한 충동이 없었을까요?

하지만 그를 따라잡겠습니다. 나도 속도를 낼 겁니다. 하늘에 맹세코! 나는 일을 해낼 수 있을 만큼 무르익었어요. 생동감 있는 일을 통해 어서 나 자신을 해방시키지 않으면 나의 영혼은 나 자신을 향해 광포하게 날뛸 겁니다.

나의 숭고한 여인이여! 내 어찌 당신 앞에 설 수 있겠습니까? 당신은 어떻게 이렇게 무력한 인간을 사랑할 수 있었나요?

히페리온이 디오티마에게

드디어 그를 만났어요, 사랑하는 디오티마!

가슴이 가볍게 느껴지고, 힘줄은 재빠르게 움직이더군요. 아! 그리고 수심 깊은 맑은 물이 우리를 유혹하듯 미래가 어서 뛰어들어 들끓는 피를 시원한 물로 식히라고 유혹합니다. 그러나 이건 농담일 뿐이에요. 알라반다와 나는 예전보다 더 사이가 좋아졌어요. 서로에게 더 자유로워졌지만 어디를 가나 전과 다름없는 삶의 충일과 깊이를 누립니다.

오, 옛날의 폭군들은 어찌 그리 뻔뻔스레 우리와 같은 우정을 금했는지! 우정이 있으면 우리는 반신처럼 강해지고, 그러면 자기 영역 안에서 파렴치한 것을 용납하지 못합니다!

나는 저녁 무렵 그의 방에 들어섰어요. 그는 하던 일을 막 옆으로 치워놓고 달빛이 환히 비치는 창가 모서리에 앉아 생각에 잠겨 있었지요. 내가 어둠 속에 서 있었기 때문에 그는 나를 알아보지 못했어요. 무심코 내가 있는 쪽을 건너다보았을 뿐이지요. 그가 나를 누구로 생각했는지는 하느님만 아실 겁니다. "어이, 잘 지내쇼?" 그가 소리쳤어요. "아주 잘 지내지요!" 나는 대답했어요. 짐짓 꾸며대려 했지만 소용없는 일이었지요. 내 목소리에 기쁨이 잔뜩 숨겨져 있었으니까요. "아니, 이게 누구야?" 그는 자리에서 벌떡 일어났어요. "자네 아닌가?" "그래, 나야, 이 장님 같은 양반!" 나는 이렇게 소리치고 그의 품에 와락 달려들었지요. "오, 드디어!" 마침내 알라반다가 외쳤어요. "이렇게 되었으니 상황이 바뀌어야 해, 히페리온!"

"내 생각도 그러네." 나는 이렇게 말한 뒤 그와 기쁘게 악수를 나누었습니다.

"자넨 아직도 나를 잘 아나?" 알라반다가 잠시 뒤 말을 이었어요. "자네는 이 알라반다에 대해 옛날의 그 신실한 믿음을 여전히 간직하고 있나? 자넨 마음이 넓어! 나는 자네의 사랑의 빛 속에 있을 때만큼 행복한 적은 없었네."

"아니, 그게 무슨 말인가?" 내가 소리쳤어요. "알라반다가 그런 걸 다 묻다니. 자네 말이 자만심에서 나온 건 아니네, 알라반다. 이건 다 시대의 징후야. 옛 영웅의 자질을 갖춘 사람이 명예를 구걸해야 하고, 생생하게 살아 있는 인간의 마음이 마치 고아처럼 한 방울의 사랑에 신경을 써야 하다니."

그러자 그가 외쳤어요. "이보게, 젊은 친구! 이제 나는 나이를 먹었어. 어디를 가나 활기 없는 생활을 했고, 스미르나에 있을 때 내가 자네를 연결해주려고 했던 그 선배들과의 일도 있고."

"오, 씁쓸한 이야기야." 나는 외쳤어요. "결국 그 사람들도 죽음의 여신의 손아귀를 벗어나지 못했군. 우리가 보통 운명이라고 부르는 그 이름 없는 여신 말일세."

등불을 내왔고, 우리는 그윽하고 사랑스러운 눈길로 서로를 새롭게 뜯어보았어요. 소중한 친구의 모습은 예의 희망의 날들을 기점으로 해서 많이 변해 있었지요. 그러나 영원히 살아 있는 그의 커다란 눈은 희뿌연 하늘에서 빛나는 한낮의 태양처럼 시든 얼굴 가운데에서 번뜩이는 빛으로 나를 바라보았어요.

"이보게 착한 친구!" 알라반다가 다정하면서도 심기 불편한 어투로 말했지요. 내가 그를 그런 눈길로 바라보았으니까요. "그런 슬픈 눈빛은 거두게, 착한 친구! 내가 쇠약해진 건 나도 잘 알아. 오, 나의 히페리온! 나는 뭔가 위대하고 진실한 것을 동경하고 있고, 그것을 자네와 함께 찾고 싶어. 자넨 나보다 훨씬 더 발전했어. 그리고 예전보다 더 자유롭고 강해졌어. 그래,

그래서 정말 기뻐. 나는 메마른 땅이고, 자네는 때마침 온 반가운 폭우야. 오, 자네가 이렇게 와주다니 정말 멋진 일이야!"

"조용히 좀 하게!" 내가 말했어요. "정신이 사납군. 그리고 우리 이야기는 하지 않는 게 좋겠네. 우리가 살아서 행동에 나설 때까지는 말이야."

"물론이지!" 알라반다가 기뻐하며 외쳤어요. "사냥꾼은 사냥 나팔 소리가 울려야 비로소 자신의 존재를 느끼는 거야."

"곧 공격 개시인가?" 내가 물었지요.

"그럴 거야." 알라반다가 큰 소리로 대답했어요. "이보게, 자네한테 말해주겠네! 그것은 엄청난 불길이어야 하네. 흠! 불길은 탑 꼭대기까지 훨훨 타올라 꼭대기에 걸린 깃발을 녹여버리고 노호하며 탑 주위를 넘실거려 마침내 탑을 무너뜨려야 해! 우리의 동지들과 부딪치지는 말게. 물론 그 선한 러시아인들이 우리를 소총처럼 써먹으려 한다는 건 나도 잘 알아. 그러나 그 정도는 넘어가주자고! 먼저 우리의 힘찬 스파르타인들이 차제에 자신들이 누구이고 무엇을 할 수 있는지 깨닫고 그렇게 해서 우리가 펠로폰네소스를 정복하고 나면, 그때 가서 북극을 바라보면서 웃어주자고. 그런 다음 우리 고유의 삶을 살아가는 거야."

"고유의 삶을." 나는 외쳤어요. "새롭고 영예로운 삶을. 대체 우리는 늪에서 태어난 도깨비불인가, 아니면 살라미스 해전* 승자들의 후예인가? 그런데 지금은 어떠한가? 그리스의 자유로운 천성이여, 너는 하녀가 되어버렸나? 너는 어찌하여 그렇게 영락해버렸는가, 뼈대 있는 가문아? 제우스나 아폴론 상도 사실은 이 가문의 복사판일 뿐이지 않았더냐? 하지만 들어라, 이오니아의 하늘아! 내 말을 들어라, 조국의 땅아, 반쯤 벌거벗은 모습으로 거지처럼 옛 영화의 누더기를 걸치고 있는 조국의 땅아. 더 이상 참을 수가 없다!"

그러자 알라반다가 외쳤어요. "오, 우리를 길러준 태양이여! 그대는 보아야 할 거요. 일하는 가운데 용기가 자라고 망치질 아래에서 무쇠가 단단해지듯, 운명의 망치질 아래에서 우리의 계획이 모습을 갖추어가는 것을."

한 사람이 말하면 다른 사람이 뒤질세라 이어받았지요.

"그 어떤 오점도 남아 있지 않기를!" 내가 외쳤습니다. "천민들이 사방 벽에 칠을 하듯 이 세기가 우리를 상대로 그려 보이는 익살스러운 그림도!" "오!" 알라반다가 소리쳤어요. "그러니까 전쟁에는 좋은 면도 있는 거야."

"맞아, 알라반다." 내가 소리쳐 말했어요. "모든 위대한 작업은 전쟁과 같지. 인간의 힘과 정신만 도움이 되지 목발이나 밀랍 날개 따위는 필요하지 않아. 이제 노예의 옷을 벗어버리는 거야. 운명이 자신의 문장紋章을 찍어놓은 노예의 옷을 말이

---

* 기원전 480년 9월 23일 아테네 함대를 주력으로 한 그리스 연합 해군이 살라미스 해협에서 우세한 전력의 페르시아 해군을 괴멸시킨 해전.

야."

"허황된 것이나 강요된 것은 필요치 않아." 알라반다가 외쳤지요. "우리는 네메아의 육상경기처럼 꾸밈없이, 거리낌없이 알몸으로 목표를 향해 달려가는 거야."

"목표를 향해." 내가 소리쳤어요. "그 목표점에서 젊은 자유국가의 새벽이 열리고, 아름다운 모든 것의 신전이 그리스 땅에서 우뚝 솟아오르는 거야."

알라반다는 잠시 입을 다물었어요. 그의 얼굴에 다시 붉은 빛이 감돌았고, 그의 키는 비를 머금은 초목처럼 하늘로 높이 솟았지요.

"오, 청춘이여! 청춘이여!" 그가 외쳤어요. "그때가 되면 나는 네 샘물에서 물을 마시겠다. 그때가 되면 나는 살고 사랑하겠다. 나는 참으로 기쁘다, 밤하늘아." 그렇게 말하면서 그는 마치 취한 것처럼 창 밑으로 걸어갔어요. "너는 내 머리 위를 포도 넝쿨처럼 아치 모양으로 감싸고, 너의 별들은 포도송이처럼 거기에 매달려 있구나."

히페리온이 디오티마에게

이렇게 일로 충만해 있으니 더없이 행복감을 느낍니다. 내가 이런저런 어리석은 짓을 저지른다면 그건 그만큼 내 영혼이 충만해 있기 때문일 거예요. 어쩌면 그 사람, 그 놀랍고 당당하고 나 외엔 아무도 사랑하지 않는 그 사람에게 내가 매료되어 있기 때문일지도 모르지요. 그 사람은 자기 안에 있는 겸손을 오로지 나를 위해 쏟고 있어요. 오, 디오티마! 알라반다는 내 앞에서 울었어요. 그리고 어린애처럼 자기가 스미르나에서 나에게 저지른 일을 기도로 속죄했어요.

그대들 내 사랑아, 대체 내가 누구라고 그대들을 '나의 그대들'이라 부를 수 있고, 그대들을 '나의 것'이라고 말할 수 있고, 내가 무슨 정복자나 되는 것처럼 그대들 사이에 서서 그대들을 내 먹잇감처럼 껴안을 수 있는 것인가.

오, 디오티마! 오, 알라반다! 고귀하고 소리 없이 위대한 사람들아! 나의 행복인 그대들로부터 도망치지 않는다면 내가 어떻게 일을 완성할 수 있을까?

막 편지를 쓰는 중에 당신 편지를 받았어요, 내 사랑.

슬퍼 마요, 고귀한 사람, 슬퍼하지 마요! 상심으로 마음을 다치지 말고 미래의 조국의 축제를 위해 스스로를 아껴요! 디오티마! 자연의 타오르는 축제를 위해 당신을 아껴둬요. 신들을 위한 즐거운 기념일을 위해 당신을 아껴둬요!

그리스의 모습이 벌써 보이지 않나요?

오, 보이지 않나요? 새로이 이웃이 된 것을 기뻐하며 영원의 별들이 우리의 도시와 숲들 위에서 미소 짓고 있는 모습이? 그리고 옛 바다가 우리 백성이 즐겁게 바닷가를 산책하는 모습을 보면서 아름답던 아테네 사람들을 다시 생각해 옛날에 사랑하는 연인들에게 그랬듯이 행복을 흥겨운 파도에 실어 우리에게 다시 가져다주는 모습이?

마음 깊은 여인이여! 당신은 지금도 이미 무척 아름다워요! 진정한 풍광이 당신을 키워준다면 당신은 황홀에 넘칠 정도로 피어날 거예요!

디오티마가 히페리온에게

사랑하는 히페리온, 당신이 내 곁을 떠난 뒤 나는 거의 모든 시간을 집 안에 틀어박혀서 보냈어요! 그리고 오늘은 오랜만에 외출을 했어요.

2월의 온화한 대기 속에서 생기를 그러모았어요. 여기 내가 모은 것을 당신에게 보내요. 하늘에 어린 상쾌한 온기가 좋았어요. 식물들의 새로운 환희도 함께 느껴보았고요. 그들은 슬퍼하다가도 때가 되면 모두 다시 기뻐하는데 정말 순수하고 변함이 없거든요.

히페리온! 오, 나의 히페리온! 왜 우리는 그들처럼 조용한 인생길을 걷고 있지 않을까요? 겨울, 봄, 여름 그리고 가을, 모두 성스러운 이름들이에요! 그러나 우리는 그 성스러운 이름들을 잘 모르고 있어요. 봄에 슬퍼하는 것은 죄악이 아닐까요?

그런데도 어째서 우리는 봄에 슬퍼하고 있나요?

이렇게 말하는 걸 용서해줘요! 대지의 자식들은 오로지 태양에 의해 살아요. 나는 당신에 의해 살고요. 나는 그들과 다른 기쁨을 갖고 있어요. 내가 그들과 다른 슬픔을 갖고 있다면 이상한 건가요? 나는 슬퍼할 수밖에 없나요? 꼭 그래야만 하나요?

용감한 그대여! 사랑하는 그대여! 당신은 영광으로 빛나는데, 이 몸은 그냥 말라서 시들어가야 하나요? 승리의 열망이 당신의 모든 근육에서 깨어나는데, 이 가슴은 그냥 지쳐 있어야 하나요? 만약 내가 이런 이야기를 들었다면, 한 그리스 젊은이가 그 선량한 민족을 치욕에서 구해내 그 민족을 낳아준 어머니에게로, 아름다움의 나라로 데려가려고 집을 나선다는 이야기를 들었다면, 어찌 내가 어린애 같은 꿈에서 놀라 깨어나 사랑하는 임의 모습을 보지 못한다고 애태웠을까요? 그리고 이제 그 사람이 이 세상에서 내 임인데, 어찌 내가 울 수 있나요? 오, 어리석은 처녀여! 이것이 현실이 아닌가? 그분은 훌륭한 분이 아닌가? 그리고 그분은 내 사랑이 아닌가? 오, 너희 즐거웠던 시절의 환상들아! 오, 나의 소중한 추억들아!

아무리 생각해도 나에겐 그 마법의 저녁이 흡사 어제 같아요. 그 성스럽고 낯선 분은 나와 그 저녁에 처음으로 만났지요. 그 저녁에 그분은 마치 슬픔에 잠긴 정령처럼 빛나는 모습으로 숲의 그늘 속으로 들어왔지요. 젊음의 꿈에 취해 아무것도 모르는 처녀가 앉아 있던 그 숲으로요. 5월의 바람, 이오니아의 마법과 같은 5월의 바람을 쐬며 그는 왔어요. 그 바람은 그분의 모습을 더욱 피어나게 해주었어요. 그 바람은 그분의 머리카락을 휘날리게 했어요. 그 바람은 그분의 입술을 꽃처럼 열리게 했고, 그 바람은 그분의 슬픔을 녹여 미소로 만들어주었어요. 오, 너희 천국의 빛들아! 너희는 그분의 눈을 통해 얼마나 찬란하게 나를 비추었던가! 아치 모양의 테를 두른 그늘 속에 영원한 생명이 은은히 반짝이며 물결치던 그 매혹적인 우물을 통해!

자비로운 신들이여! 나를 바라보는 그분의 모습은 얼마나 아름다웠던가요! 그 완벽한 젊은이는 한 뼘 정도 훌쩍 커진 모습으로 얼마나 가볍게 서 있었던가요! 사랑스러운 두 팔, 겸손한 두 팔은 아무것도 아닌 양 내려뜨리고 있었지요. 그러면서 그분은 내가 땅에서 사라져 하늘로 날아간 것처럼 황홀한 표정으로 위쪽을 올려다보았어요. 아! 그러다가 나를 다시 알아채고는 마음에서 우러나는 우아한 표정으로 얼굴을 붉히며 미소를 지었지요! 그분은 눈물이 그렁그렁한 아폴론 같은 눈을 반짝이며 이렇게 물었어요. 당신인가요? 정말 당신이에요?

어떻게 그분은 그렇게 믿음 깊은 마음으로, 그렇게 신비에 가득 찬 마음으로 나를 만났을까요? 왜 그분은 처음에 고개를 떨구었을까요? 왜 그 성스러운 젊은이는 그리움과 슬픔에 젖어 있었을까요? 그의 정신은 너무나 고결해서 혼자 있을 수 없었고, 세상은 너무나 빈약해서 그를 품어주지 못했습니다. 오, 그것은 위대함과 고뇌로 짜인 사랑스러운 모습이었지요. 그러나 이제는 사정이 다릅니다. 고뇌는 이제 끝이에요! 수행해야할 일이 생겼고, 그분은 더는 아픈 사람이 아니에요!

이 편지를 쓰기 시작할 때만 해도 내 마음은 탄식으로 가득했어요, 내 사랑! 하지만 지금은 기쁨뿐입니다. 이렇게 당신 얘기를 하다 보면 행복해져요. 그러니 보세요! 이대로 변함이 없으면 좋겠어요. 안녕!

히페리온이 디오티마에게

우리는 전쟁의 소란이 시작되기 전에 유종의 미를 기원하며 당신의 기념일을 축하했습니다, 아름다운 생명이여. 참으로 멋진 날이었어요. 따스한 봄바람이 불어왔고, 봄은 동방으로부터 반짝이며 다가왔지요. 봄은 꽃을 피우도록 나무들을 유혹하듯 우리의 입술에서 당신의 이름을 피워냈어요. 그리고 사랑의 모든 행복한 비밀들이 내 숨결에서 새어나왔습니다. 내 친구 알라반다는 우리의 사랑과 같은 사랑을 본 적이 없다고 했어요. 그 잘난 친구가 내 이야기에 귀 기울이면서 당신의 모습과 당신의 인품을 떠올려보려고 눈과 정신에 빛을 내는 모습을 보는 건 정말 황홀한 체험이었어요.

"오." 그가 마침내 소리쳐 말했어요. "우리가 우리의 그리스를 위해 싸우는 보람이 충분히 있어. 이 땅에 아직도 그런 화초가 자란다면 말이야!"

"여부가 있나, 알라반다." 내가 말했지요. "그렇기 때문에 우리가 기쁜 마음으로 전쟁터로 나가는 거야. 그렇기 때문에 사람들의 그런 모습을 보고 우리의 정신이 젊어졌을 때 천상의 불꽃이 우리를 행동으로 이끄는 거지. 그렇기 때문에 우리가 보잘것없는 목표를 향해 뛰지 않고, 자잘한 것들에 마음을 두지 않으며, 정신을 신경 쓰지 않고 겉만 꾸미거나 잔을 비운 것을 보여주기 위해 술을 마시지 않는 거야. 그래서 우리가 나중에 가서나 쉬려고 하는 걸세, 알라반다. 정신의 환희가 더 이상 비밀이 아닌 때가 되어서나 그리고 인간의 정신이, 오랫동안 부재했던 인간의 정신이 방황과 고통에서 벗어나 찬란히 빛을 발하며 승리의 기쁨을 아버지 같은 창공에 전하는 가운데 모든 사람들의 눈이 개선문으로 바뀌고 나서나 말이야. 아아! 깃발로만 우리 미래의 민족을 알아봐서는 안 되네. 모든 것이 새로워져야 하고, 모든 것이 바탕부터 달라져야 해. 즐거움에는 진지함 또한 가득해야 하고 모든 일에는 흔쾌함이 함께해야 하네! 사소한 것, 지극히 무가치한 것, 지극히 일상적인 것에도 정신과 신들이 빠지면 안 돼! 사랑과 증오 그리고 우리가 내는 모든 소리가 이 덜떨어진 세상에 경각심을 주어야 해. 그리고 어떤 순간도 천박했던 과거를 우리에게 다시 떠올리게 해서는 안 되네!"

히페리온이 디오티마에게

화산이 폭발하기 시작했어요. 코로네와 모돈*에서 터키군
이 포위되고, 우리는 산지 주민들과 함께 펠로폰네소스 반도
를 따라 진격해 올라가는 중입니다.

이제 마음속의 우울도 다 가셨어요, 디오티마. 활발하게 과
업에 임하면서부터 내 마음은 한결 더 견고해지고 민첩해졌어
요. 봐요! 요즘 나는 일과표에 따라 움직이고 있어요.

나는 해가 뜨는 것과 함께 하루 일과를 시작해요. 곧이어 밖
으로 나가 나의 전사들이 누워 있는 숲 속 그늘을 찾아갑니다.
그곳에서 수천의 밝은 눈동자를 향해 인사를 보내면 그 눈동
자들은 거칠고도 다정하게 열리면서 나를 바라보지요. 잠에서
깨어나는 군대예요! 이것에 비할 만할 것이 어디 있겠습니까?
이에 반해 도회지나 마을에서 보내는 삶은 모두 벌 떼와 같죠.

옛날에는 인간이 숲 속의 사슴처럼 행복했다는 것은 우리
스스로도 부정할 수 없는 사실입니다. 셀 수 없이 많은 세월이

---

* 본래의 명칭은 메토네이다. 코로네와 메토네는 펠로폰네소스 반도의 남서쪽 해안
에 있다.

흘렀지만 우리 안에는 원초의 세계를 향한 그리움이 솟아나지요. 그 시절에 인간은 모두 신처럼 대지를 누비고 다녔어요. 무엇인지 나도 모르는 어떤 것이 인간을 길들이기 전에는. 그 시절에는 장벽과 죽은 나무 대신 세상의 혼과 성스러운 대기가 어디에서나 인간을 감쌌어요.

디오티마! 나는 자주 경이로운 느낌을 받곤 해요. 태연한 내 병사들 사이로 걸어갈 때면, 병사들은 마치 땅에서 자라난 듯 하나둘 잠자리에서 일어나 햇살을 향해 기지개를 켜요. 병사들 한가운데에서는 불꽃이 탁탁 소리를 내며 피어오르지요. 불가에는 어머니가 추위에 떠는 아이를 안고 있고, 불 위에서는 맛있는 음식이 끓고 있어요. 한편 군마들은 하루의 냄새를 맡고 코를 쿵쿵거리며 울어대고, 숲에는 천지를 뒤흔드는 전투 음악이 울려 퍼지지요. 주변에서는 무기들이 번쩍거리며 쨍그랑 부딪치는 소리를 내요. 그러나 이것은 말일 뿐이고, 이런 삶의 특별한 즐거움은 이루 다 설명할 수가 없어요.

이윽고 내 병사들 무리는 즐거워하며 나를 둘러싸고 모이지요. 나이가 많은 사람들뿐 아니라 내 또래의 젊고 반항적인 사람들까지도 나를 존중해주니 참으로 놀라워요. 우리는 점점 흉허물을 터놓는 사이가 되어 많은 사람들이 자기 인생에서 겪은 일들을 이야기하고, 그럴 때면 내 가슴은 그 많은 운명들로 인해 벅차오르곤 해요. 이어서 나는 앞으로 다가올 더 좋은 날들에 대한 이야기를 꺼내지요. 그러면 그들의 눈은 우리를 하나로 묶어줄 동맹 이야기에 반짝이며 크게 떠진답니다. 그리고 앞으로 이루어질 자유국가의 자랑스러운 모습이 그들의 눈앞에 어렴풋이 떠올라요.

전체는 개인을 위해, 개인은 전체를 위해! 이것은 말로 표현한 흥겨운 정신이에요. 이 정신은 마치 신의 계명처럼 언제나 내 병사들을 사로잡지요. 오, 디오티마! 단단히 굳었던 성품이 희망의 말을 듣고 부드러워지고, 맥박이 더욱 힘차게 뛰고, 이런저런 계획을 앞에 두고 어두웠던 이마가 활짝 펴지며 반짝이는 모습을 보는 것, 믿음과 의욕으로 가득한 사람들 속에 이렇게 서 있는 것, 그것은 찬란한 광휘에 싸인 땅과 하늘과 바다를 보는 것보다 훨씬 멋진 일입니다.

이어서 나는 정오까지 병사들에게 무기 다루는 법을 가르치고 제식훈련을 시켜요. 사기가 높으니 훈련에도 열성이지요. 그런 사기가 있어서 가르치는 나도 저절로 흥이 납니다. 그들은 마케도니아식 밀집방어진*으로 서서 겨우 손만 움직이기도 하고, 번개처럼 흩어져 소규모 각개전투 대형을 갖추기도 해요. 각각의 병사들이 상황에 따라 임기응변을 발휘해 스스로 지휘관이 되기도 하지요. 그런 다음 그들은 다시 안전한 지점에 재집결합니다. 이런 전투 훈련을 하노라면 걷든 서든 그

---

* 열여섯 명 정도의 중무장한 보병들이 촘촘하게 밀집대형을 이루어 방어진을 형성하는 것.

들과 나의 눈앞에는 폭군 치하의 노예들의 모습과 위험 가득한 전쟁터가 떠오르지요.

태양이 더욱 뜨겁게 내리쬐면 숲 속에서 전략 회의가 열립니다. 그렇게 차분한 마음으로 위대한 미래를 관리하는 것은 큰 기쁨이에요. 우리는 우연이 맥을 못 추게 만들고 우리 힘으로 운명을 제어할 겁니다. 우리가 원하는 대로 전쟁을 이끌어 갈 거예요. 우리가 미리 진을 치고 있는 곳으로 적을 유인하는 거지요. 아니면 그냥 관망하면서 우리가 겁을 먹은 것처럼 보이게 해서 적이 더 가까이 오도록 하는 거예요. 그러다가 적의 머리를 내리칠 수 있을 만큼 거리가 가까워지는 순간 잽싸게 적의 혼을 빼앗는 겁니다. 이것이 내가 쓰는 만병통치약 파나케*지요. 하지만 노련한 의사들은 그런 만병통치약을 별로 믿지 않아요.

저녁이 되면 알라반다와 함께 시간을 보내는데 정말 행복합니다. 우리는 경쾌한 말을 타고 석양이 붉게 물든 언덕을 즐겁게 달려본답니다. 잠시 말에서 내려 산꼭대기에서 쉬다보면 바람이 불어와 우리가 타고 온 말들의 갈기를 가지고 놀지요. 그 윙윙대는 소리가 우리의 대화에 끼어들어요. 우리는 멀리 보이는 우리가 탈환해야 할 스파르타 땅을 굽어보지요. 숙

---

* 치료의 여신 파나케이아에서 유래한 말. 파나케이아는 모든 것을 치료한다는 뜻이다.

소로 돌아온 뒤에는 서늘한 밤공기의 부드러움을 느끼며 함께 앉아 술잔의 향기를 느껴요. 달빛이 우리의 조촐한 식사를 비추고, 우리가 미소 지으며 침묵하는 순간 선조들의 이야기가 우리를 지탱하고 있는 성스러운 바닥에서 구름처럼 피어올라요. 그 순간에 손을 내밀어 서로의 손을 잡을 수 있으니 그 얼마나 행복한지!

이번엔 알라반다가 금세기의 권태에 고통받은 많은 사람들 이야기를 꺼냈어요. 곧장 갈 수 있는 길을 가지 못하게 저지당해 하는 수 없이 구부러진 인생길을 가야 했던 사람들의 놀라운 이야기도 했지요. 나의 스승 아다마스가 떠오르는군요. 그분과 함께했던 여행들, 아시아 내륙 깊은 곳까지 가보고 싶어했던 그분의 동경도 떠오르네요. 그분을 향해 이렇게 외치고 싶군요. 그것은 임시방편일 뿐이에요, 선하신 선생님! 자, 어서 오세요! 오셔서 우리와 함께 선생님의 세계를 건설하세요! 우리의 세계는 선생님의 세계이기도 하니까요.

그것은 당신의 세계이기도 해요, 디오티마. 왜냐하면 그 세계는 당신의 모사模寫니까요. 오, 그대, 낙원의 고요함을 지닌 그대여, 당신 자체인 그것을 우리가 만들어낼 수 있다면!

히페리온이 디오티마에게

우리는 작은 전투에서 연거푸 세 번 승리했어요. 그 전투들에서 우군과 적군이 번개처럼 부딪치며 한판 붙었는데, 그 모습이 마치 활활 타오르는 한 송이 불꽃 같았어요. 우리는 나바리노*를 접수했고, 지금은 옛 스파르타의 잔해인 미시스트라 요새를 눈앞에 두고 있어요. 나는 알바니아군에게서 빼앗은 깃발을 도시 앞쪽의 폐허 한쪽에 꽂았지요. 기쁜 나머지 머리에 쓰고 있던 터키 터번을 에우로타스 강물에 던져버렸어요. 그 후로는 그리스 투구를 쓰고 있지요.

지금 나는 당신이 보고 싶어요, 오, 내 사랑! 당신을 만나 당신의 두 손을 내 가슴에 누르고 싶어요. 그 기쁨은 내 가슴이 감당하기에 너무 클지도 모르지만! 곧! 어쩌면 일주일만 있으면 해방될지도 모릅니다. 그 옛날의 고귀하고 성스러운 펠로폰네소스가요.

오, 소중한 그대여! 그때가 되면 나에게 신앙심 깊은 사람이 되는 법을 가르쳐줘요! 그때가 되면 이 들끓어오르는 심장을 위해 기도를 하나 가르쳐줘요! 침묵하는 편이 옳겠지요. 내가 뭘 했다고 그렇게 떠들겠어요? 설사 내가 우리가 이야기하고

---

* 모돈의 북쪽, 펠로폰네소스 반도 서쪽에 있는 항구도시. 고대에 '나바리노'라고 불렸으나 현재의 이름은 '필로스'이다.

싶은 그런 일을 했다 해도 할 일이 얼마나 많이 남아 있나요? 내 생각이 시간보다 더 빠른 것을 어쩌겠어요? 나도 반대로 되면 좋겠어요. 시간과 행동이 내 생각을 앞서서 날아가고, 날개 달린 승리가 내 소망을 앞질러 달려가면 좋겠어요.

나의 알라반다는 마치 새신랑처럼 피어나고 있어요. 그가 보내는 눈길마다 다가오는 세계가 나를 향해 미소를 지어 보여요. 나는 그것을 보며 초조감을 가라앉히곤 하죠.

디오티마! 자라나는 이 행복을 옛 그리스 최고의 번영기와도 바꾸고 싶지 않아요. 우리가 거두는 가장 작은 승리도 나에겐 마라톤이나 테르모필레, 플라타이아이*의 승리보다 더 값져요. 그렇지 않을 수가 있겠어요? 심장에게는 병에서 낫고 있는 생명이 병을 아직 경험해보지 못한 순수한 생명보다 더 소중하지 않을까요? 우리는 청춘이 사라진 뒤에야 청춘을 사랑하고, 잃어버린 청춘이 다시 돌아온 뒤에야 청춘이 주는 행복을 마음 속속들이 느끼지요.

에우로타스 강가에 나의 막사가 있어요. 한밤중에 눈을 떠 보면 늙은 강의 신은 나에게 경고의 소리를 내며 흘러가지요. 그러면 나는 미소를 지은 뒤 강가의 꽃들을 꺾어 번뜩이는 물

---

* 페르시아 전쟁 중 결정적인 전투가 벌어진 곳들. 그리스군은 마라톤 전투(기원전 490)와 플라타이아이 전투(기원전 479)에서는 승리를 거두었고, 테르모필레 전투(기원전 480)에서는 패배했다.

결 위에 던지며 이렇게 말해요. 이것을 징표로 받아다오, 고독한 그대여! 머지않아 옛 생명이 그대의 강가에 다시 흐드러지게 피어날 테니.

디오티마가 히페리온에게

당신이 보낸 편지들 잘 받았어요, 나의 히페리온. 전장에서 쓴 편지들 말이에요. 당신이 하는 말 한마디 한마디가 내 가슴을 쳐요. 사랑하는 마음으로 당신을 생각하다가도 내 발치에서 눈물 흘리던 유약한 젊은이가 이렇게 용맹스러운 사람으로 변한 것을 보고 깜짝깜짝 놀란답니다.

당신의 사랑은 변함없겠지요?

어디든 앞장서세요! 나는 그 뒤를 따를게요. 혹시 당신이 나를 미워한다면 당신의 심정을 이해해볼게요. 그렇게 해서 당신을 미워하도록 노력해볼게요. 그러면 우리의 두 영혼이 늘 똑같은 것을 추구하는 것이 될 테니까요. 이 말은 공연한 과장이 아니에요, 히페리온.

이제는 나도 예전의 내가 아니에요. 이제 나는 이 세상을 즐겁게 바라보는 눈길도, 살아 있는 모든 것에 대한 자유로운 관심도 갖고 있지 않아요. 별들이 가득한 들판만은 아직 내 눈길을 끌어요. 오히려 요즘엔 태고의 위대한 인물들과 그들이 삶을 어떻게 마쳤는가 하는 것을 더 많이 생각해요. 그리고 숭고한 스파르타의 여인들이 내 마음속에 있어요. 드디어 자신의 순간을 맞이한 새로운 전사들, 그 강력한 전사들도 잊지 않지요. 펠로폰네소스 반도를 거쳐 내가 있는 위쪽을 향해 점점 더 가까이 다가오는 그들의 승리의 함성이 귓가에 들리는 듯해요. 그리고 그들이 마치 대홍수처럼 에피다우로스 숲을 누비며 아래쪽으로 물결쳐 내려가는 모습이 눈에 선해요. 그리고 마치 전령처럼 앞에서 그들을 안내하는 햇살 속에서 그들의 무기가 번쩍거린답니다. 오, 나의 히페리온! 당신이 어서 칼라우리아로 와서 우리가 사랑을 나누었던 고요한 숲과 나를 만나보고, 다시 당신의 과업으로 돌아갈 수 있으면 좋겠어요. 내가 이번 전쟁의 결과를 두려워하는 것으로 보이나요? 내 사랑! 그런 생각이 문득문득 들기도 해요. 하지만 보다 원대한 생각이 그런 한기를 마치 불꽃처럼 막아준답니다.

안녕! 당신의 정신이 명하는 대로 일을 마무리하길 바랄게요! 평화를 위해 전쟁이 너무 오래 계속되지 않게 해줘요, 히페리온. 아름답고 새로운 황금빛 평화를 위해. 그런 평화가 찾아오면 당신이 말한 대로 자연의 법칙이 우리의 법전에 기록될 것이고, 그런 평화가 찾아오면 삶 자체가, 어느 법전에도 기록될 수 없는 신적인 자연이 우리 공동체의 심장에 깃들 거예요. 그럼 안녕.

히페리온이 디오티마에게

당신은 나를 위로해줬어야 해요, 나의 디오티마! 이렇게 말해줬어야 해요. 너무 서두를 것 없다고, 인색한 채무자한테서 빚을 받아내듯 운명으로부터 차차 승리를 빼앗아내라고. 오, 내 사랑! 그냥 가만히 있는 것은 다른 무엇보다 좋지 않아요. 내 핏줄의 피가 마르는 것 같아요. 어서 전진하고 싶은 갈망이 너무나 커요. 그런데도 이곳에 한가하게 미물러 있어야 해요. 포위만 하고 있어야 해요. 오늘도 또 내일도. 우리 부대원들은 공격하기를 원해요. 하지만 그랬다가 괜히 흥분한 그들을 미치광이 상태로 내몰 수도 있어요. 야수 같은 본성이 들끓어올라 규율과 사랑을 망쳐버리면 우리가 가졌던 희망들은 모두 허사가 되는 거죠.

확실하진 않지만 그래도 며칠만 기다리면 미스트라 쪽에서 투항할 것으로 보여요. 하지만 나는 우리가 더 전진하기를 바랐어요. 이곳 진지의 분위기는 뇌우가 터지기 직전의 대기 같아요. 나는 초조하고, 병사들도 내 마음에 들지 않아요. 그들 사이엔 예사롭지 않은 객기 같은 것이 넘쳐요.

하지만 내가 똑똑하지 못한 것 같군요. 기분만으로 그렇게 많은 것을 상상하다니. 그래도 옛 스파르타는 이런 약간의 근심 걱정을 치르고라도 차지할 만한 가치가 충분히 있어요.

히페리온이 디오티마에게

다 망쳐버렸어요, 디오티마! 우리 병사들은 가리지 않고 약탈하고 살인을 저질렀습니다. 우리 형제들도 죽임을 당했어요. 미스트라의 그리스인들, 아무런 죄도 없는 그 사람들 말이에요. 동포들은 어쩔 줄 모르고 헤매고 있습니다. 극도의 고통에 사로잡힌 그들의 얼굴은 이 야만인들을 복수로 처단해달라고 하늘과 땅을 향해 외치고 있어요. 그 야만인들의 선봉이 바로 나랍니다.

병사들한테 가서 내 원래의 뜻에 대해 이런저런 설교를 해볼 수도 있어요. 오, 그렇게 해서 그들의 마음이 모두 내게로 돌아와준다면!

하지만 나는 깨달았어요. 내 부하들의 정체를 알게 된 거지요! 참으로 터무니없는 계획이었습니다. 도적 떼를 이끌고 천국을 세워보려 하다니.

그래요! 성스러운 복수의 여신에게 맹세컨대 내게 일어날 일이 일어난 겁니다. 그래도 참아낼 생각입니다. 참아낼 거예요. 고통이 내 의식의 마지막 줄을 끊어버릴 때까지.

당신은 내가 미쳐 날뛴다고 생각해요? 나는 영광스러운 부상을 입었어요. 내 심복 중 하나가 입힌 부상이지요. 그들의 만행을 말리다가 당한 겁니다. 만약 내가 광란에 빠져 있는 거라면 상처를 싸맨 붕대를 찢어버릴 거예요. 내 피가 원래 속해야 할 곳으로, 이 슬픔에 젖은 대지 속으로 흘러들도록.

슬픔에 젖은 이 대지! 벌거벗은 대지! 그래서 나는 여기에 성스러운 숲의 옷을 입히려고 했고, 그리스의 생명이 숨 쉬는 온갖 꽃들로 장식하려 했던 겁니다.

오, 그랬다면 얼마나 좋았을까요, 나의 디오티마.

당신은 나에게 용기가 없다고 할 건가요? 내 사랑! 재앙 치고도 너무합니다. 사방 곳곳에 미쳐 날뛰는 무리가 준동하고 있어요. 모레아스*에서는 약탈이 진염병처럼 날뛰고 있고요. 손에 칼을 들지 않은 사람들마저 쫓기고 살해당하고 있어요. 그런데 그 광란의 무리들은 자기들이 정의를 위해 싸운다고 말하고 있습니다. 또 다른 야만스러운 무리는 술탄이 고용한 자들이에요. 그들 역시 똑같은 짓을 저지르고 있지요.

막 들은 소식인데, 우리의 치욕스러운 부대가 뿔뿔이 흩어졌다는군요. 그 겁쟁이들이 트리폴리스** 근교에서 자기들 수의 반도 안 되는 알바니아군과 마주쳤다네요. 그런데 약탈할 만한 것이 아무것도 없자 그 형편없는 놈들이 줄행랑을 친 겁니다. 우리와 함께 출정했던 용감한 러시아 군인 사십 명은 자기들끼리 버티다가 모두 전사하고 말았어요.

사정이 이렇다 보니 예전처럼 나는 알라반다와 단둘이 되었

---

* 중세 이후로 일반 백성들이 즐겨 부르던 펠로폰네소스의 별칭.
** 펠로폰네소스 반도 중앙에 있는 도시.

어요. 이 의리 있는 친구는 미스트라에서 내가 쓰러져 피 흘리는 모습을 본 뒤로 모든 것을 잊었어요. 마음속에 품었던 희망, 승리를 향한 욕구, 절망까지도. 그는 분노에 치를 떨면서 약탈자들 속으로 뛰어들어 마치 벌을 가하는 신처럼 그 아수라장에서 침착하게 나를 구해냈습니다. 흐르는 그의 눈물이 내 옷을 적셨어요. 지금도 그는 막사에서 내 곁을 지키고 있어요. 그 일 후로 나는 줄곧 막사에 누워 있는데, 사실 그렇게 된 것이 다행이라고 생각하고 있어요. 만약 그가 부대와 함께 진군했다면 지금쯤 그는 트리폴리스 근처에서 먼지 구덩이에 떨어지는 신세를 면치 못했을 테니까요.

앞으로 상황이 어떻게 전개될지는 알 수 없어요. 운명은 나를 알 수 없는 미래를 향해 내던졌어요. 내가 한 행동에 대한 벌을 받은 거지요. 나 자신에 대해 느끼는 부끄러움이 나를 당신으로부터 추방하고 있어요. 그것이 얼마나 오래 계속될지는 아무도 모릅니다.

아! 당신에게 새로운 그리스를 선사하겠다고 약속했는데, 지금 들려주는 것은 고작 비탄의 노래뿐이군요. 당신 자신에게서 위안을 찾기를 바랍니다!

히페리온이 디오티마에게

말을 꺼내기가 참으로 힘들군요.

세상이 마치 5월의 바람처럼 우리의 얼굴을 향해 불어오는 동안에 우리는 마치 새들처럼 이야기하는 것을 즐기고 잡담을 나누지요. 그러나 정오에서 저녁 사이에 사정이 바뀔 수 있어요. 결국 우리는 무엇을 잃은 걸까요?

내 말을 믿고 생각해봐요. 이건 정말 내 영혼 깊은 곳에서 나오는 말이니까요. 언어에는 껍데기가 넘쳐납니다. 가장 핵심적인 알맹이는 언제나 그 자체로 존재해요. 바다 밑바닥에 진주가 있듯이 심연 속에서 숨을 쉬고 있지요. 사실 당신에게 쓰려고 한 내용은 이것입니다. 그림이 언젠가는 액자를 필요로 하고, 남자가 하루의 일과를 가져야 하듯이, 나는 잠시 러시아 함대에 가서 근무할 작정이라는 것. 앞으로 그리스인들과는 상대하지 않을 생각입니다.

오, 사랑하는 그대여! 내 주위가 무척 캄캄해졌어요!

히페리온이 디오티마에게

이런저런 생각을 하느라 주저하기도 하고 마음속에서 싸움도 해보았지만, 결국 이렇게 할 수밖에 없군요.

부득이하게 무슨 일을 해야 하는지 나는 알고 있어요. 알았으니 그렇게 실행할 수밖에 없고요. 나를 오해하지 말아줘요! 저주하지도 말고! 나를 단념하라고 조언하고 싶어요, 나의 디오티마!

이제 나는 당신에게 아무것도 아닙니다, 고귀한 여인이여! 가슴이 말라버렸고, 눈은 살아 있는 것을 보지 못해요. 오, 입술 역시 바싹 말라버렸어요. 사랑의 달콤한 숨결도 더 이상 가슴에서 솟아나지 않습니다.

어느 날 나는 내 청춘을 모두 빼앗겨버렸어요. 내 생명은 에우로타스 강가에서 울다 지쳤습니다. 아! 스파르타의 폐허를 대하고 사무치는 치욕 때문에 물결 하나하나에 비탄을 실어 울면서 흘러가는 에우로타스 강가에서. 그때 운명은 나를 끝장내버렸습니다. 내가 당신의 사랑을 구걸해야 하나요? 나는 아무것도 아닌 존재입니다. 아무 명예도 없는 사람입니다. 궁색하기 짝이 없는 종과 같은 존재지요. 나는 비천한 반도처럼 추방당하고 저주받았습니다. 모레아스의 많은 그리스 사람들은 훗날 우리의 영웅적인 행동을 자손들에게 도둑 이야기 하듯 말할 것입니다.

아! 오랫동안 당신한테 말하지 않은 것이 하나 있어요. 아버지는 나와 연을 끊겠다고 하셨습니다. 내가 어린 시절을 보낸 그 집에 다시는 오지 말라고 했습니다. 이승에서든 저승에서든 얼굴도 보기 싫다고 하셨어요. 이것이 바로 내 새로운 출발에 대해 써보낸 편지에 대한 아버지의 답장입니다.

공연히 잘못된 동정심에 이끌리지 말기 바랍니다. 그래도 찾으면 어디에나 기쁨이 있어요. 내 말을 믿어줘요. 진정한 고통은 감동을 자아냅니다. 자신의 불행을 딛고 일어서는 사람은 한 단계 더 올라가는 것이고요. 그리고 참으로 멋지게도 우리는 고통에 처해봐야 비로소 영혼의 자유를 느낍니다. 자유! 이 단어를 누가 제대로 이해할 수 있을까요! 이것은 아주 심오한 단어입니다, 디오티마. 나는 내면 깊이 상처를 입고 들어본 적 없을 정도로 모욕을 당했어요. 아무런 희망도 목표도 없고, 정말이지 아무런 명예도 없어요. 하지만 내 안에는 힘이 있어요. 억누를 수 없는 어떤 힘이 있어요. 그 힘이 내 안에서 꿈틀댈 때마다 달콤한 전율이 내 사지를 훑고 지나가요.

그래도 내겐 아직 알라반다가 있어요. 그 친구도 나처럼 큰 희망은 없어요. 하지만 그런 친구를 옆에 두는 것은 손해 볼 일 없는 장사지요. 아! 그런 멋진 젊은이는 더 좋은 운명을 누려야 하는데. 그는 무척 부드러워졌고 말수도 적어졌어요. 그걸 생각하면 심장이 찢어질 것만 같아요. 우리는 서로 의지하는 사이입니다. 그러나 서로 아무 말도 하지 않아요. 대체 무슨 말을 하겠어요. 그렇지만 함께 나누는 작은 호의들 속에서 행복을 발견하지요.

이런 운명 속에 있는데도 그는 잠을 자면서 흐뭇한 미소를 짓는답니다. 착한 사람! 그는 내가 하는 일을 몰라요. 알면 가만히 있지 않겠죠. 그는 나에게 명령조로 이렇게 말했어요. 디오티마에게 편지를 써서 무사히 지낼 수 있는 나라로 함께 도망치자고 말해야 한다고. 그러나 그는 모르고 있어요. 자기나 나처럼 이미 절망하는 법을 배운 심장은 사랑하는 여인에게 전혀 의미가 없다는 것을요. 그래요! 맞아요! 당신은 히페리온과 함께해서는 영원히 마음의 평화를 얻지 못할 겁니다. 당신은 나를 배신하게 될 거예요. 나는 그런 일이 생기지 않도록 미리 조치하고 싶어요.

아무튼 잘 지내요, 사랑스러운 처녀여! 잘 지내요! 그리로 가라고, 그곳으로 가보라고 당신에게 말해주고 싶어요. 생명의 샘이 찰랑대는 그곳으로. 자유로운 땅, 아름다움과 혼으로 가득한 땅을 당신에게 보여주며 '어서 그곳으로 몸을 피해요!'라고 말하고 싶어요. 하지만 오, 하늘이여! 그럴 수 있다면 나는 지금과 같은 사람이 아닐 테고, 이렇게 헤어지지도 않을 것 아닌가! 헤어진다고? 아! 내가 지금 무슨 짓을 하고 있는지 모르겠군요. 내가 각오가 되었고 또 충분히 신중한 판단을 내렸다고 생각했어요. 그런데 막상 닥치고 보니 어지럽고 심장이 뒤집혀 요동치는 것 같군요. 마치 참을성 없는 병자처럼. 나는 참으로 불쌍한 사람입니다! 이제 나는 마지막 기쁨마저 파멸시키고 있어요. 하지만 달리 도리가 없어요. 마음속으로 아무리 탄식해봤자 이제는 소용없는 일이에요. 이렇게 된 건 다 내 책임입니다. 나라는 인간은 원래부터 고향도 쉴 곳도 없는 운명을 가지고 태어났어요. 오, 대지여! 오, 너희 별들이여! 결국 나는 이 세상 어디서도 머물 곳을 찾지 못할 것인가요?

그곳이 어디든 다시 한 번 당신의 가슴으로 돌아가고 싶습니다. 해맑은 두 눈이여! 그곳에 비친 내 모습을 다시 한 번 만나고 싶습니다! 사랑스러운 그대여, 당신의 입술에 매달리고 싶습니다! 말로 표현할 수 없는 여인이여! 그리하여 그대의 황홀하고 성스럽도록 달콤한 생명을 내 안에 들이마시고 싶습니다! 하지만 이 말을 듣지 마세요! 부탁건대, 이 말에 신경 쓰지 마세요! 만약 당신이 이 말을 듣는다면 나는 나 스스로를 유혹자라 부르겠습니다. 당신은 나를 잘 알고 나를 잘 이해합니다. 나를 동정하지 않아도, 내 말을 듣지 않아도, 당신이 나를 얼마나 깊이 존경하는지 당신은 잘 알고 있어요.

이제 나는 더 살 수도 없고 살아서도 안 됩니다. 모시던 신이 더 이상 없는 마당에 사제가 어떻게 살 수 있을까요? 오, 내민족의 수호신이여! 오, 그리스의 영혼이여! 나는 내려갈 수밖에 없습니다. 사자死者들의 나라에서 당신을 찾을 수밖에 없습니다.

히페리온이 디오티마에게

나는 오랫동안 기다렸어요. 고백하는데, 당신의 가슴에서 나올 이별의 말을 간절히 바랐어요. 그러나 당신은 말이 없군요. 그것 역시 당신의 아름다운 영혼의 언어죠, 디오티마.

그렇지 않나요? 그래서 한결 더 성스러운 노랫가락에 그침이 없는 게 아닐까요? 그렇지 않나요, 디오티마. 사랑의 부드러운 달빛이 꺼져도 하늘엔 더 높은 별들이 여전히 빛나지 않나요? 오, 당신이 나에게 한마디 말도 하지 않고, 우리의 고귀한 젊은 날에서 그림자 하나 되돌아오지 않는다 해도 우리는 절대 떨어질 수 없다는 사실, 이것이야말로 나의 마지막 기쁨입니다.

저녁노을 붉게 물든 바다를 바라봅니다. 당신이 있는 먼 고장을 향해 두 팔을 활짝 벌려봅니다. 내 영혼은 사랑과 청춘의 온갖 기쁨에 다시 한 번 뜨거워집니다.

오, 대지여! 나의 요람이여! 우리가 너희와 나누는 이별 속에는 온갖 환희와 온갖 고통이 담겨 있구나.

너희 사랑하는 이오니아의 섬들아! 그리고 너, 나의 칼라우리아야, 그리고 너 나의 티나야, 너희는 모두 내 눈 속에 있구나. 너희가 아무리 멀리 있어도, 내 마음은 솔바람을 타고 파도치는 바다를 건너 날아간다. 그리고 거기 한쪽에서 가물대는, 희망에 부풀어 있던 시절 알라반다와 함께 거닐었던 테오스와 에페수스 해안아, 너희는 지난날처럼 나를 향해 다시 반짝이는구나. 나는 배를 타고 그곳으로 가고 싶다. 가서 그 땅에 입맞추고 이 가슴으로 그 땅을 덥히고 싶다. 그리고 아무 말 없는 대지 앞에서 달콤한 작별의 말을 남김없이 읊조리고 싶다. 이 몸이 창공으로 날아오르기 전에.

유감이군요, 유감이에요. 인간들의 삶이 더 나아지지 않다니. 그렇지 않다면 나는 이 멋진 별에 기꺼이 남을 텐데요. 하지만 이 지구를 떠나도 그만입니다. 그것이 내가 할 수 있는 가장 좋은 결정이에요.

오, 아이야, 우리 이 햇살 속에서 노예의 삶을 견디자. 어머니가 딸 폴릭세네*에게 말했지요. 삶을 향한 사랑의 마음을 이보다 더 훌륭하게 표현할 수는 없어요. 그러나 햇살은 나에게 그런 노예의 삶은 그만두라고 하면서 품위라고는 찾아볼 수 없는 이 지상에 더는 머물지 말라고 말합니다. 성스러운 빛은 고향으로 나 있는 오솔길처럼 나를 오라 손짓합니다.

운명에서 벗어난 영혼이 풍기는 위엄은 꽤 오래전부터 나에게 다른 무엇보다 더욱 절실하게 다가왔습니다. 나는 내 안에 틀어박혀 장엄한 고독을 즐기며 살아봤어요. 옷에 묻은 눈송이를 털어내듯 외부의 사물들을 툭툭 털어내는 데 익숙해졌고요. 그런데 왜 내가 죽음을 꺼려야 하나요? 생각 속에서 수천 번도 더 나 자신을 해방시켰던 내가 현실에서 그것을 실천에

---

* 트로이 왕 프리아모스와 왕비 헤카베 사이에 태어난 딸. 트로이 함락으로 남편과 아들들을 잃고 포로 신세가 된 헤카베는 막내딸 폴릭세네마저 아킬레우스의 망령을 위한 제물로 희생되자 절망에 빠진다. 횔덜린은 에우리피데스의 비극《헤카베》415행에 나오는 폴릭세네의 희생 장면을 잘못 이해한 것 같다.

옮기지 못할 이유가 무엇인가요? 우리는 대체 왜 우리가 경작하는 이 땅에 마치 몸종처럼 묶여 있는 걸까요? 우리는 모이를 얻어먹느라 마당을 벗어나지 못하는 길들인 닭 같은 신세인가요?

아니요, 우리는 창공에서 혼자 힘으로 먹이를 찾으라고 어미가 둥지 밖으로 밀쳐낸 새끼 독수리와 같은 처지입니다.

우리 함대는 내일 전투를 치릅니다. 전투가 아주 치열할 것으로 예상되는군요. 이 전투가 내 몸에 묻은 먼지를 씻어내는 목욕과 같은 것이 될 거라고 생각해요. 어쩌면 내가 바라는 것을 얻을지도 모릅니다. 내 바람 정도야 당장에 쉽게 이루어질 거예요. 출정을 통해 결국 내가 뭔가를 이루어낸다면, 나는 그것으로 인간사의 노력 중에 헛된 것은 없음을 확인하는 겁니다.

믿음 깊은 영혼이여! 혹시 그대가 내 무덤에 오거든 나를 생각해줘요. 그런데 적들은 나를 바닷물에 던져버릴 것 같네요. 그래도 내 몸뚱어리의 일부가 내가 바라는 곳에 가라앉으면 좋겠어요. 내가 사랑했던 모든 샘물과 강물들이 모이는 그곳에. 하늘로 올라간 먹구름이 내가 사랑했던 산과 계곡을 적시는 그곳에. 하지만 우리는? 오, 디오티마! 디오티마! 우리는 언제나 다시 만날 수 있을까요?

불가능한 얘기지요. 우리가 서로를 잃어버렸다고 단정 지으려 하면 내 생명의 안쪽 가장 깊은 곳에서 분노가 치밀어 오릅니다. 나는 수천 년이라도 이 별 저 별을 누빌 겁니다. 온갖 모습으로 변모도 해볼 겁니다. 목숨 있는 것들이 쓰는 모든 언어를 익힐 겁니다. 당신을 다시 한 번 만날 수만 있다면. 서로 닮은 존재는 서로를 금세 찾아낼 거라고 생각합니다.

위대한 영혼이여! 당신이 이 작별을 받아줄 거라 생각합니다. 자, 내가 마음껏 방랑하도록 내버려둬요! 당신의 어머니에게 안부 전해줘요! 노타라와 그 밖의 다른 친구들에게도!

내가 처음 당신을 만났던 숲에게도 안부 인사를 전해줘요. 우리가 찾아갔던 즐거운 시냇물들에게도. 앙겔레의 아름다운 정원에도 안부 인사를 전해줘요. 그대 내 사랑! 그들에게 안부 인사를 전할 때마다 그곳에서 내 모습을 만나줘요.

제2장

히페리온이 벨라르민에게

그녀와 주고받은 편지들을 그대를 위해 필사하는 동안 나는 정말 고운 꿈속에 잠겨 있는 것 같았다. 이제부터는 다시 그대에게 편지를 쓰겠다, 나의 벨라르민! 내 밑바닥으로 끌고 가 그대에게 보여주겠다. 내 고통의 깊디깊은 심연을. 자, 내 마지막 사랑인 그대! 나와 함께 가보자. 새로운 날이 우리를 향해 밝게 빛나는 그곳으로.

디오티마에게 보내는 편지에서 내가 언급했던 전투가 개시되었다. 터키의 전선戰船들은 키오스 섬과 소아시아 해안 사이의 해협을 통과해 위쪽으로 도망쳐 육지 쪽 체스메* 항구에 정박하고 있었다. 우리 측 제독은 내가 타고 있던 전함을 이끌고 함대의 전열에서 빠져나와 터키군의 선봉에 있던 배와 서전緖戰을 개시했다. 분노에 불타는 양측은 첫 대결에서부터 현기증이 날 만큼 격전을 벌였다. 불타는 복수심으로 끔찍한 아수라장을 이루었다. 양측의 군선들은 서로 떨어지지 않도록 단단히 결박되었고, 격분의 전투는 점차 육박전으로 변해갔다.

내 온몸에는 여전히 깊은 생명감이 가득했다. 몸이 따뜻하고 쾌적하게 느껴졌다. 이 세상과 다정하게 작별을 고하는 사람처럼 내 정신은 온 감각을 농원해 스스로를 느껴보았다. 나는 야만인들 무리에게 목숨을 맡기는 것 말고 더 좋은 방법이 없다는 생각에 분기탱천해 분노의 눈물을 흘리며 죽음만이 기다리고 있는 곳을 향해 돌진했다.

나는 적들의 면전에 있었다. 내 옆에서 싸우던 러시아 군인들은 순식간에 한 사람도 남지 않고 다 쓰러졌다. 그리고 나 홀로 그 자리에 서 있었다. 나는 거지들에게 동전을 던져주듯 내 목숨을 야만인들을 향해 던졌다. 그들은 감히 손끝 하나 다치게 할 수 없는 사람을 보는 듯한 눈빛으로 나를 바라보았다. 절망에 빠진 나를 운명이 보호해주는 것 같았다.

마침내 한 적군이 거의 정당방위 차원에서 나를 쳤고, 나는 그 일격을 맞고 쓰러졌다. 그 순간부터는 아무것도 기억나지

---

* 키오스 섬 건너편 소아시아 해안에 있는 도시. 1770년 7월 5일 여기서 해전이 벌어졌다.

않는다. 그후 파로스 섬*에서 다시 의식이 돌아왔다. 배편으로 그곳에 후송되었던 것이다.

나중에 전장에서 나를 떠메고 빠져나간 내 몸종으로부터 그가 군의와 함께 나를 작은 배에 실어 나른 순간 서전을 개시했던 두 함선이 폭발해버렸다는 이야기를 들었다. 러시아 군인들이 터키 전선을 향해 불을 던졌는데, 그들의 배가 상대방의 배와 밧줄로 묶여 있었기 때문에 두 배가 함께 불타버리고 말았다.

이 끔찍한 전투가 궁극에 어떤 종말을 맞이했는지는 그대도 알 것이다. "하나의 독은 다른 독을 벌하는 법이야." 러시아군이 터키 함대를 몽땅 불살라버렸다는 말을 듣고 나는 이렇게 외쳤다. "폭군들이 그렇게 서로의 뿌리를 뽑아버리는군."

히페리온이 벨라르민에게

전투가 끝나고 엿새 동안 나는 부끄럽게도 줄곧 거의 죽음 같은 잠에 빠져 있었다. 내 목숨은 한밤중과 같았다. 번쩍이는 번개가 어둠을 가르듯 내 목숨은 고통으로 중단되곤 했다. 내가 처음으로 다시 알아본 사람은 알라반다였다. 사람들 말에

---

* 키클라데스 군도의 중앙, 델로스 섬 남쪽에 있는 섬.

따르면 그는 한순간도 내 병상을 떠나지 않았으며 혼자 온갖 열성을 다해 나를 간호해주었다고 한다. 가족과 같은 그런 세심한 보살핌은 그의 인생에서 한번도 생각해보지 못한 것이었다. 그는 내 병상 앞에 무릎을 꿇고 이렇게 외치기도 했다고 한다. "오, 살아만 주게, 사랑하는 친구여! 내가 살아갈 수 있도록!"

의식이 돌아오던 순간은 정말 행복했다, 벨라르민! 내 눈은 빛 속에서 다시 떠졌고, 그 멋진 친구가 재회의 눈물을 흘리며 내 앞에 서 있었다.

나는 그를 향해 손을 내밀었고, 그 자랑스러운 친구는 사랑의 황홀감에 취해 거기에 입을 맞추었다. "히페리온이 살아 있다." 그가 외쳤다. "오, 구원자여! 오, 자연이여! 모든 것을 치유해주는 그대 선한 자연이여! 당신의 이 가련한 한 쌍을, 조국도 잃고 떠도는 한 쌍을 그대는 버리지 않았습니다! 오, 그 순간을 잊을 수가 없네, 히페리온! 자네가 타고 있던 배에 불이 확 붙었고 이어서 천둥소리가 나면서 병사들의 몸에 불이 붙어 온통 아우성인데, 살아남은 몇몇 병사들 중에 자네의 모습은 보이지 않았지. 나는 미쳐 날뛰었어. 광란의 싸움 소리도 나를 멈추지 못했지. 하지만 나는 곧 이야기를 들었어. 적들을 모조리 해치우자마자 나는 자네가 있는 곳으로 날아갔다네."

그리고 그는 얼마나 정성스레 나를 돌봐주었던가! 얼마나 애정을 다하여 얼마나 매혹적으로 나를 자신의 호의 넘치는 마법 속에 잡아두었던가! 이런저런 말로 떠들지 않고 얼마나 차분한 모습으로 세상의 이치를 질투심 없이 남자답게 이해하는 법을 나에게 가르쳐주었던가!

오, 너희 태양의 자식들아! 더 자유로운 영혼들아! 알라반다와 함께 나는 많은 것을 잃었던 것이다. 그가 내 곁을 떠난 뒤로 나는 헛되이 삶을 찾고 삶을 향해 애원했다. 그처럼 심지가 굳은 사람을 나는 한번도 본 적이 없다. 온갖 근심에서 벗어난 사람, 이해심 깊은 사람, 용감한 사람, 고귀한 사람! 그가 아니면 어디서 그런 사람을 볼 수 있을까? 그가 다정하고 신실한 마음을 베풀 때면, 마치 저녁놀이 장엄한 참나무들의 어스름 속에서 노닐고 나무들의 잎사귀에서는 한낮에 내린 뇌우의 흔적이 방울져 떨어지는 것 같았다.

히페리온이 벨라르민에게

가을이 되어 화창한 날이 찾아왔을 때 나는 부상에서 반쯤 회복되어 처음으로 다시 창가에 다가갔다. 몸이 소생하면서 마음은 전보다 훨씬 더 차분해졌다. 영혼의 주의력도 더 깊어졌다. 하늘에서는 산들바람이 살랑살랑 마법을 부리듯 내게로 불어왔고, 화창한 햇살이 꽃비가 내리듯 부드럽게 쏟아졌다. 그 계절에는 위대하고 조용하며 사랑스러운 정령이 스며 있었다. 살랑대는 나뭇가지들 사이에 깃든 완성의 안식과 성숙의 환희가 나를 감쌌다. 마치 새로 청춘을 맞이하는 것 같았다. 고대인들이 낙원에서 그렇게 되기를 바랐던 것과 같은.

세상의 파릇파릇한 생명을 그토록 순수한 마음으로 느껴보기는 실로 오랜만이었다. 눈이 다시 떠져 재회의 넘치는 기쁨을 누렸고, 지복의 자연은 자신의 아름다움을 변함없이 그대로 간직하고 있었다. 자연을 앞에 두고 내 두 눈에서는 마치 속죄양처럼 눈물이 쏟아졌고, 불쾌한 기분을 헤치고 신선한 기운이 전율하며 솟구쳤다. "오, 성스러운 초목의 세계여!" 나는 외쳤다. "우리는 노력하고 사색하는 존재지만 그래도 너를 갖고 있구나! 우리는 유한한 힘으로 아름다운 것을 만들어보려고 애쓴다. 하지만 아름다움은 우리 곁에서 태연히 자라고 있다! 안 그런가, 알라반? 인간은 무릇 꼭 필요한 것만 신경 쓰면 그만이다. 나머지 것이야 저절로 이루어지는 법. 그렇지만 잊을 수가 없다. 내가 그 이상의 것을 얼마나 많이 바랐었는지."

"자네가 이곳에 존재하는 것만으로 만족하게, 벗이여!" 알라반다가 외쳤다. "그리고 자네의 고요한 마음을 공연히 슬픔으로 망치지 말게."

"나도 쉬고 싶네." 내가 말했다. "오, 내 모든 계획과 요구들을 차용증처럼 찢어버리겠네. 이 마음을 순수하게 지키려네. 예술가가 자기 마음을 지키듯이 말일세. 무해한 생명아, 숲과 샘의 생명아! 나 너를 사랑하련다! 오, 햇살아! 나 너를 존경하련다! 아름다운 하늘의 정기여, 그대를 마시며 이 마음을 잠재우고 싶다. 별들에게 정기를 불어넣어주는 그대여, 그대는 여기 이 나무에도 기를 넣어주고 여기 이 가슴속까지도 어루만져주는구나! 아, 인간의 아집이란! 나는 거지처럼 목덜미를 떨구고 있었고, 자연의 말 없는 신들은 온갖 선물을 손에 들고 나를 보고 있었던 것이다! 자네 지금 웃고 있나, 알라반다? 아, 우리가 만난 초기에 이 철부지가 자네 앞에서 청춘의 기분에 취해 수다를 떨 때면 자네는 그렇게 미소를 짓곤 했지. 그러는 동안 자네는 이 세상의 폐허 속에 말 없는 사원의 기둥처럼 서서 내 사랑의 야생 넝쿨이 자네를 에워싸며 자라는 것을 견뎌야 했네. 여기 좀 보게! 내 두 눈에서 눈가리개가 떨어져 나가고, 이제 옛 황금 시절이 다시 내 눈앞에 펼쳐지는군."

"아!" 그가 외쳤다. "그때 우리가 보였던 그 진지함과 생의 기쁨이라니!"

내가 외쳤다. "우리가 숲에서 사냥할 때, 바닷물에서 미역을 감을 때, 월계수 그늘을 배경으로 우리의 눈과 입술이 햇빛에 빛나는 가운데 노래하고 술을 마실 때 그것은 비할 데 없는 삶이었어. 그리고 우리의 정신은 별빛 반짝이는 하늘처럼 우리 청춘의 행복을 밝게 비추어주었지." "그래서 우리는 서로 떨어질 수가 없는 거야." 알라반다가 말했다.

"오, 자네에게 어려운 고백을 하나 해야겠네." 내가 말했다.

"내가 떠나려고 작정했었다는 것이 믿어지나? 자네로부터 말이야! 내가 몹시도 죽음을 열망했다는 것이 믿어지나! 너무 매정한 짓이 아니었을까? 미친 짓이 아니었을까? 아, 나의 디오티마! 나는 그녀에게 나를 단념하라는 편지를 썼어. 그리고 이어서 또 한 통의 편지를 썼지. 전투가 벌어진 전날 저녁에." "그 편지에 전투에서 인생의 종말을 맞으려 한다고 썼나? 오, 히페리온! 어쩌면 마지막 편지는 아직 받지 못했을 거야. 서둘러 그녀에게 자네가 살아 있다는 편지를 쓰게."

"알라반다, 자넨 참으로 멋진 친구야!" 내가 외쳤다. "그 말 고맙네! 당장 편지를 써 몸종을 통해 보내겠네. 오, 내가 가진 모든 것을 그에게 주고 부탁하겠네. 서둘러 제때에 칼라우리아에 도착하라고."

"착한 그녀는 자네가 단념 운운한 또 한 통의 편지를 읽고 속 뜻을 알아채고는 자네를 금세 용서해줄 걸세." 그가 덧붙였다.

"그녀가 용서해줄 거라고?" 나는 소리쳤다. "오, 너희 모든 희망들아! 그래! 내가 그 천사와 더불어 다시 행복해진다면!"

"자넨 얼마든지 행복해질 거야." 알라반다가 외쳤다. "자네에겐 누릴 수 있는 아주 멋진 인생이 아직 남아 있어. 그것을 누릴 수 있으면 젊은이는 영웅인 거고, 어른은 신인 거야."

그의 말에 내 영혼은 놀랍게도 훤히 밝아오는 것 같았다.

나무들의 우듬지가 살며시 떨렸고, 밤의 품에서는 어두운 대지를 뚫고 꽃들이 피어나듯 별들이 돋아났다. 천국의 봄이 성스러운 기쁨 속에서 나를 환히 비추었다.

히페리온이 벨라르민에게

디오티마에게 막 편지를 쓰려고 하는데 알라반다가 기쁨의 환호성을 지르며 다시 내 방으로 들어왔다. "편지야, 히페리온!" 그가 외쳤다. 나는 깜짝 놀라 날아가듯 그에게로 달려갔다.

디오티마는 편지에 이렇게 썼다.

당신에게서 소식 한마디 듣지 못하고 지낸 지 얼마나 오래되었는지요! 당신은 미스트라에서의 운명의 날에 대해 썼고, 나는 금방 답장을 했어요. 하지만 모든 정황으로 볼 때 당신은 내 편지를 받지 못한 것 같군요. 얼마 안 있어 당신은 다시 편지를 보냈는데, 우울한 내용을 담은 짤막한 편지였어요. 그 편지에서 러시아 함대에 승선할 생각이라고 말했죠. 나는 다시 답장을 했지만 그 편지도 당신은 받지 못한 모양이에요. 지난 5월부터 여름이 다 끝나가는 지금까지 나는 헛되이 기다리고 기다렸어요. 그러던 중 며칠 전에 편지가 왔지요. 편지에서 당신은 나에게 당신을 단념하는 게 좋을 거라고 말했어요, 내 사랑!

당신은 나를 믿고 나를 신뢰했던 거예요. 그 편지가 내 마음을 아프게 하지 않을 거라고 말이에요. 그런 신뢰의 마음이 슬픔 속에서도 나를 진정으로 기쁘게 해주었어요.

고귀하고 불행한 영혼이여! 당신이 한 말의 뜻을 나는 아주 잘 알 수 있어요. 오, 당신의 큰 소망들이 사라지려 하는 마당이니 당신으로서는 다시는 사랑 같은 것은 하지 않겠다고 생각하는 것도 어쩌면 당연한 일이라고 생각해요. 갈증으로 죽을 지경이라면 음식을 물리치는 것은 어쩔 수 없는 일 아닌가요?

내가 당신에게 모든 것이 될 수 없다는 걸 나는 금방 알아차렸어요. 당신을 묶고 있는 유한한 생명의 띠를 내가 벗겨줄 수 있었을까요? 샘물이 흐르지 않고 포도 넝쿨도 자라지 않는 당신의 가슴속, 그곳에 타오르는 불꽃을 내가 무슨 수로 끌 수 있었을까요? 내가 어떻게 세상의 기쁨을 사발 하나에 담아 당신에게 건넬 수 있었을까요?

당신이 원하는 것이 바로 그것이죠. 당신이 필요로 하는 것은 그것이에요. 당신에겐 다른 선택의 여지가 없어요. 동시대인들의 끝 간 데 없는 무기력이 당신의 생명을 빼앗아버렸어요.

당신처럼 온 영혼에 상처를 입은 사람은 개개의 기쁨으로 치유받지 못하고, 당신처럼 밍밍한 무無를 맛본 사람은 지고의 정신 속에서만 다시 기분이 좋아질 수 있으며, 당신처럼 죽음을 경험한 사람은 신들 속에서만 스스로를 회복할 수 있어요.

당신을 이해하지 못하는 사람은 마음이 편할 거예요! 당신을 이해하는 사람은 당신의 위대함뿐만 아니라 당신의 절망까지도 함께해야 할 테니까요.

나는 당신의 본래 모습을 깨달았어요. 인생 최초의 호기심에 사로잡혀 있던 나는 나도 모르는 사이에 경이로운 사람에게 이끌렸던 거예요. 그 부드러운 영혼이 이루 말할 수 없이 나를 매혹했지요. 그래서 나는 어린아이처럼 두려움 없이 당신의 위험한 불꽃 주변에서 놀았던 거예요. 우리 사이의 사랑에서 생긴 온갖 아름다운 기쁨이 당신의 마음을 부드럽게 해주었어요. 나쁜 사람! 그렇게 해서 결국 당신을 더 거칠게 만든 꼴이 되었잖아요. 우리의 사랑의 기쁨은 내 마음을 달래주었고 나에게 위안을 주기도 했어요. 그러다 보니 잊은 거지요. 당신이 애당초 위로받을 수 없는, 어쩔 수 없는 사람이라는 것, 그리고 당신의 마음속을 들여다본 뒤로 나도 그렇게 되지 않으리라는 보장이 없다는 것을요.

아테네에서 올림피에이온의 폐허를 방문했을 때, 그런 느낌이 다시 나를 사로잡았어요. 평소에 나는 젊은이의 슬픔은 그리 심각한 것도 비통한 것도 아니라고 가볍게 생각했지요. 한 인간이 생을 향해 첫 발걸음을 떼면서 그렇게 단숨에, 그렇게 작은 것을 가지고 그렇게 빨리, 그렇게 깊이 그 시대의 운명 전체를 느낀다는 것은 아주 드문 일이지요. 그 느낌이 그 사람 안에 지울 수 없을 정도로 들러붙어 있는 것도 드문 일이고요. 그 느낌이 그 사람의 마음에 그렇게 유착되어 있는 것은 그 사람이 그 느낌을 내쳐버릴 만큼 거칠지도 않고 울어서 마음을 풀 만큼 약하지도 않기 때문이죠. 소중한 그대여! 그런 일은 정말 드물기 때문에 우리 눈에 거의 부자연스럽게까지 느껴져요.

맑디맑은 하늘 아래에서 아테네의 폐허 속에 섰을 때, 마치 종잇장이 뒤집어지듯 돌연 이런 느낌이 엄습해왔어요. 죽은 자들이 땅 위를 활보하고, 의당 살아 있어야 할 신적인 인간들은 땅속에 묻혀 있는 것 같았어요. 당신의 얼굴 위에 당신의 본모습이 너무나도 선명하게, 너무나도 사실적으로 그려져 있는 것을 보았어요. 그때 나는 당신이 옳음을 영원히 인정했어요. 동시에 당신은 더 위대해 보이기까지 했어요. 당신은 나에게 신비로운 힘으로 가득 찬 분, 다 드러나지 않는 깊은 의미로 가득 찬 분, 희망으로 가득한 이 세상의 유일한 분으로 보였어요. 운명이 그토록 큰 소리로 말을 걸어온 사람은 운명과 큰 소리로 이야기해도 된다고 나는 속으로 중얼거렸어요. 바닥을 알 수 없을 만큼 고통에 시달리면 시달릴수록, 그 사람은 바닥을 알 수 없을 만큼 단단해지는 거예요. 당신에게서, 오로지 당신에게서 나는 이 세상의 모든 치유를 기대했어요. 나는 당신이 세상을 여행하는 모습을 그려봤어요. 당신이 활동하는 모습을 떠올려봤어요. 오, 변용의 힘이여! 당신의 힘으로 아카데모스의 숲은 경청하는 제자들의 머리 위에서 다시 푸르러지고, 일리소스 강의 단풍나무*는 지난날처럼 성스러운 대화에 귀를 기울여요.

---

* 플라톤의 대화록《파이드로스》의 도입 부분 참조. 소크라테스와 파이드로스가 나누는 '신성한 대화'를 아테네 남쪽으로 흐르는 일리소스 강의 단풍나무가 엿듣는다. 횔덜린은 이 나무를 칭송하고 있다.

우리의 젊은이들은 당신이 세운 학교에 다니는 가운데 고대 선조들의 진지함을 금세 익히고, 그들의 정신이 익힌 무상한 놀이들은 한결 더 불멸의 것이 되는데, 그 까닭은 그들의 정신이 나비처럼 날아다니는 것을 부끄럽게 생각하고 또 그것을 포로 상태로 여기기 때문이지요.

말이나 모는 것으로 족했을 사람이 이제 총사령관이 되었습니다. 보잘것없는 노래나 불렀을 사람이 이제 예술가가 되었어요. 당신이 영웅들의 힘과 세계의 힘을 공개된 경쟁을 통해 그들 앞에서 보여주었기 때문입니다. 당신은 그들에게 당신의 마음속 수수께끼를 풀어보라고 내주었지요. 그렇게 해서 젊은이들은 위대한 것을 통합하는 방법을 익혔고, 자연의 법칙, 즉 영혼으로 가득 찬 자연의 법칙을 배우고 이해했으며, 익살을 잊었지요. 히페리온! 히페리온! 미숙했던 나를 이렇게 뮤즈로 만든 것도 당신 아니었나요? 다른 이들도 나와 같은 일을 겪은 거죠.

아! 서로 좋아하는 사람들은 그렇게 쉽게 헤어지는 법이 없어요. 모래사막에 이는 폭풍 속 모래처럼 흩날리지도 않아요. 젊은이와 노인 사이에 서로 조롱하는 법도 없고, 낯선 사람을 대접하지 않고 그냥 보내는 법도 없어요. 동포끼리 서로 외면하는 일도 없고 사랑하는 사람들이 서로에게 상처 주는 일도 없어요. 자연이여, 그들은 그대의 샘물에서 목을 축이고, 아! 그들은 그대의 깊은 곳에서 신비롭게 흘러나오는 성스러운 기쁨으로 목을 축이고 정신을 새롭게 하지요. 그리고 신들은 인간들의 시들기 쉬운 영혼에 다시 활기를 주었어요. 그렇게 해서 마음을 지켜주는 신들이 인간들 사이의 우정을 지켜주었지요. 히페리온! 당신이 당신의 그리스인들의 눈을 치유해주어 그들이 생기 있는 것을 볼 수 있게 되었기 때문입니다. 당신은 땔감 속에 불이 잠들어 있듯 그들 안에 잠들어 있는 열광에 불을 붙여놓았지요. 그래서 그들은 자연과 자연의 순수한 자식들에게 깃들어 있는 조용하고도 변함없는 열광을 느꼈어요. 아! 이제 인간들은 문외한이 예술가의 시를 보듯 미의 세계를 보지 않아요. 문외한들은 시를 볼 때 시에 쓰인 말을 칭찬하고 거기에 담긴 유용성을 따지지요. 그대는 그리스 사람들에게 매혹적인 모범이 되었어요, 살아 있는 자연이여! 그리고 영원한 젊음을 구가하는 신들의 행복에 촉발되어 인간이 벌이는 모든 일은 지난날처럼 하나의 축제가 되었어요. 젊은 영웅들의 행위를 군악 소리보다 더 아름답게 이끈 것은 헬리오스의 빛이었지요.

가만! 가만히 들어봐요! 그것이 나의 가장 아름다운 꿈이었어요. 처음이자 마지막 꿈이었지요. 당신은 너무나 자랑스러운 분. 그런 형편없는 족속들과는 손을 잡을 수 없어요. 당신의 행동은 옳아요. 당신은 그들을 자유를 향해 이끌었으나, 그들은 도적질을 생각했지요. 당신은 승전고를 울리며 그들을 옛 스파르타로 이끌었으나, 그 괴물 같은 인간들은 약탈을 자행했지요. 당신은 아버지에게도 버림받았어요, 위대한 아들이여! 당신이 성지처럼 존중했고 나보다도 더 사랑했던 이 그리스 땅의 어느 황야, 어느 동굴에서도 당신은 안전한 곳을 찾지 못할 거예요.

오, 나의 히페리온! 이 모든 것을 알게 되면서부터 나는 연약한 처녀라 할 수 없게 되었어요. 치밀어 오르는 분노가 나를 위로 솟구쳐 올려 이제 땅을 보고 싶지 않아요. 상처받은 내 가슴은 끝없이 떨고 있어요.

우리 헤어져요. 당신이 옳아요. 나는 자식도 원치 않아요. 자식을 노예의 세계에 맡기고 싶지는 않거든요. 이 황량한 땅에서는 가엾은 초목들마저도 내가 보는 앞에서 말라 죽어버렸어요.

잘 가요! 내 소중한 사람! 어서 가세요. 당신의 영혼을 바칠 만한 곳으로. 이 세상에 당신의 목숨을 바칠 만한 곳이 하나쯤은 있을 거예요. 훌륭한 사람들이 환상처럼 그냥 사라져버린다면 정말 애석한 일이에요. 당신이 인생을 어떻게 마무리하든 당신은 신들에게로 돌아가는 거예요. 당신이 태어난 성스럽고 자유롭고 젊은 자연의 생명 속으로 되돌아가는 거예요. 그것이야말로 당신의 소망이고 또한 나의 소망이기도 하죠.

그녀는 이렇게 썼다. 나는 골수까지 스미는 충격을 받았다. 내 마음은 놀라움과 기쁨으로 가득 찼다. 그래도 어떻게든 마음을 가다듬고 답장의 말을 찾아보았다.

나는 답장을 쓰기 시작했다.

디오티마, 단념해달라는 내 말에 동의하는 건가요? 내 말뜻을 이해한 거예요? 소중한 영혼이여! 내 말을 받아들이는 건가요? 나의 이 어두운 방황까지도 받아들이는 건가요, 하늘 같은 아량의 소유자여! 당신은 사랑 때문에 자신을 바쳤고 사랑 때문에 어두워졌지요, 자연의 행복한 총아여! 이제 당신은 나와 같은 사람이 되어 나와 뜻을 같이함으로써 나의 슬픔마저도 성스럽게 해주었습니다. 멋진 여걸이여! 당신께 어떤 왕관을 드리면 될까요?

자, 슬픔은 이 정도로 그쳐요, 내 사랑! 당신은 나를 따라 나의 밤 속으로 들어왔어요. 자, 이제 내가 당신의 빛을 좇게 해줘요! 우리 함께 당신의 우아한 세계로 되돌아가요, 착한 사람! 오, 그대의 화평한 마음씨를 다시 보게 해줘요, 복된 자연이여! 그대의 평화로운 모습 앞에서 내 오만을 영원히 잠들게 해줘요.

그렇지 않나요, 소중한 당신! 내 귀환이 아직 너무 늦은 건 아니겠지요. 당신은 다시 나를 받아줄 거죠? 그리고 예전처럼 다시 사랑해줄 거죠? 그렇지 않나요? 지난날의 행복이 우리에게서 완전히 사라진 건 아니죠?

나는 극단으로 치달았습니다. 어머니 대지에게도 배은망덕한 행동을 했어요. 대지가 나에게 준 모든 선물과 나의 피를 헌신짝처럼 내동댕이쳤어요. 아! 당신에겐 또 얼마나 배은망덕했던가요. 그대 성스러운 처녀여! 나를, 초라하게 갈기갈기 찢어진 나를, 억눌린 가슴에 한줄기 청춘의 빛조차 어리지 않던 나를, 짓밟힌 길 위의 풀 줄기 같던 나를 평온한 가슴에 받아준 당신에게 말입니다! 나를 소생시켜준 것은 바로 당신이 아니었던가요? 나는 당신의 것이 아니었던가요? 그런 내가 그렇게 행동하다니요. 오, 당신도 알 겁니다. 마지막 전투를 앞두고 당신에게 보낸 그 불행한 편지가 아직 당신 손에 들어가지 않았기를 내가 얼마나 바랐는지. 당시 나는 죽을 작정이었어요, 디오티마. 그것이 성스러운 과업의 수행이라고 생각했죠. 하지만 사랑하는 사람들을 떼어놓는 일이 어찌 성스러울 수 있겠습니까? 우리 삶의 신실한 행복을 부숴버리는 일이 어찌 성스러울 수 있겠어요? 디오티마! 타고난 아름다운 생명이여! 이제 나는 그 대가로 당신이 지닌 본질을 더욱 닮게 되었어요. 마침내 나는 이 지상에서 선하고 진정한 것을 존중하는 법을 배웠고, 그것을 지키는 법을 배웠어요. 오, 내가 저기 하늘나라의 빛나는 섬에 오른다 한들 디오티마 당신에게서 찾을 수 있는 것보다 더 많은 것을 찾을 수 있을까요?

자, 내 말을 들어봐요, 내 사랑!

그리스에는 내가 머무를 만한 곳이 더는 없습니다. 그건 당신도 잘 알 거예요. 나와 결별하면서 아버지는 여유분의 재산 중에서 우리가 알프스나 피레네 산중의 성스러운 계곡으로 가서 몸을 숨길 수 있을 만한 액수의 돈을 보내주셨어요. 그 돈으로 그곳에 아늑한 집도 한 채 사고 또 우리 생활의 중용을 지키는 데 필요한 만큼의 푸른 대지를 살 수 있어요.

당신만 좋다고 하면 얼른 그곳으로 가서 이 충실한 팔로 당신과 당신의 어머니를 이끌겠어요. 우리 칼라우리아의 바다에 입맞추고 눈물을 씻어버려요. 그런 다음 이스트모스 해협을 지나 아드리아 해로 가는 겁니다. 거기서 안전한 배를 타고 계속 가기로 해요.

자, 우리 떠나요! 깊은 산중이라면 우리 마음속의 비밀은 광맥 속의 보석처럼 편히 쉴 거예요. 하늘을 향해 나무들이 치솟은 숲의 품 안에 있으면, 마치 신을 믿지 않는 자들은 접근할 수 없는 아주 깊은 곳에 있는 사원의 기둥들 아래에 서 있는 것 같을 거예요. 그리고 우리는 우물가에 앉아 물에 비친 우리의 세계를 응시할 겁니다. 하늘과 집과 정원과 우리의 얼굴을요. 하늘이 맑은 밤마다 우리는 과일나무 숲의 그늘 밑을 거닐며 우리 안의 신, 그 사랑스러운 신의 말씀에 귀 기울일 겁니다. 그러는 동안 초목은 한낮에 잠에 취해 숙이고 있던 머리를 쳐들고, 당신의 꽃들은 가냘픈 팔을 이슬에 씻고 조용한 삶에 생기를 얻을 겁니다. 서늘한 밤바람이 불어 꽃들에게 생명의 기운을 불어넣어줄 테니까요. 그리고 우리의 머리 위에는 하늘의 초원이 찬란하게 반짝이는 온갖 꽃들과 함께 피어나고, 그 옆 서쪽의 구름 떼 뒤에서는 달빛이 젊은 태양이 지는 모습을 새색시처럼 수줍게 흉내 낼 거예요. 그러다 아침이 되면 우리의 계곡에는 개울 바닥에 물이 차듯 따뜻한 빛이 가득 차고, 우리의 나무들 사이에는 황금빛 물결이 졸졸거리며 흘러 우리 집 주위로 넘실대 사랑스러운 당신의 방과 당신이 만들어놓은 것들을 더욱 아름답게 만들어줄 거예요. 그리고 내 사랑, 당신은 황금빛 햇살 속을 거닐며 우아한 몸짓으로 나의 하루를 축복해주겠지요! 우리가 이렇게 아침의 환희를 즐기는 동안 지상의 바쁜 삶은 우리의 눈앞에서 제단의 불길처럼 타오를 겁니다. 그러면 우리는 제단의 불길 쪽으로 가서 우리의 일과를, 우리의 몫을 솟아오르는 불길 속에 던지는 겁니다. 그때 당신은 '우리는 행복해요. 다시 옛 자연 속의 사제들이 된 것 같아요. 성스럽고 즐거운 사제들, 이 세상에 신전이 세워지기 전부터 이미 경건했던 사제들요'라고 말하지 않을까요.

이 정도면 충분한가요? 어서 내 운명을 결정해줘요, 소중한 처녀여! 어서요! 이것도 행운이지요. 지난번 전투로 인해 내가 아직 반은 환자라는 것, 그리고 군복무에서 아직 떨려나지 않았다는 것 말이에요. 그러지 않았으면 이곳에 있을 수 없겠죠. 자발적으로 이곳을 떠나야 했을 거고 당신 뜻을 물어야 했을 겁니다. 그랬다면 좋지 않았을 겁니다. 당신을 괴롭히는 것이 되었을 테니까요.

아, 디오티마! 두렵고 어리석은 생각이 마음속에 밀려오는군요. 하지만 이 희망마저도 수포로 돌아가리라고는 생각하지 않아요.

당신은 지상의 행복으로 다시 돌아오기에는 너무 고귀해진 것이 아닐까요? 당신의 고통에서 점화된 격렬한 정신의 불꽃이 당신에게 남아 있는 유한한 생명의 요소를 다 태워버린 것은 아닐까요?

세계와 쉽게 불화하는 사람은 그만큼 세계와 쉽게 화해한다는 것을 나는 알고 있어요. 그러나 어린아이 같은 차분함을 지닌 당신, 지난날 격조 높은 겸손함을 지키며 행복해했던 당신, 디오티마! 운명이 당신을 울분케 하는 마당에 어느 누가 당신의 마음을 달래줄까요?

사랑하는 생명이여! 당신을 치유해줄 힘이 이제 내 안에는 없는 걸까요? 당신의 마음속에 울리는 모든 소리들 중 어느 소리 하나 당신이 예전에 날개를 접고 그토록 다정하게 머물렀던 인간의 삶으로 어서 돌아가라고 외치지 않나요? 오, 어서 와서 이 어스름 속에 머물러요! 이 어둠의 땅이야말로 사랑이 마음껏 살 수 있는 곳이랍니다. 당신의 슬픔의 조용한 이슬은 오로지 이곳에서만 당신의 두 눈 속에 깃든 하늘로부터 흘러내리지요.

당신은 우리가 함께 보낸 황금빛 시절을 이제는 생각하지 않나요? 신의 멜로디가 흐르던 더없이 행복했던 시절을? 그 시절이 칼라우레아의 모든 숲에서 살랑대며 당신에게 말을 걸지 않나요?

보세요! 내 안에 있던 그리도 많은 것들이 몰락하고 말았어요. 이젠 희망도 그리 많지 않아요. 그러나 하늘의 향기를 풍기는 당신의 모습만은 이 화재에서 구해내 마치 가신家神처럼 내 품에 품고 있어요. 우리의 삶, 우리 둘의 삶은 내 안에 상처 없이 고스란히 간직되어 있어요. 그런데 내가 죽어서 이 삶마저도 파묻어버려야 하나요? 잠시 쉬지도 못한 채 정처 없이 타향에서 타향으로 전전해야 하나요? 그러려고 내가 사랑을 배운 걸까요?

오, 그건 아닙니다! 내 처음이자 마지막인 그대여! 당신은 내 것이었으며, 앞으로도 내 것입니다.

히페리온이 벨라르민에게

나는 알라반다와 함께 그 고장의 한 언덕에 올라 따스한 햇볕을 쬐며 앉아 있었다. 주위에서 바람이 낙엽들을 가지고 장난을 쳤다. 사위는 조용했으며, 나무꾼이 도끼로 나무를 넘어뜨리는 소리만 숲에 울려 퍼졌다. 우리 옆에서는 빗물로 생긴 개울이 졸졸대며 조용한 대양으로 흘러내려가고 있었다.

나는 태평한 시간을 맞고 있었다. 어서 디오티마를 만나 그녀와 함께 조용한 행복 속에서 살 수 있기를 바라고 있었다. 알라반다는 내 의구심을 일일이 말로 해소해주었다. 그는 그점에 대해서만큼은 확신이 있었다. 그도 기분이 좋아졌다. 물론 나와는 사뭇 다른 의미에서였다. 이제 미래는 그에게 아무런 힘도 쓰지 못했다. 오, 나는 그것을 모르고 있었다. 그는 인생의 즐거움의 종점에 와 있었다. 그는 세상을 올바르게 바라보았고 또 천성적으로 인생을 잘 헤쳐나가는 성격임에도 자기자신을 쓸모없고 힘도 없는 외로운 존재로 여겼다. 심심풀이내기에서 진 것처럼 모든 일을 일어나는 대로 그냥 내버려두었다.

그때 전령이 우리를 찾아왔다. 복무 해제 통지서를 우리에게 전달하기 위해서였다. 우리는 노력할 가치가 있는 일이 더이상 없다고 생각했기 때문에 러시아 함대에 복무 해제를 신청해놓은 상태였다. 이제 언제라도 파로스를 떠날 수 있게 되었다. 게다가 나는 여행을 할 수 있을 만큼 건강도 회복되어 있었다. 디오티마의 답변을 기다릴 필요 없이 곧장 그녀에게로 갈 생각이었다. 어느 신이 칼라우리아로 가라고 내 등을 자꾸만 떠미는 것 같았다. 내 계획을 들은 알라반다는 얼굴빛이 변하면서 서글픈 눈빛으로 나를 바라보았다. "나의 히페리온이 어찌 이렇게 쉽게 말할 수 있는가?" 그가 큰 소리로 말했다. "친구 알라반다를 버리고 떠나겠다고."

"버리고 떠나다니? 어떻게 그런 말을 하나?" 내가 대꾸했다.

그가 소리쳐 말했다. "오, 몽상가들이여! 자네는 정말 모르겠나? 그러면 우리가 헤어지게 된다는 것을?"

"그걸 내가 어떻게 아나?" 내가 되물었다. "자네는 그런 말을 한 적이 한 번도 없잖아. 가끔 자네에게서 작별을 암시하는 듯한 기미가 보이긴 했지만 나는 그냥 기분 문제나 감정의 과잉 정도로만 여겼지."

"그거야 나도 알고 있어." 그가 외쳤다. "넘치는 사랑의 유희 말이야. 너무 넘쳐나니까 좀 덜어보려고 가끔 스스로 고장을 낸 거야. 자네와의 관계도 그러길 바랐지, 이 착한 친구야! 하지만 이번엔 진심이네!"

"진심이라고?" 내가 외쳤다. "도대체 왜?"

"그 이유는 말이야, 히페리온." 그가 부드러운 목소리로 말했다. "자네가 맞이할 미래의 행복을 방해하고 싶지 않아서야. 또 나는 디오티마 곁에 있는 것이 두렵거든. 연인들 옆에서 사는 건 모험이야. 지금의 나처럼 아무런 행동도 하지 못하는 가슴은 그것을 참아내기 어려워."

"아, 착한 알라반다!" 내가 미소를 띠며 말했다. "자네는 자신에 대해 잘못 알고 있어! 자네는 밀랍처럼 흐물흐물한 사람이 아니야. 그리고 자네의 확고한 영혼은 함부로 경계를 뛰어 넘지도 않아. 자네 인생에서 처음으로 망상이 심하군. 자넨 내 곁에서 간호인 역할을 해주었어. 그런 일을 할 사람이 아닌데 말이야. 아무래도 가만히 있다 보니 소심해진 것 같군."

"그렇게 생각하나?" 그가 외쳤다. "바로 그걸세. 내가 자네들 두 사람과 함께 있다고 해서 더 활동적이 될까? 차라리 다른 여자였더라면! 하지만 디오티마만큼은! 나에게 무슨 수가 있겠나? 내 영혼의 반만으로 그녀를 느끼는 것이 가능할까? 내적으로 철두철미하게 하나인 그녀를? 신이 그렇듯 나뉘지 않고 하나인 생명을? 내 말을 믿게나. 사랑하는 마음 없이 그녀를 보려는 건 어린애 같은 생각이야. 자네는 알지 못하는 것 같은 눈빛으로 나를 바라볼 수 있겠나? 요 며칠 동안 그녀의 모습이 내 마음속에 뚜렷이 자리 잡고부터 나 자신이 낯설어졌네."

"오, 왜 나는 그녀를 자네에게 주지 못하는 걸까?" 나는 외쳤다.

그가 말했다. "그만둬! 위로할 것 없네. 위로가 필요한 자리가 아니거든. 나는 고독한 거야. 고독할 뿐이야. 내 인생은 모래시계처럼 다해가고 있어."

"위대한 영혼아!" 내가 외쳤다. "자네의 인생이 그런 식으로 끝날 수밖에 없단 말인가?"

"너무 그러지 말게!" 그가 말했다. "우리가 스미르나에서 만났을 때 이미 나는 시들기 시작했어! 젊은 선원으로서 거친 음식을 먹었지만 그때만 해도 정신과 육체는 대담한 일을 함에 있어 튼튼하고 잽쌌지. 그 시절 나는 폭풍의 밤이 지난 뒤 맑게 갠 공기를 쐬며 돛대 꼭대기에 매달린 깃발들이 바람에 펄럭이는 가운데 멀리 반짝이는 수면 위로 날아가는 바닷새들을 바라보았지. 또 전투가 벌어지면 우리의 성난 배들은 멧돼지가 이빨로 땅을 파헤치듯 바다를 헤치며 나아갔고, 나는 선장 곁에 밝은 눈빛으로 서 있었네. 그때 나는 살아 있었어. 오, 그때야말로 내가 살아 있었다네! 그리고 그로부터 한참 뒤, 나는 스미르나 해변에서 티나 출신의 한 젊은이*를 만났던 거야. 그 젊은이는 진지하고 사랑이 넘쳤지. 굳어 있던 내 영혼이 다시 녹은 것은 그 젊은이의 눈빛 덕분이었어. 나는 사랑하는 법을 배웠고, 그냥 눌려 있기에는 너무 훌륭한 것들은 무엇이든 성스럽게 여겼지. 나는 그 친구와 함께 새로운 삶을 시작했어. 세계를 즐기고 또 세계와 싸울 수 있는 기백에 찬 새로운 힘들이 나에게 움텄지. 그때 나는 희망을 다시 갖게 되었어. 아! 그런데 내가 희망하고 가졌던 것들이 모두 자네와 사슬로 묶여 있었던 거야. 나는 자네를 내 쪽으로 확 끌어당겼어. 내 운명 속으로 자네를 억지로 끌어들이려 한 거지. 그러는 와중에 자네

---

* 히페리온을 말함.

를 잃었어. 그러다가 자네를 다시 찾았네. 오로지 우리의 우정만이 나의 세계였고 나의 가치였으며 나의 명예였어. 그러나 이제 그것도 끝이야. 영원히. 내 삶은 모두 헛된 것이었어."

"아니, 그게 사실인가?" 나는 한숨을 내쉬며 응수했다.

"사실이야. 태양만큼이나." 그가 큰 소리로 말했다. "그 이야기는 이 정도로 해두지! 다른 이야깃거리가 얼마든지 있네."

"대체 그게 무슨 말이지, 알라반다?" 내가 물었다.

"자네한테 이야기를 하나 들려줄게." 그가 말했다. "자네한테 전혀 말하지 않은 것이 하나 있네. 과거의 일에 대해 이야기하다 보면 자네나 나나 기분이 조금은 풀릴 거야.

언젠가 나는 난감한 기분으로 트리에스테 항구를 걸은 적이 있어. 그로부터 몇 년 전, 일하던 나포선이 좌초하는 바람에 몇 안 되는 선원과 함께 세비야 해변에 올라 목숨을 건졌지. 선장은 이미 익사했고, 목숨과 물이 뚝뚝 떨어지는 옷이 내게 남은 전부였다네.

나는 옷을 벗고 햇볕에 앉아 쉬면서 옷가지를 나뭇가지에 걸어 말렸어. 이어서 거리를 따라 시내를 향해 걸어갔지. 성문 앞에 이르러 보니 어느 집 뜰에서 즐거운 모임이 있더군. 나는 안으로 들어가 흥겨운 그리스 노래를 한 곡 불렀어. 나는 슬픈 노래는 몰라. 내 불행한 모습을 사람들 앞에서 그렇게 보여주려니 창피하고 고통스러워서 얼굴이 벌겋게 달아올랐어. 당시 나는 열여덟 살의 소년으로, 거칠고 자존심이 강해서 사람들의 구경거리가 되는 것을 죽기보다 싫어했지. 노래를 마친 후 나는 사람들에게 이렇게 말했어. '용서해주세요. 나는 방금 난파선에서 빠져나온 사람입니다. 오늘 내 처지에서는 여러분께 노래를 불러드리는 일이 내가 할 수 있는 최선입니다.' 주섬주섬 스페인어로 그 말을 했어. 출중한 외모의 한 사내가 나에게 다가오더니 미소 띤 얼굴로 돈을 건네주며 우리나라 말로 이렇게 말하더군. '자! 이 돈으로 숫돌을 하나 사서 칼 가는 법을 배우게. 그 재주를 가지고 대륙을 떠돌게나.' 나는 그 사람의 조언이 마음에 들었어. 그래서 대답했지. '선생님! 그렇게 하도록 하겠습니다.' 다른 사람들에게도 꽤 많은 돈을 받았지. 나는 그 신사가 조언한 대로 했어. 얼마 동안 스페인과 프랑스를 돌아다녔지.

그 시절 내가 경험한 것, 이를테면 수천 가지 다양한 노예 생활의 모습들을 보면서 자유에 대한 나의 사랑이 날카로워졌고, 수많은 곤경을 겪으면서 오히려 삶에 대한 용기와 지혜가 무르익었다는 것에 대해서는 내가 기쁜 마음으로 자네한테 여러 번 말한 적이 있지.

나는 이곳저곳 떠돌면서 선하게 꾸려가는 내 직업을 즐겁게 여겼지만 결국에는 좋지 않게 끝나고 말았네.

행색이 그리 초라해 보이지도 않았기 때문에, 사람들은 내가 그런 장사를 하는 것을 가식으로 생각했지. 개중에는 내가 뭔가 비밀스러운 일을 꾸민다고 생각하는 사람도 있었어. 실제로 두 번이나 체포되기도 했네. 그 경험을 계기로 나는 그 일을 그만두었어. 나는 그동안 벌어놓은 몇 푼 안 되는 돈을 가지고 고향을 향해 귀로에 올랐네. 어느새 트리에스테에 이르렀고 달마티아를 거쳐 아래로 내려갈 계획이었지. 그러던 중 고된 여행으로 병이 났고, 갖고 있던 얼마 안 되는 돈마저 거덜이 났네. 반쯤 몸이 회복되었을 때 트리에스테 항구를 걷고 있는데, 세비야에서 나를 토닥여주었던 그 남자가 불현듯 내 앞에 서 있는 게 아니겠어? 그 사람은 나를 다시 만난 것을 너무나 기뻐하면서 자기도 가끔 나를 생각했다고 말하고는 그간 어떻게 지냈느냐고 나에게 물었지. 나는 그 사람에게 그간에 있었던 일들을 모두 이야기해주었어. 그러자 그가 말했지. '내가 보니 말일세. 자네를 잠시 운명의 학교에 보낸 것이 헛되지는 않았어. 자네는 인내하는 법을 배웠어. 자, 이제 실천에 나설 때가 되었네. 자네가 원한다면.'

그가 하는 말이나 어투, 악수, 표정, 눈빛, 그 모든 것이 신이 보여주는 힘처럼 내 몸과 마음을 쳤네. 내 몸과 마음은 그간의 고통으로 인해 예전보다 훨씬 불이 붙기 쉬운 상태에 있었지. 나는 그 사람에게 모든 것을 맡겨버렸네.

히페리온, 지금 내가 자네한테 이야기하는 이 사내는 자네가 스미르나의 내 집에서 본 사내들 중 하나야. 그날 밤, 그 사내는 나를 어떤 엄숙한 모임에 데려가더군. 내가 방에 들어서는 순간 나를 데려간 사람이 진지한 표정의 사내들을 가리키

그리스의 은자 히페리온

253

면서 이분들은 네메시스 결사대라고 나에게 말했고, 나는 오싹 소름이 끼쳤다네. 내 앞에 드러난 엄청난 영향력의 동아리에 혼이 빠져 나는 내 피와 내 영혼을 그 남자들에게 엄숙하게 넘겨주었지. 그 뒤 그 모임은 몇 년 뒤 다른 곳에서 새로 열기로 하고 곧 해산되었어. 회원 각자는 자기에게 주어진 길을 따라 세상을 누비기로 했지. 그리고 몇 년 뒤 자네가 스미르나의 내 집에서 만난 그 사람들과 한 조직이 되었던 거야.

내가 생활했던 그 결사 조직의 강압적인 분위기는 나에게 고문에 가까웠어. 또한 그 조직이 벌이는 실천적 활동도 내 눈엔 거의 보이지 않았네. 나의 실천적 의욕 역시 거기서 별로 자양분을 얻지 못했어. 하지만 이런 것 때문에 내가 그 조직에서 탈퇴한 것은 아니야. 자네에게 쏠린 열정이 마침내 나를 이탈하게 만들었네. 자네한테 자주 말했지만, 자네가 떠나가고 없는 건 내게는 공기와 태양이 없는 거나 마찬가지였네. 제삼의 길은 없었어. 자네를 포기하든가 아니면 조직을 포기하든가 해야 했지. 내가 그중 무엇을 선택했는지는 자네도 잘 알걸세.

그러나 인간이 하는 모든 행위는 결국 그에 합당한 벌을 받게 되어 있네. 신들과 아이들만 네메시스의 복수를 피할 수 있어.

나는 마음의 신성한 권리에 우선권을 주었네. 내가 사랑하는 사람을 위해 서약을 깼어. 그것이 정당한 것 아닌가? 가장 고귀한 동경은 가장 자유로운 동경이어야 하지 않을까? 나의 마음은 이 말을 그대로 받아들였지. 나는 내 마음에 자유를 주었고, 자네는 지금 내 마음이 스스로 얻어낸 자유를 사용하는 모습을 보고 있는 걸세.

　일단 마음의 소리를 따르면, 마음의 소리는 자신을 가로막는 어떤 세속적 장애물도 아랑곳하지 않고 삶의 모든 고삐를 끊어버릴 거야.

　나는 친구를 위해 내 의무를 깨버렸고, 이번엔 사랑을 위해 우정을 깨버릴지도 몰라. 디오티마를 위해 자네를 속이고, 결국에 가서는 나와 디오티마를 죽이게 될 거야. 우리 둘은 하나가 될 수 없을 테니 말이야. 그러나 그런 일이 벌어져서는 안 돼. 내가 저지른 일에 대해 속죄를 해야 한다면, 그 방법은 내가 자유롭게 택하겠네. 나를 처벌할 심판관들을 내가 직접 선택할 거야. 내가 저버린 그 사람들, 그들이 나를 가져야 마땅하네."

　"그 결사 단원들을 말하는 건가?" 내가 소리쳤다. "오, 나의 알라반다! 그건 안 돼!"

　"그들이 내게서 무엇을 앗아갈 수 있겠어? 내 피밖에는?" 그가 대꾸했다. 그러더니 가만히 내 손을 잡았다. 그가 큰 소리로 말했다. "히페리온! 나의 시대는 끝나버렸어. 나에게 남은 것은 고상한 최후뿐이야. 나를 그냥 내버려둬. 나를 좀팽이로 만들지 말고 내 말을 믿어달라고! 자네도 잘 알겠지만 나도 잘 알아. 내가 그럭저럭 삶을 꾸려갈 수 있다는 것을 말이야. 인생의 만찬을 다 먹어버렸으니 이제 빵 부스러기나 손에 들고 만지작거려야지. 하지만 그건 내 방식이 아니야. 물론 자네 방식도 아니고. 무슨 말이 더 필요할까? 나는 지금 자네의 영혼을 빌려 자네에게 말하는 게 아닌가? 히페리온, 나는 공기와 시원함에 목말라 있어! 이제 내 영혼은 저절로 넘쳐흘러서 예전의 자리에 더 이상 있을 수가 없어. 머지않아 아름다운 겨울이 다가올 거야. 그때가 되면 반짝이는 하늘의 풍경만 있을 뿐 어두운 대지는 더 이상 없을 걸세. 참으로 좋은 시절이겠지. 빛의 섬들이 손님을 맞이하기 위해 더욱 반짝일 테니까! 내 말투가 좀 이상한가? 사랑하는 벗이여! 떠나는 사람은 다들 술에 취한 사람처럼 말하지. 게다가 화려한 말투를 사용해. 나무가 시들기 시작할 때면 모든 잎사귀들이 아침노을 빛을 띠지 않는가?"

"위대한 영혼이여." 내가 외쳤다. "자네를 위해 내가 동정심을 가져야 하나?"

나는 높은 경지에서 그가 얼마나 깊이 고뇌하고 있는지를 느꼈다. 지금까지 살아오면서 그런 비통함은 한번도 접해보지 못했다. 그러면서도 오, 벨라르민! 나는 모든 기쁨들 중 가장 위대한 기쁨을 느꼈다. 그런 거룩한 모습을 이 눈으로 보고 이 팔로 안고 있다니! "그래, 죽게." 나는 외쳤다. "죽게! 자네의 마음은 너무나 장려하고, 자네의 삶은 가을날의 포도송이처럼 무르익었으니. 가게, 완성을 이뤄낸 그대여! 디오티마만 아니라면 나도 자네와 함께할 텐데."

"자네도 내 생각에 동의하는 건가?" 알라반다가 대답했다. "자네가 한 말이 참말이지? 나의 히페리온이 한번 건드리기만 하면 이 세상 모든 것이 얼마나 뜻 깊고 상서로워지는지!" "이 친구가 지금 나를 치켜세우고 있군." 내가 소리쳤다. "별 뜻도 없는 말을 재차 내 입에서 끌어내리고! 선한 신들이여! 피의 재판을 받으러 가는 여행 허가증을 내게서 받아내려고!"

"치켜세우는 게 아니야." 그는 진지한 표정으로 대답했다. "내게는 자네가 막으려는 일을 할 수 있는 권리가 있네. 그건 하찮은 권리가 아니야! 내 권리를 존중해주게!"

그의 두 눈에서 불꽃이 번쩍였다. 그 눈빛은 신의 계명처럼 나를 주눅들게 했고, 나는 그에게 맞서는 말 한마디조차 꺼내기가 힘들었다.

'그 사람들이 그런 짓을 하진 않을 거야.' 나는 이렇게 생각했다. '그 사람들은 그렇게 하지 못할 거야. 이렇게 훌륭한 인물을 제물로 바칠 짐승처럼 쳐서 죽이는 건 정말 바보스러운 짓이야.' 이런 생각을 하니 마음이 좀 놓였다.

다음 날 밤 각자 여행 준비를 마친 뒤 그의 이야기를 더 들을 수 있었던 것은 톡톡한 소득이었다. 우리는 날이 밝기 전에 다시 밖으로 나가 단둘이 자리를 함께했다.

"자네 알고 있나?" 그가 불쑥 말을 꺼냈다. "왜 내가 죽음을 거리끼지 않는지? 나는 내 안에서 하나의 생명을 느끼네. 신이 창조한 것도 인간이 만든 것도 아닌 생명을 말이야. 우리는 우리 자신을 통해 존재하고, 우리 자신의 자유로운 의사에 의해서만 삼라만상과 긴밀하게 연결된다는 걸 나는 믿고 있어."

"자네한테서 그런 말은 처음 듣는군." 내가 대꾸했다.

그는 말을 이었다. "이 세상이라는 것도 자유로운 존재들의 화음이 아니라면 무엇이겠나? 이 세상 안에 살아 있는 생명들이 처음부터 자신의 즐거운 충동에서 힘을 합쳐 화음이 넘치는 하나의 삶을 만들어가지 않는다면, 이 세상은 얼마나 삭막하고 얼마나 차갑겠나? 얼마나 감정 없는 졸작이 되겠나?"

"그래, 그건 정말 진리 중의 진리라고 보네." 내가 대꾸했다. "자유가 없으면 모든 것은 죽은 거나 마찬가지지."

"그럼, 그럼!" 그가 외쳤다. "한 포기 풀도 그 안에 고유한 생명의 싹이 없다면 자라나지 못할 걸세! 그러니 내 안에는 얼마나 많은 생명의 싹이 들어 있겠나! 바로 그 때문이야, 이 사람아! 나는 말 그대로 자유롭기 때문에, 시작이 없다고 느끼기 때문에 끝도 없다고 믿는 거야. 나는 파괴되지 않는다고 생각하는 거야. 어느 도공의 손이 나를 만들었다면 자기가 만들었으니 자기 마음대로 나를 깨버릴 수 있겠지. 하지만 살아 있는 것은 손으로 만들어낼 수 있는 것이 아니며, 싹 자체가 신적이어서 모든 권력과 예술을 넘어선다네. 그렇기 때문에 손상되지 않고 영원하지.

인간은 누구나 자신의 신비를 갖고 있어, 사랑하는 히페리온! 나름의 비밀스러운 생각 말이야. 지금까지 말한 것이 나의 생각이네. 내가 생각을 하게 된 이후 갖게 된 것이지.

살아 있는 것은 죽여 없앨 수가 없어. 그야말로 철두철미하게 노예처럼 보이는 것도 실은 자유롭다네. 그것은 하나로 남아 있어. 그것은 아무리 바탕까지 쪼개놓아도 상처 하나 입지 않고, 그것의 본질은 아무리 골수까지 박살내놓아도 승전가를 부르며 도망친다네. 음, 아침 바람이 이는군. 우리의 배들도 잠에서 깨어났어. 오, 나의 히페리온! 나는 이겨냈어. 나 자신을 극복했어. 내 심장에 사형선고를 내려 자네와 나를 갈라서게 한 거야. 내 생의 애인이여! 나를 봐주게! 이것으로 이별을 대신하세! 서두르세나! 자, 어서!"

그가 출발할 채비를 시작하자 내 사지에 한기가 엄습해왔다.

나는 그의 발치에 주저앉아 외쳤다. "오, 알라반다! 자네의 신의 때문에 꼭 그래야 하나? 그럴 수밖에 없나? 자넨 정당치 않은 방법으로 나를 멍하게 만들어버렸어. 자네는 나를 몽환 상태로 몰고 갔어. 형제여! 자네가 내 의식을 다 앗아가버려서 자네가 어디로 가는지 물어볼 기력조차 없네."

"어디로 가는지는 알려줄 수 없어, 사랑하는 친구!" 그가 대답했다. "하지만 어쩌면 우리는 다시 만나게 될 거야."

"다시 만난다고?" 나는 대답했다. "그렇다면 내가 믿어야 할 것이 하나 더 늘어난 셈이군! 이런 식으로 믿음이 하나둘씩 늘어가다 보면 나중에 가서는 나에게 온통 믿음만 남게 될 거야."

"사랑하는 친구." 그가 소리쳐 말했다. "말이 아무런 도움이 되지 않는 곳에서는 침묵하세. 사나이답게 끝내세! 자넨 지금 우리의 마지막 순간을 망치고 있어."

우리는 그렇게 해서 항구에 더욱 가까이 다가갔다.

"한 가지 더!" 그가 타고 갈 배에 이르렀을 때 그가 말했다. "자네의 디오티마에게 안부 전해주게! 서로 사랑하고! 부디 행복하게, 아름다운 영혼들이여!"

"오, 나의 알라반다!" 내가 외쳤다. "자네 대신 내가 가면 안 되나?"

"자네의 소명은 더 아름다워." 그가 대답했다. "자네의 소명을 잘 지키게! 이제 자네는 그녀의 것이야, 그 아름다운 여성이 이제부터 자네의 세상이고. 아! 행복에는 언제나 희생이 있는 법. 오, 운명이여, 나를 희생물로 삼아주시고 서로 사랑하는 이 두 사람에게 기쁨을 허락하소서!"

그는 벅차오는 심정을 어쩌지 못하는 듯, 순간 나를 뿌리치고 배에 뛰어올랐다. 나와의 이별을 되도록 길게 끌지 않으려는 심사였다. 그 순간이 나에겐 벼락이 내리친 순간처럼 느껴졌다. 밤과 죽음 같은 정적이 뒤따르는 순간처럼. 그러나 그와 같은 파멸의 와중에도 내 영혼은 정신을 바싹 차리고 내게서 떠나려는 소중한 사람을 붙잡으려 했다. 나도 모르게 그를 향해 두 팔을 쭉 뻗었다. "아! 알라반다! 알라반다!" 나는 외쳤다. 그리고 멀리 배에서 들려오는 희미한 안녕이라는 말을 들었다.

히페리온이 벨라르민에게

나를 칼라우리아로 태워다줄 배는 우연히도 저녁때까지 그대로 정박해 있었다. 알라반다는 이미 아침에 자신이 갈 길을 떠난 뒤였다.

나는 바닷가에 앉아 이별의 고통에 지친 채 가만히 바다를 응시하며 시간 가는 줄 모르고 앉아 있었다. 나의 마음은 한 걸음 한 걸음 죽음을 향해 다가가고 있는 내 청춘의 고통스러운 날들을 다시 헤아려보았다. 그러면서도 또 나의 마음은 아름다운 비둘기처럼* 미래의 하늘 위를 훨훨 날았다. 마음을 다잡고 싶었다. 오랫동안 잊고 있던 류트 연주가 생각났다. 철없던 지난 행복했던 젊은 시절에 스승 아다마스를 따라 불렀던 운명의 노래를 불러보고 싶었다.

그대들은 부드러운 땅을 밟으며

---

* 구약성경 창세기 8장 8절 이하 참조. 대홍수가 지나간 뒤 노아는 방주에서 비둘기 한 마리를 날려보내 지상에 물이 빠졌는지 알아본다.

천상의 빛 속을 거닌다, 복된 정령들이여!
반짝이는 신들의 바람이
그대들을 가볍게 스치니,
마치 여성 예술가의 손가락이
성스러운 현을 건드리는 것 같다.

천상의 존재들은 잠자는 젖먹이처럼
운명에서 해방되어 숨을 쉰다.
수줍은 꽃봉오리 속에
살짝 몸을 숨긴 채,
그들의 정신은
영원히 꽃핀다.
그리고 복된 눈동자는
고요하고 영원히
맑은 빛으로 빛난다.

하지만 우리에게는
그 어디에도 쉴 곳이 없다.
고통에 사무친 인간들은
앞을 보지 못한 채
이 시간에서 저 시간으로
떨어지며 사라진다,

벼랑에서 벼랑으로

떨어지는 물처럼

끝없는 세월 동안 미지의 세계 속으로.

나는 류트를 타며 이렇게 노래 불렀다. 노래를 마쳤을 때 나룻배가 한 척 들어왔다. 나는 거기 타고 있는 내 하인을 금방 알아보았다. 하인은 나에게 디오티마의 편지를 건네주었다. 그녀는 이렇게 썼다.

당신은 아직 지상에 있나요? 아직도 햇빛을 보고 있나요? 나는 당신을 다른 데서 볼 줄 알았어요, 내 사랑! 당신이 체스메 전투를 앞두고 쓴 편지를 나는 당신이 바란 것보다 훨씬 일찍 받았어요. 그 탓에 일주일 내내 당신이 죽음의 품에 스스로를 던졌다고 생각하며 살았지요. 당신의 하인이 당신이 아직 살아 있다는 반가운 소식을 가지고 이곳에 도착하기 전까지는 말이에요. 해전이 끝나고 며칠 뒤엔가 당신이 승선했던 함선이 거기에 타고 있던 병사들 전원과 함께 폭발해버렸다는 이야기도 들었어요.

하지만 아, 달콤한 목소리여! 당신의 목소리를 다시 들었어요. 사랑의 말이 또다시 마치 5월의 대기처럼 나를 스쳤어요. 당신의 아름답고 기쁜 소망들과 우리 미래의 행복에 대한 멋진 환상이 잠시 나를 얼떨떨하게 했고요.

사랑하는 몽상가여, 내가 뭐하러 당신을 꿈에서 깨워야 하나요? 왜 나는 말할 수 없나요? 어서 와서 당신이 내게 약속한 아름다운 날을 현실로 만들어달라고 말이에요! 그러나 이제 너무 늦었어요, 히페리온. 너무 늦었어요. 당신이 떠난 뒤 당신의 여자는 시들어버렸어요. 내 안에서 타던 불꽃이 서서히 나를 태워버렸고, 이제 남은 것이라고는 타다 남은 재뿐이에요. 하지만 너무 놀라지 마세요! 자연의 만물은 스스로를 정화하는 속성을 갖고 있어요. 그리고 생명의 꽃은 어디서나 거친 것들을 몸에서 털어내고 더욱더 자유로워지려 한답니다.

너무도 사랑하는 히페리온! 당신은 내가 부르는 백조의 노래를 올해에 들을 거라고는 생각도 못 했을 거예요.

계속

당신이 내 곁을 떠나고 얼마 되지 않았을 때, 내가 아직 이별의 나날을 보내고 있을 때, 그것은 시작되었어요. 그것은 나조차 소스라치게 놀랐던 정신 속에 깃든 어떤 힘, 그 앞에 서면 지상의 삶은 여명 속의 등불처럼 창백해져 사라질 수밖에 없는 어떤 내적인 삶이었어요. 그것을 꼭 말로 표현해야 하나요? 할 수만 있다면 델포이로 가서 옛 파르나소스 산 바위 밑에 영감靈感의 신을 위해 신전을 하나 지어주고 싶었어요. 새로운 여사제 피티아가 되어 맥없는 백성들의 영혼에 신탁의 말로 불을 지펴주고 싶었지요.* 내 영혼은 알고 있었어요. 이 처녀의 입이 신에게 버림받은 모든 자들의 눈을 뜨게 하고 어두운 이마를 활짝 펴줄 것임을. 그만큼 내 마음속에 깃든 생명의 정기가 강력했던 거예요. 하지만 죽을 수밖에 없는 내 사지는 점점 더 지쳐갔고, 불안이 주는 중압감은 나를 인정사정없이 바닥으로 끌어내렸어요. 아아! 나는 내 고요한 정자에 앉아 청춘의 장미 때문에 눈물을 흘리곤 했어요! 장미는 시들어만 갔고, 당신 처녀의 뺨은 눈물에 젖어 붉게 물들었을 뿐이에요. 지난날의 나무들도 여전하고, 정자 또한 여전하답니다. 지난날 바로 그곳에서 히페리온, 당신의 행복한 두 눈 앞에서 당신의 사랑, 당신의 디오티마는 꽃 중의 꽃이 되어 서 있었지요. 그리고 땅과 하늘의 힘들이 그녀 안에서 평화롭게 만났어요. 그리고 그녀는 5월의 꽃봉오리들 속에서 이방인이 되어 걸어갔어요. 그녀의 친한 친구들, 즉 사랑스러운 초목들이 그녀를 보고 상냥하게 인사를 건넸지만 그녀는 슬픔에 젖어 있었을 뿐이에요. 하지만 나는 하나도 그냥 지나치지 않았지요. 나는 젊은 시절의 동무들, 숲과 샘들 그리고 살랑대는 언덕들과 하나하나 빠짐없이 작별 인사를 나누었어요.

아아! 힘이 들긴 했지만 나는 애써 그 언덕에 오르곤 했어요. 그 언덕에 당신이 거처하던 노타라의 집이 있지요. 그 친구와 만나 당

---

* 아폴론 신은 그리스에서 가장 중요한 신탁의 장소인 델포이에서 처녀의 옷차림을 한 중년의 여성 사제 피티아의 입을 통해 자신의 말을 전했다. 또한 아폴론은 시인들과 가수들에게도 성스러운 영감을 일깨웠다.

신 이야기를 했어요. 되도록 가벼운 기분으로 이야기했지요. 혹시라도 그 친구가 나에 대해 당신에게 나쁜 말을 하지 못하게 하려고요. 그러다가 심장이 너무나 쿵쾅대면 이 아첨꾼은 슬쩍 정원으로 빠져나와 바위 위쪽 난간에 기대어 있곤 했어요. 지난날 나는 당신과 함께 그곳에 서서 계곡을 굽어보거나 탁 트인 자연을 바라보곤 했지요. 아아! 당신이 나를 두 손으로 꼭 잡아주고 두 눈으로 살펴보던 곳, 처음으로 느껴보는 가슴 떨리는 사랑의 온기 속에서 들끓어오르는 내 영혼을 마치 헌주처럼 생명의 심연 속으로 쏟아붓고 싶었던 곳, 그곳에서 나는 비틀대고 걸으면서 바람에게 내 슬픈 노래를 불러주었어요. 그리고 나의 눈길은 겁먹은 새처럼 이리저리 떠돌며 이제는 헤어져야 할 아름다운 대지를 감히 바라보지 못했어요.

계속

그사이 당신의 여인은 이렇게 되고 말았어요, 히페리온. 어쩌다 그렇게 되었느냐고 묻지 마세요. 이 죽음을 파고들려고 하지 마세요! 그런 운명을 캐보려고 하는 사람은 결국 자신과 모두를 저주하게 될 테니까요. 이 죽음에는 어떤 영혼도 책임이 없어요.

나를 죽게 한 것은 당신에 대한 내 깊은 근심이었다고 말해야 할까요? 오, 그렇지 않아요! 그렇지 않아요! 오히려 근심이 있어서 좋았어요. 근심은 내 안의 죽음에 형체와 우아함을 부여해주었거든요. 너는 사랑하는 이의 명예를 위해 죽는 거야, 라고 나 자신에게 말할 수 있었어요.

혹은 우리가 사랑의 온갖 감동을 누리는 가운데 내 영혼이 너무 성숙해져서 마치 혈기 넘치는 젊은이처럼 이제는 보잘것없는 고향에 더 머물고 싶지 않아서일까요? 말해봐요! 나를 이 지상의 삶과 갈라놓은 것은 내 마음속에 철철 넘치는 감정이었나요? 훌륭한 그대여, 그대의 존재로 인해 이 평범한 별에서 더 참고 지내기에는 내 안의 천성이 너무 거만해진 건가요? 하지만 당신은 내 영혼에게 비행하는 법을 가르쳐놓고 왜 당신에게 돌아가는 법은 가르쳐주지 않나요? 영묘한 하늘을 사랑하도록 불길에 불을 붙여놓고는 왜 나를 그 불길로부터 보호해주지 않나요? 내 말을 들어봐요, 사랑하는 그대여! 그대의 아름다운 영혼을 위해! 나의 죽음을 흥보지 마세요!

당신의 운명이 당신에게 같은 길을 가라고 명했다면 당신은 나를 만류할 수 있었을까요? 당신이 마음속으로 영웅적인 투쟁을 벌이면서 나에게는 '지금의 삶에 만족해, 내 사랑! 시대에 순응해!'라고 설교했다면 당신은 그야말로 속되고도 속된 사람이 아닐까요?

계속

당신에게 내 생각을 말하고 싶을 뿐이에요. 당신의 불꽃은 내 안에서 살았고, 당신의 정신은 내 안으로 넘어왔어요. 그것이 그리해가 되지는 않았어요. 그러나 당신의 운명은 나의 새 생명에 치명적이었어요. 당신에게 힘입어 내 영혼은 너무나도 강해졌지요. 그러니 당신이 도와줬다면 내 영혼은 다시 차분해졌을 거예요. 당신은 내 생명을 지구에서 끌어냈어요. 그러니 당신의 힘으로 내 영혼을 이 지상에 다시 묶어놓을 수도 있었겠지요. 내 영혼을 마치 마법의 굴레로 끌어들이듯 포옹해주는 당신의 두 팔에 받아들일 수도 있었겠지요. 아아! 당신의 심장에서 나오는 눈빛 하나만으로도 당신은 나를 붙잡을 수 있었어요. 사랑의 말 한마디만으로도 나를 다시 명랑하고 건강한 아이로 만들 수 있었어요. 하지만 당신의 운명이 산꼭대기의 물이 쏟아져 내리듯 당신을 정신적 고독 속으로 몰아붙였을 때, 오, 전투의 뇌우가 당신이 갇힌 감옥을 박살내 나의 히페리온도 이제 원래의 자유를 향해 날아갔겠구나 하고 내가 완전히 믿었을 때, 그때 내 운명은 결정되었어요. 그것도 이제 곧 끝나겠지만요.

내가 말을 너무 많이 했군요. 그 위대한 로마 여인*은 남편 브루투스와 조국이 결사적으로 전투를 치르고 있을 때 입을 다물고 말없이 죽었어요. 하지만 내 인생에 마지막으로 가장 좋은 날에 어떻게 이보다 더 멋진 일을 할 수 있겠어요? 이런저런 이야기를 하고

---

* 마르쿠스 브루투스의 아내 포르키아를 뜻한다. 기원전 42년 남편이 필리피 전투에서 패한 뒤 스스로 목숨을 끊자 남편의 뒤를 따랐다. 플루타르코스에 따르면, 그녀는 불구덩이에서 불타는 숯덩이를 꺼내 삼키고 입을 다문 채 죽었다고 한다.

싶은 충동이 여전히 이는군요. 내 삶은 조용했으나, 내 죽음은 수다스럽군요. 그만할게요!

계속

한 가지만 더 이야기할게요.

당신이 몰락하든 아니면 절망에 빠지든, 정신이 당신을 구해줄 거예요. 월계수도 은매화 다발도 당신을 위로해주지 못할 거예요. 올림포스는 당신에게 위안이 되겠지요. 싱싱하게 살아 있는 올림포스, 당신의 모든 감각에 영원한 젊음을 호소하며 꽃 피어나는 올림포스 말이에요. 그렇게 아름다운 세상이 내가 말하는 올림포스랍니다. 당신은 바로 그 올림포스에서 살게 될 거예요. 세상의 성스러운 인물들, 자연의 신들, 이런 존재들과 함께 기쁨을 누리게 될 거예요.

오, 환영해요, 그대들 착한 이들이여, 성실한 이들이여! 그대들 너무도 그리운 이들이여, 인정받지 못한 이들이여! 아이들이여 그리고 노인들이여! 태양과 대지 그리고 창공이여! 그대들 주변에서 노니는 모든 살아 있는 영혼들이여, 영원한 사랑 속에 떠도는 자들이여! 오, 받아다오, 모든 것을 시도하는 인간들을. 받아다오, 이 도망자들을, 다시 신의 가족의 품으로. 받아다오, 이들을, 이들이 버린 자연의 고향 안으로!

당신은 이 말을 알아요, 히페리온! 당신은 내 안에서 그 말을 시작했지요. 그리고 그 말을 당신 안에서 완성할 거예요. 그런 다음에야 편히 쉴 겁니다.

나는 그리스의 처녀로 기쁘게 죽는 것에 여한이 없어요.

불쌍한 자들, 그들은 자신들의 궁색한 졸작밖에 모른답니다. 그들은 궁핍에만 봉사하며 정령을 경멸하지요. 그리고 그들은 당신을 공경할 줄 모릅니다, 자연의 순진한 생명이여! 그들은 죽음을 두려워할 줄도 몰라요. 그들이 쓴 멍에가 그들의 세상이 되어버렸지요. 그들은 노예로 사는 것보다 더 나은 삶을 알지 못해요. 그들은 죽음이 우리에게 선사하는 거룩한 자유를 피하는 걸까요?

하지만 나는 그렇지 않아요. 나는 인간들이 만들어놓은 조잡한 물건 따위에는 개의치 않거든요. 나는 느꼈어요, 자연의 생명을요. 모든 사념들보다 더 드높은 자연의 생명을. 내가 죽어서 초목이 된다면 그게 뭐 그리 큰 손실이겠어요? 나는 앞으로도 쭉 살아 있을 거예요. 내가 어떻게 생명의 영역에서 사라지겠어요? 모두에게 공통인 영원한 사랑이 자연의 모두를 결속시켜주는데 내가 어떻게 모든 존재를 하나로 묶어주는 연대에서 빠져나오겠어요? 그 연대는 요즘의 느슨한 연대처럼 그렇게 쉽게 깨지지 않아요. 그 연대는 사람들이 한데 모여 시끄럽게 떠들다가 뿔뿔이 흩어지는 장날 같은 것이 아니에요, 아니라고요! 우리를 하나로 묶어주는 정신에 맹세하건대, 각자에게 있고 모두에게 공통인 거룩한 정신에게 맹세하건대! 아니에요! 아니라고요! 자연의 연대 안에서 신의는 꿈이 아니에요. 우리는 진정으로 하나가 되기 위해 헤어지는 거예요.

모든 것과, 우리 자신과 더욱 신적으로 평화로운 관계를 맺기 위해 헤어지는 거예요. 우리는 살기 위해 죽는 거예요.

나는 앞으로도 쭉 살아 있을 거예요. 내가 무엇이 될지는 궁금하지 않아요. 존재한다는 것, 살아 있다는 것, 그것이면 족해요. 그것이 신들이 누리는 영광이지요. 그렇기 때문에 신적인 세계에서는 생명 있는 것만으로도 모두 동등해요. 그 세계에서는 주인도 없고 노예도 없어요. 모든 자연이 사랑하는 연인처럼 서로 교류하며 살아가지요. 그들은 모든 것을 공유해요. 정신과 기쁨과 영원한 청춘을요.

별들은 영속을 택했어요. 별들은 조용하고 가득한 생명 속에서 늘 떠돌면서 늙음을 모르지요. 우리는 변화 속에서 완성된 존재들입니다. 변화하는 멜로디 속에서 기쁨의 위대한 화음 역할을 맡지요. 우리는 고대인들의 옥좌 주변에 둘러 앉아 있던 하프 연주자들처럼 살고 있어요. 스스로 신이 되어서요. 우리는 스쳐가는 생명의 노래로 태양신과 그 밖의 다른 신들의 엄숙한 진지함을 누그러뜨려요.

세상을 잘 응시해보세요! 세상은 자연이 온갖 퇴락을 상대로 영원한 승리를 거두면서 계속 걸어가고 있는 개선 행진 같지 않나요? 삶은 찬미의 자리를 향해 죽음을 황금의 사슬에 묶어 끌고 가지 않나요? 지난날 총사령관이 포로로 잡은 왕들을 끌고 갔듯이? 그리고 우리, 우리는 목소리와 모습을 바꿔가며 춤을 추고 노래하면서 그 장엄한 행진의 뒤를 따르는 처녀와 청년들이에요.

이쯤에서 입을 다물게요. 더 말하면 좀 과할 것 같아요. 우리는 다시 만나게 될 거예요.

슬픔에 젖은 젊은이여! 머지않아, 머지않아 당신은 행복해질 거예요. 당신의 월계수는 아직 무르익지 않았고 당신의 은매화는 시들었어요. 당신은 신적인 자연의 사제가 될 분이고 시심詩心의 싹이 당신에게 이미 움텄으니까요.

오, 미래의 아름다움 속에 서 있는 당신의 모습이 몹시 보고 싶군요! 안녕.

그녀의 편지와 함께 나는 노타라에게서도 편지 한 통을 받았다. 그는 편지에 이렇게 썼다.

그날, 그러니까 그녀가 자네에게 마지막 편지를 쓴 그날 그녀는 마음이 무척 차분해져서 말을 조금 했네. 이런 말도 했다네. 자신은 땅에 묻히기보다는 화장을 통해 대지와 작별하고 싶다고, 재는 항아리에 담아, 소중한 친구여! 자네가 그녀와 처음 만난 숲 속에 놓아주면 좋겠다고. 그 말을 한 뒤 곧 날이 어두워지기 시작하자 그녀는 잠자리에 들고 싶다는 듯 우리에게 잘 자라고 말했네. 그러더니 양팔로 자신의 아름다운 머리를 감쌌지. 아침녘까지만 해도 그녀의 숨소리가 들렸네. 그러다가 무척 조용해졌고 아무 소리도 들리지 않았어. 그래서 나는 그녀에게 다가가서 귀를 대보았네.

오, 히페리온! 내가 무슨 말을 더 하겠나? 그걸로 끝이었어. 우리의 비탄도 그녀를 깨우지 못했어.

그런 생명이 죽어야 한다는 것은 참으로 무서운 불가사의네. 자네한테 고백하는데, 그런 불가사의를 직접 보고 나니 나는 아무 생각도 아무 믿음도 갖지 못하겠어.

하지만 히페리온, 그렇게 아름다운 죽음이 꾸벅꾸벅 조는 우리의 이 삶보다 몇 배는 더 좋은 것 같네.

파리나 쫓는 것이 앞으로 우리가 할 일이고, 아이들이 바짝 마른 무화과나무 뿌리*를 씹듯 세상의 일들이나 핥는 것이 결국 우리의 기쁨이라네. 젊은 사람들이 있는 가운데 나이 먹는 것이야 즐거운 일일지 몰라도, 늙은 사람들만 남은 곳에서 나이를 먹는 것은 이 세상 무엇보다 나쁜 일 같네.

히페리온! 충고하는데 자네는 이곳에 오지 않는 편이 좋겠네. 난 자네를 잘 알아. 자넨 어쩌면 정신을 잃을지도 모르네. 더구나 자넨 이곳에서 안전하지도 않아. 소중한 친구여! 디오티마의 어머니를 생각해주게. 나를 생각해주게. 그리고 자네 자신을 아끼게나.

고백건대, 자네의 운명을 생각하면 나는 정말 가슴이 오싹해지네. 하지만 나는 아무리 작열하는 여름도 깊은 샘은 말리지 못하고 빗물로 생긴 얕은 냇물이나 말릴 수 있다고 생각하지. 히페리온! 나는 순간순간 자네가 드높은 존재로 보이는 경험을 했네. 지금 자네는 시험대 위에 있는 거야. 자네가 누구인지는 곧 밝혀질 걸세.

---

* 붓꽃의 뿌리를 말한다. 고대 이래로 막 이가 나는 아이들을 위한 씹을거리였다.

잘 있게.

노타라는 이런 내용의 편지를 써 보냈다. 자네는 묻고 싶겠지, 벨라르민! 이런 글을 쓰는 심정이 어떠냐고?

소중한 벗이여! 신들도 다 겪는 일을 겪은 것이니 내 마음은 편안하네. 만물은 어차피 고통을 겪기 마련 아닌가? 훌륭한 존재일수록 고통의 깊이 또한 그만큼 깊은 법이야! 성스러운 자연 역시 고통을 겪지 않나? 오, 나의 성스러운 자연이여! 그대가 행복한 만큼 슬픔 또한 크다는 것을 예전엔 몰랐다. 그러나 고통 없는 환희는 잠에 불과하고, 죽음이 없으면 삶도 없다. 영원히 어린아이로 남아 잠만 자고 있어도 좋은가? 無무와 다름없는 존재로? 승리를 맛보지 않아도 괜찮은가? 완성의 길을 하나하나 다 거치지 않아도 괜찮은가? 그렇다! 그렇다! 오, 자연이여! 고통은 인간의 마음속에 간직할 만하며 또 그대의 벗이 될 가치가 있다. 왜냐하면 고통만이 하나의 환희에서 또 다른 환희를 이끌어내며, 고통만한 반려는 있을 수 없기 때문이다.

당시에 나는 노타라에게 편지를 썼다. 내가 다시 원기를 회복할 즈음이었다. 파로스에서 탄 배가 나를 우선 데려다준 곳인 시칠리아에서였다.

자네가 시키는 대로 했네, 소중한 벗이여. 나는 이미 자네들로부터 아주 멀리 있네. 그렇지만 소식은 전하고 싶었어. 고백건대 말을 하기가 참으로 힘들군. 지금 디오티마가 가 있는 저승 사람들은 말을 많이 하지 않지. 나의 밤에도, 슬픔에 빠진 자들의 심연에서도 더 이상 말이 없네.

나의 디오티마는 아름답게 죽었네. 자네 말이 맞았어. 그녀의 죽음은 나를 잠에서 깨워주었고 나에게 영혼을 돌려주었어.

그러나 내가 돌아가는 곳은 예전의 세계가 아니야. 나는 이방인일 뿐이네. 마치 아케론 강에서 올라온 매장되지 않은 자들* 같은 신세라네. 설령 내가 아버지가 출입을 금해버린 내 고향 섬, 내 청춘 시절의 정원에 있다 해도, 아! 아무리 그렇다 해도 나는 그 땅에서 이방인에 지나지 않을 걸세. 나를 과거와 연결해줄 신은 이제 없네.

그래! 이제 모든 것이 끝났네. 나는 이 말을 틈나는 대로 나 자신에게 자꾸 해야 하네. 이 말에 내 영혼을 묶어 내 영혼이 조용히 있게 해야 하네. 내 영혼이 열에 들떠 쓸데없는 유치한 시도를 하지 못하게 해야 해.

모든 것은 끝났습니다. 아름다운 여신이여, 지난날 그대가 아도니스를 위해 울었듯이** 내가 아무리 울어도 나의 디오티마는 내게

---

* 횔덜린은 여기서 호메로스의 《오디세이아》 중 열한 번째 노래를 염두에 둔 듯하다. 오디세우스와 그의 동료들은 죽은 엘페노르를 매장하지 않은 채로 키르케의 궁전에 놓아두었다.

** 아프로디테는 자기가 사랑했던 아름다운 청년 아도니스가 사냥 중 멧돼지에게 죽임을 당하자 슬픔의 눈물을 흘린다.

돌아오지 않습니다. 내 마음속의 말은 힘을 잃었습니다. 내 말을 들어주는 것은 바람뿐입니다.

오, 신이여! 이 몸은 참으로 보잘것없는 존재입니다. 천하디천한 머슴도 나보다 한 일이 더 많다고 할 정도지요. 그들이, 그 우둔한 자들이 스스로를 위로하고 나를 비웃으며 몽상가라고 해도 나는 어쩔 도리가 없어요. 내 행위들은 뭔가를 만들어낼 만큼 무르익지 못했고, 내 두 팔은 뭔가를 할 만큼 자유롭지 못했으며, 내 인생은 사내들을 잡아 어린아이의 요람에 눕히고 그 작은 침대에 그들의 몸이 맞지 않으면 사지를 절단했다는 프로크루스테스*와 같았으니 말입니다.

그 우매한 무리에게 홀로 몸을 던져 찢김을 당한다 해도 절망적이라 할 수 없을 것입니다! 아무리 고귀한 피라 해도 노예의 피와 섞이는 것을 부끄러워할 처지도 못 됩니다! 아, 깃발이 하나 있으면 얼마나 좋을까요, 신들이여! 나의 알라반다가 받들고 싶어 했던 그런 깃발 말입니다. 테르모필레 전투가 또 한 번 있다면 얼마나 좋을까요! 그러면 그 전투를 위해 이제 나에게 전혀 필요 없는 이 외로운 사랑의 피를 명예롭게 철철 흘릴 텐데요. 물론 내가 살아서, 새로운 사원에 살아서, 우리 백성이 다시 모인 아고라에서

---

* 그리스 신화에 나오는 도적으로, 길목을 지키고 있다가 나그네가 나타나면 집으로 데려가 침대에 눕히고는 침대보다 몸이 크면 사지를 절단하고 침대보다 몸이 작으면 사지를 잡아 늘였다. 프로크루스테스는 '잡아 늘이는 자'라는 뜻이다.

그들의 큰 고통을 흥겹게 달래줄 수 있다면 훨씬 더 좋겠지요. 하지만 이런 말은 더 이상 하지 않겠습니다. 이 모든 일들을 생각하다 보면 내 안의 모든 힘을 울음으로 탕진할 수밖에 없으니까요.

아아! 노타라! 나도 이젠 끝장났네. 나도 내 영혼이 싫다네. 디오티마가 죽은 것은 다 내 영혼 탓이니 말일세. 젊은 시절 내가 그렇게도 존중했던 생각들*은 이제 내게 아무 의미도 없네. 그 생각들이 나의 디오티마를 독살했으니까!

나에게 말해줄 텐가? 나에게 남은 도피처가 있다면 대체 그곳이 어디인가? 어제는 저쪽 에트나 산정에 올라가보았네. 거기 서니 그 위대한 시칠리아인**이 떠오르더군. 그 사람은 시간 헤아리는 것에 진절머리가 나서, 세계의 영혼과 친숙한 상태에서 대담한 삶의 의욕을 느끼며 에트나 화산 분화구의 찬란한 불꽃을 향해 몸을 던졌지. 그 시인은 차가웠기 때문에 불로 몸을 덥혀야 했을 거라고 후세에 그를 조롱하는 사람***도 있었어.

---

* 프리드리히 실러의 《돈 카를로스》 4289~4291행 참조. "그에게 말하라/ 자신의 젊은 시절의 꿈에게/ 존경심을 품으라고."
** 아크라가스의 엠페도클레스(기원전 ?490~?430). 기원전 5세기 위대한 자연철학자들 중 마지막 인물. 횔덜린의 송시 〈엠페도클레스〉와 비극 〈엠페도클레스의 죽음〉 참조. 일설에 의하면 엠페도클레스는 에트나 화산에 몸을 던져 자살했다고 한다.
*** 아마도 호라티우스를 암시하는 듯하다. 호라티우스는 《시학》(463행~466행)에 이렇게 쓰고 있다. "시칠리아 출신 시인의 죽음에 대해 말해보겠다. 엠페도클레스는 불멸의 신으로 대접받고 싶었기 때문에 불타는 에트나 화산으로 차갑게 뛰어든 것이다."

오, 차라리 내가 그런 조롱을 받았으면! 그러나 부름도 받지 않고 자연의 품으로 그렇게 뛰어들려면 지금의 내가 나를 존중하는 것보다, 아니, 뭐라고 표현하기가 힘들군―지금 나에겐 모든 것이 불분명하네―, 자네가 늘 말하던 투로 하자면 '실제' 지금의 내 본모습보다 스스로를 훨씬 더 존중해야 한다네.

노타라! 이제 나에게 말해주게. 내 도피처는 도대체 어디에 있나?

칼라우리아의 숲 속인가? 그래, 좋아! 그곳 푸른 어둠 속, 우리 사랑의 낯익은 친구들인 우리의 나무들이 서 있는 곳, 나무들의 죽어가는 잎사귀들이 마치 저녁노을처럼 디오티마의 유골 단지 위로 떨어지고 디오티마의 유골 단지를 향해 나무들이 아름다운 머리를 조아리는 곳, 결국엔 나무들도 점차 늙어 사랑하는 그녀의 유골 위로 무너져 내리는 곳, 그곳이라면 내가 얼마든지 살 수 있을 텐데!

하지만 자네는 그곳엔 오지 않는 편이 좋을 거라고 말하는군. 자네는 내가 칼라우리아에 있으면 안전하지 못하다고 보는 거야. 그럴지도 모르지.

자네가 나에게 알라반다를 찾아가보라고 말하리라는 것쯤은 짐작하고 있어. 그러나 내 말을 들어보게! 그 친구는 완전히 박살났어! 쭉 뻗은 탄탄한 나무줄기가 비바람에 상했어. 그가 바로 그런 꼴이라네. 어린 녀석들은 그 나뭇조각들을 주워서 불장난을 하겠지. 그 친구는 떠났어. 그 친구에겐 좋은 친구들이 몇 명 있네. 그 친구들이 그의 마음의 부담을 덜어줄 거야. 삶의 무게에 힘겨워하는 사람을 도와주는 데 이골이 난 친구들이거든. 그는 그 친구들을 찾아 나선 거네. 왜냐고? 그것밖에 할 일이 없기 때문이겠지. 아니, 자네가 더 알고 싶어 한다면 알려주겠네. 어떤 열정이 그의 가슴을 갉아먹고 있기 때문이야. 그것이 누구 때문인지 아나? 바로 디오티마 때문이네. 그 친구는 그녀가 아직 살아 있고 나와 결혼해서 행복할 것으로 생각하고 있지. 불쌍한 알라반다! 이제 그녀는 자네 것이고 내 것이야!

그는 동쪽을 향해 갔네. 그리고 나는 북서쪽으로 가는 배를 타기로 했어. 일이 그렇게 되었네.

자, 그러면 이제 잘 있거라, 너희 모두들! 내 마음의 한 자리를 늘 차지했던 너희 믿음 깊은 사람들, 내 청춘의 친구들, 부모님, 그리고 내가 사랑하는 너희 모든 그리스 사람들아, 너희 고통받는 이들아!

하늘하늘하던 어린 시절에 나를 먹여 살린 공기들아, 어두운 월계수 숲아 그리고 너희 바닷가의 바위들아, 위대함이 무엇인지 내 영혼에게 가르쳐주었던 너희 장엄한 바다야, 그리고 아! 너희 비애의 풍경들아, 나의 애수가 시작된 곳, 그곳 영웅의 도시들을 감싼 성스러운 성벽들아, 숱한 멋진 방랑객들이 통과했던 낡은 성문들아, 사원의 기둥들아, 그리고 신들의 잔해야! 그리고 그대, 오, 디오티마여! 내 사랑의 골짜기들아, 지난날 지복한 모습들을 보곤 했던 너희 냇물들아, 그녀의 마음을 밝게 해주었던 너희 나무들아,

사랑스러운 그녀가 꽃들과 살면서 보냈던 너희 봄들아, 내게서, 내게서 떠나지 마라! 하지만 어쩔 수 없다면 꺼져버려도 좋다, 너희 달콤한 추억아! 그렇게 사라지고 나를 그냥 내버려두어라. 인간이 바꿀 수 있는 것은 아무것도 없고, 생명의 빛은 제 뜻대로 왔다가 떠나가는 법이니.

히페리온이 벨라르민에게

그렇게 해서 나는 독일인들의 나라로 왔다. 나는 바란 것이 많지 않았고 덜 찾겠다고 마음먹은 터였다. 나는 겸손한 마음으로 왔다. 고향을 잃은 눈먼 오이디푸스가 아테네의 성문을 향해 갔듯이. 성문에서 신들의 숲이 그를 맞아주었고 그는 아름다운 영혼들을 만났다.*

그러나 나의 사정은 얼마나 달랐던가!

원래부터 야만인이었던 자들이 근면과 학문 그리고 종교에 의해 더 야만인이 되어 있었다. 신적인 감정 근처에도 못 갔고, 성스러운 우아미의 행복을 누리기에는 뼛속까지 곪아 있었다.

---

* 눈먼 노인 오이디푸스는 아테네 근방 콜로노스의 에우메니데스 숲에서 테세우스의 따뜻한 영접을 받았다. 횔덜린이 부분적으로 번역한 소포클레스의 비극《콜로노스의 오이디푸스》중 첫머리 참조.

과장된 언동이나 궁색함을 드러내어 선한 영혼에게 상처를 입혔고, 내던져진 그릇의 사금파리처럼 조화도 없고 둔감하기만 했다. 벨라르민! 내가 위안을 구한 자들은 이러했다.

좀 신랄한 말이긴 하지만 진실이니 여기서 말하겠다. 독일인들처럼 자아분열적인 국민은 상상하기 힘들다. 장인匠人은 보이지만 인간은 보이지 않고, 사상가는 보이지만 인간은 보이지 않고, 성직자는 보이지만 인간은 보이지 않고, 주인과 하인들, 젊은이와 분별 있는 자들은 보이지만 역시 인간은 보이지 않는다. 그 모습은 마치 전쟁터 같지 않은가? 손과 팔 그리고 모든 사지가 절단되어 사방에 흩어져 있고 낭자한 핏물이 모래에 스며 있는 전쟁터 말이다.

각자 맡은 바 임무를 다하고 있다고 자네는 말하겠지. 나도 그렇게 말하고 싶다. 다만 각자 자기가 맡은 바를 영혼을 다 바쳐서 수행해야 한다. 자신이 직책에 걸맞지 않는다 해도 자기 안의 힘을 질식시켜서는 안 되며, 하찮은 두려움에 문자 그대로 위선적으로 자기 직책에 걸맞게 보이려고만 해서도 안 된다. 진지함과 사랑으로 본래의 자신이 되어야 한다. 그렇게 했을 때 그 사람의 행위에 정신이 살아 있게 되는 것이다. 정신이 살아 있는 것이 용인되지 않는 어떤 일을 강제로 맡아서 해야 하는 형편이라면 그딴 것은 과감히 내쳐버리고 밭 가는 법이나 배우는 것이 나을 것이다! 그러나 그대의 독일인들은 꼭 필요한 것에만 집착하고, 그 결과 독일인들에게서는 졸렬함이 많이 눈에 띄고 자유롭고 진정으로 즐거운 요소는 별로 보이지 않는 것이다. 이런 사람들이 모든 미적인 삶에 무감각하지만 않아도, 신의 버림을 받은 부자연스러움의 저주가 이들 국민에게 전반적으로 만연되어 있지만 않아도, 어쩌면 그런대로 참을 수 있을지도 모른다.

고대인들의 덕성이라는 것은 화려한 결점에 지나지 않는다고 누군가 악의적으로 말한 적이 있지만, 사실 고대인들의 경우 결점마저도 덕성이라 할 수 있다. 왜냐하면 그들에게는 천진난만한 정신, 아름다운 정신이 살아 있었기 때문이다. 그들이 한 모든 일 중에 영혼이 없는 것은 하나도 없었다. 그러나 독일인들의 덕성이라는 것은 화려한 악惡 이상이 아니다. 그들의 덕성은 소심한 불안감 때문에 노예와 같은 신고辛苦로 황폐한 가슴에서 억지로 우려낸 임시변통에 지나지 않기 때문이다. 또한 이들 독일인들의 덕성은 아름다움을 먹고 자라고자 하는 모든 순수한 영혼을 난감하게 만든다. 아! 이 순수한 영혼은 고귀한 천성들의 성스러운 화음에 길이 들어서 모든 죽은 질서 속에서 악악대는 독일인들의 불협화음을 견디기 힘들어한다.

그대에게 이런 말을 해야겠다. 이 국민에게 성스러운 것 치고 신성모독을 받지 않은 것이 없고 궁색한 임시변통의 지위로 강등되지 않은 것이 없다. 계산에만 밝은 이 야만인들은 원시인들에게도 대개 신적으로 순수하게 보존되어 있는 것을 마치 장사하듯이 처리한다. 이들은 달리 어찌할 줄도 모른다. 왜냐하면 무릇 인간이란 일단 한번 길들여지면 자신의 목적에만 봉사하며 유용성을 찾고, 열광할 줄도 모르고, 아, 어찌 이런 일이! 그저 침착할 뿐이기 때문이다. 그리고 무슨 기념일을 축하할 때도, 사랑을 할 때도, 그리고 기도를 할 때도, 심지어 봄의 아름다운 축제를 즐길 때도, 세상의 화해의 시기가 모든 근심을 풀어줄 때도, 죄스러운 가슴 속으로 마법처럼 순진무구한 빛이 스며들 때도, 태양의 따스한 빛살에 매료되어 노예가 자신의 사슬을 즐거이 잊을 때도, 신의 입김이 밴 공기를 쐬고 마음이 부드러워져 인간을 미워하는 사람들까지 아이들처럼 평화로워질 때도, 애벌레조차 날개를 달고 벌 떼가 윙윙대며 날아갈 때도, 자기가 전문으로 하는 일에만 몰두하느라 날씨 같은 것은 신경도 쓰지 않는다!

그러나 성스러운 자연아! 네가 심판하게 될 것이다. 이 인간들이 겸손하기만 해도 얼마나 좋을까. 스스로 법이 되어 같은 무리 중 더 훌륭한 이들을 다그치지만 않아도 얼마나 좋을까. 자기들이 갖지 못한 것을 욕하지만 않아도 얼마나 좋을까. 욕은 한다 쳐도 신적인 것을 조롱하지만 않으면 얼마나 좋을까!

아니면 너희가 아무런 혼도 없는 것이라 하며 비웃는 것들이 신성한 것 아닌가? 너희의 잡담보다 너희가 마시는 공기가 훨씬 훌륭한 것 아닌가? 태양의 빛이 너희 잘난 체하는 인간들보다 더 고상한 것 아닌가? 땅에서 솟는 샘물과 아침 이슬은 너희의 숲에 생기를 준다. 그런데 너희도 그렇게 할 수 있는가? 너희는 죽일 줄만 알지 살릴 줄은 모른다. 사랑이 있어야 살릴 수 있지만 사랑은 너희 것도 아니고 너희가 생각해낸 것도 아니다. 너희는 어떻게든 운명에서 벗어나보려고 이렇게 저렇게 궁리하는데, 너희의 그런 어린애 장난 같은 재주가 아무 소용 없다는 것은 모른다. 그러는 사이 저 하늘엔 성좌가 유유히 떠돈다. 너희가 아무리 모독하고 아무리 찢어발겨도 끈기 있는 자연온 너희가 하는 짓을 참으며 계속 살아남아 영원한 젊음을 누린다. 너희는 자연이 선사하는 가을과 봄을 추방하지 못하며, 영성 가득한 푸른 하늘을 망가뜨리지 못한다.

오, 자연은 신적이어라. 너희가 아무리 파괴해도 자연은 나이 들지 않고, 아름다움은 너희 따위는 아랑곳하지 않으며 아름답게 남으니.

너희 나라의 시인이나 예술가들을 보노라면, 정령을 공경하고 아름다움을 사랑하고 또 가꾸는 모든 이들을 보노라면 나는 가슴이 찢어질 것만 같다. 착한 사람들! 그들은 자기 집에서 이방인 같은 처지로 세상을 살아간다. 그들이야말로 인종忍從의 대변자인 율리시스*의 모습 바로 그대로다. 율리시스가 거지 행색으로 자기 집 대문 앞에 앉아 있을 때, 홀에 있던 그

---

* 오디세우스의 라틴어식 표기. 호메로스의《오디세이아》스무 번째 노래 257행 이하 및 376행 이하 참조.

의 아내의 뻔뻔스러운 구혼자들은 이런 부랑자를 대체 누가 보냈느냐고 물으며 설쳤다.

독일의 문학청년들은 사랑과 정신과 희망을 가득 품고 독일 국민을 위해 성장하고 있다. 그러나 그대가 이들의 모습을 칠 년 뒤에 본다면, 이들은 마치 유령처럼 싸늘히 식은 모습으로 말없이 걷고 있을 것이다. 이들은 적이 소금을 뿌려놓아 풀한 포기 자라지 못하는 땅과 같다. 이들이 말을 할 때면, 아아, 어쩌랴, 이들의 말을 알아듣는 사람, 그 사람은 프로테우스처럼 거인의 힘으로 온갖 재주를 부리며* 폭포수처럼 쏟아지는 이들의 말 속에서 결사의 항전을 보게 될 테니! 이들의 손상된 아름다운 정신이 그 야만인들을 상대로 하여 싸우는 결사 항전만을.

이 세상에 불완전하지 않은 것은 없다. 이것은 독일인들이 늘 하는 말이다. 하지만 신에게 버림받은 이 사람들에게 누군가 이런 말을 해주면 얼마나 좋을까. 그들에게 모든 것이 불완전한 까닭은, 그들이 순수한 것 어느 하나 타락시키지 않은 것이 없고, 성스러운 것 어느 것 하나 그들의 멍청한 손으로 건드리지 않은 것이 없기 때문이라고. 그들에게서 아무것도 번

---

* 늙은 해신 프로테우스는 많은 바다의 신들이 그런 것처럼 마음대로 모습을 바꾸는 재주가 있으며 예언력을 갖고 있었다. 그에게 조언을 구하려는 사람은 트로이에서 귀향길에 올랐던 메넬라오스가 그랬던 것처럼 격투에서 그를 무찔러야 했다.

성하지 못하는 까닭은, 그들이 번성의 뿌리를, 신적인 자연을 존중하지 않기 때문이고, 그들에게 인생이 맛없고 근심 걱정 투성이에 차갑고 암묵적인 불화만 가득한 까닭은, 인간의 행위에 힘과 고상함을, 고통 속에 쾌활함을 심어주고 도시와 집집마다 사랑과 형제애를 가져다주는 정령을 그들이 업신여기기 때문이라고.

그리고 그들이 죽음을 그렇게도 두려워하고 굴 껍데기 속에 숨어 살면서 모든 수모를 견디는 까닭은, 자기들이 주섬주섬 모아서 엮어 만든 졸렬한 물건 말고 더 숭고한 것을 모르기 때문이다.

오, 벨라르민! 아름다움을 사랑하여 예술가들에게 깃든 정령을 존중하는 민족이 있는 곳에는 보편적 정신의 바람이 생명의 공기처럼 불고, 수줍은 마음도 열려 아집을 녹여버린다. 그리고 모든 가슴이 경건하고 위대해져, 마침내 감동이 영웅들을 낳는다. 바로 이런 민족이 모든 인류의 고향이다. 낯선 나그네도 그곳에서 발을 멈출 것이다. 그러나 신적인 자연과 그 예술가들이 상처를 입는 곳에서는, 아! 그런 곳에서는 삶의 가장 훌륭한 기쁨도 사라지고 없다. 다른 어떤 별도 이런 지구보다는 나을 것이다. 인간들은 점점 더 황량해지고 삭막해질 것이다. 인간들은 모두 아름답게 태어났건만. 그런 곳에서는 노예근성이 자라고 노예근성과 함께 만용도 자라고 도취와 함께 근심도 자라며 풍요와 함께 굶주림과 굶주림에 대한 공포도 자라난다. 해마다 축복이 저주로 바뀌고, 신들은 모두 도망친다.

불쌍하다, 나그네여, 사랑하는 마음에 방랑하다가 그런 민족에 이르는 나그네여. 또한 이런 나그네는 세 배는 더 불쌍하다, 엄청난 고통에 밀려 나처럼 거지 행색으로 그런 민족에게 찾아온 나그네여!

그만하자! 그대는 나를 잘 안다. 내 말을 좋게 받아줄 거라 생각한다, 벨라르민! 그대를 대신해서 한 말이다. 또 내가 그 나라에서 고통을 겪었던 것처럼 이 땅에 살면서 고통을 겪고 있는 모두를 위해 말한 것이다.

히페리온이 벨라르민에게

나는 독일을 떠나고 싶었다. 이 국민에게서는 더는 찾을 만한 것이 없었다. 이들의 무자비한 모욕에 너무나 마음이 상한 상태였다. 이런 사람들 틈에서 내 영혼이 피를 철철 흘리며 죽어가는 꼴을 보고 싶지는 않았다.

그러나 천국 같은 봄이 나를 붙잡아 세웠다. 봄은 나에게 남은 단 하나의 기쁨이었다. 그렇다, 봄은 나의 최후의 사랑이었다. 내 어찌 다른 일을 생각하고 봄이 찾아온 이 땅을 떠날 수 있겠는가?

벨라르민! 나는 옛날부터 내려오는 그 확고한 운명의 말을 이토록 뼈저리게 느껴본 적이 없다. 상심의 한밤중을 잘 버텨내고 나면 새로운 행복이 가슴에 찾아오고, 어둠 속에 울리는 나이팅게일의 노래처럼 깊은 고통 속에서 비로소 세상의 삶의 노래가 우리에게 성스럽게 울려 퍼진다는 말 말이다. 지금 나는 마치 정령들과 지내듯 꽃 피는 나무들과 살고 있고, 그 아래로 흐르는 맑은 시냇물들은 마치 신의 목소리처럼 내 가슴 속 근심을 쫄쫄대는 소리로 씻어주었다. 어디를 가나 다 그랬다, 사랑하는 벗이여! 풀숲에 누워 쉬거나, 하늘하늘한 생명이 내 주위를 푸른빛으로 물들일 때나, 돌길을 따라 장미가 우거진 따스한 언덕을 올라갈 때나, 바람 부는 강가를 따라 배를 타고 갈 때나, 강이 포근히 품고 있는 섬들 사이를 누빌 때나.

나는 거의 매일 아침 아픈 사람이 약수터를 찾아가듯 산꼭대기에 올라갔다. 실컷 잠을 잔 예쁜 새들은 내 옆 풀숲의 아직 잠들어 있는 꽃들 사이에서 날아올라, 낮을 반기려는 마음에 여명의 빛 속을 훨훨 날았다. 그리고 산들바람은 어느새 계곡에서 들리는 기도 소리와 가축 떼의 울음소리, 아침 종소리를 위로 실어 날랐다. 그리고 하늘의 높은 햇살은 신의 밝은 뜻을 담고 익숙한 길을 따라 내려와 마치 마법처럼 대지에 불멸의 생명을 불어넣었다. 그리하여 대지의 가슴은 따스해졌고 대지의 자식들도 모두 소생했다. 오, 그럴 때면 아직 하늘에 남아 낮의 기쁨을 함께하려는 달처럼 나도 고독한 모습으로 평원에 서서 강가를 향해 그리고 반짝이는 강물을 향해 사랑의 눈물을 쏟아부었다. 나는 오랫동안 눈을 돌리지 못했다.

저녁이면 멀리 계곡을 찾아가 샘물의 요람까지 올라갔다. 그곳에선 사방에 둘러선 검은 참나무들의 우듬지가 내 귀에 대고 쇄쇄 소리를 냈고, 자연은 성스럽게 죽어가는 사람처럼 나를 자신의 평화 속에 매장해주었다. 이제 대지는 하나의 그림자였다. 그리고 보이지 않는 생명이 나뭇가지 사이로, 우듬지 사이로 살랑거렸다. 우듬지들 위쪽에는 저녁 구름이 가만히 떠 있었다. 반짝이는 산꼭대기에서는 하늘의 빛이 나를 향해 마치 시냇물처럼 쏟아져 내려 갈증에 허덕이는 나그네의 목을 축여주었다.

"오, 태양아, 오, 너희 바람아!" 나는 외쳤다. "너희와 함께 있을 때만 이 가슴은 살아 있다. 마치 형제들과 함께 있는 것처럼!"

그리하여 나는 점점 더 복된 자연에 나 자신을 맡겨버렸고, 그것은 거의 끝이 없었다. 자연에 더 가까이 갈 수만 있다면 어린아이가 되어도 좋았으리라! 자연에 더 가까이 갈 수만 있다면 아는 것이 더 적을지라도 순수한 빛살이 되어도 좋았으리라! 오, 한순간 자연의 평화 속에서, 자연의 아름다움 속에서 나 자신을 느껴보는 일, 그것은 사념에 가득 찼던 몇 해보다, 모든 것을 해보려는 인간들의 그 모든 시도보다 얼마나 보람 있는 일이었던가! 살면서 내가 배운 것, 내가 행한 일들, 이 모든 것이 얼음처럼 녹아버렸고, 젊었을 때 내가 세운 계획들은 내 안에서 울려 사라져갔다. 그리고 오, 너희 멀리 있는 사랑하는 사람들아, 너희 죽은 자들아 그리고 너희 살아 있는 자들아, 우리는 얼마나 친밀하게 하나였던가!

언젠가 나는 먼 들판에 나가 앉아 있었다. 한 우물 옆 담쟁이덩굴이 둘린 바위 그늘 속이었는데, 내 머리 위에는 꽃을 피운 덤불이 무성했다. 내가 그때껏 본 가장 아름다운 한낮이었다. 향기로운 바람이 솔솔 불어왔고, 대지는 상쾌한 아침의 향기를 여전히 간직한 채 반짝이고 햇살은 고향인 맑은 하늘에서 가만히 미소 지었다. 사람들은 모두 일손을 놓고 각자의 식탁에서 쉬려고 떠나고 없었다. 내 사랑과 봄만 남아 있었다. 왠지 모를 그리움이 내 안에 번졌다. "디오티마!" 나는 외쳤다. "어디 있어요, 오, 당신 어디 있어요?" 그러자 마치 디오티마의 음성이 들려오는 것 같았다. 즐겁던 시절 한때 내게 기쁨을 주었던 그 목소리였다.

"내 식구들과 함께 있어요." 그 목소리가 외쳤다. "종잡을 수 없는 인간의 정신으로는 알아보지 못하는 당신 식구들과 함께 있어요."

놀라움이 살짝 나를 사로잡았다. 생각은 내 안에서 잠들어버렸다.

"오, 성스러운 입에서 흘러나오는 정겨운 말." 다시 정신을 차리고 내가 외쳤다. "사랑스러운 수수께끼야, 내가 네 뜻을 알까?"

그리고 언젠가 나는 다시 인간들의 차가운 밤을 돌아보면서 기쁨에 몸서리치고 눈물을 흘렸다. 그 지복한 순간에 나는 생각나는 대로 지껄였다. 그러나 내가 한 말은 타오르다가 재만 남기고 사라지는 불꽃이 내는 살랑거리는 소리 같았다.

나는 생각했다. '오, 그대 자연이여, 그리고 그대의 신들이여! 나는 꿈을 꾸어왔다. 인간사와 관련된 꿈을. 나는 이렇게 말하고 싶다. 살아 있는 것은 그대뿐이라고, 평화를 모르는 자들이 강요하고 억지로 생각해낸 것은 밀랍으로 만든 진주처럼 그대의 불꽃에 녹아버릴 뿐이라고!

그들이 그대 없이 살아온 지 얼마나 오래되었나? 오, 그들 무리가 그대를 욕하고, 그대의 신들, 살아 있는 신들, 상서롭고 조용한 이들을 천하다고 말한 지 얼마나 오래되었던가!

인간들은 썩은 과일처럼 그대에게서 떨어진다. 오, 그들이 떨어져 썩도록 내버려두어라. 그러면 그대의 뿌리로 돌아갈 테니. 그리고 나는, 오, 생명의 나무여, 그대와 함께 나는 다시 푸른빛을 띠고 그대의 우듬지와 싹트는 꽃가지에서 평화롭고 긴밀하게 숨을 쉬리라! 우리 모두는 황금의 씨앗에서 자라났으니!

너희 대지의 샘들아, 너희 꽃들아! 너희 숲들아, 너희 독수리들아 그리고 너 형제 같은 햇살아! 우리의 사랑은 얼마나 오래되었으며 또 새로운가! 우리는 자유로우며, 겉으로만 닮으려고 애쓰지 않는다. 삶의 방식을 왜 바꾸지 못하겠는가? 우리는 모두 창공을 사랑하며, 깊은 내면에 있어 서로 긴밀하게 닮아 있다.

우리 또한, 우리 또한 헤어진 것이 아니에요, 디오티마! 당신을 위해 흘린 눈물들은 그것을 알지 못해요. 우리는 살아 있는 음향이지요. 자연이여, 그대의 화음 속에서 우리는 하나로 합쳐집니다! 누가 그 화음을 깰까요? 누가 서로 사랑하는 사람들을 떼어놓을 수 있나요?

오, 영혼이여! 영혼이여! 세계의 아름다움이여! 부술 수 없는 그대여! 우리를 황홀케 하는 그대여! 영원한 젊음으로 그대는 언제나 존재하고 있다. 대체 죽음이 무엇인가? 인간이 겪는 온갖 슬픔이 무엇인가? 아! 이런 공허한 말들은 대부분 터무니없는 인간들이 만들어낸 것이다. 모든 것은 즐겁게 시작되어 평화롭게 끝나는 법이다.

세상의 불협화음이란 애인 사이의 다툼과 같은 것이다. 싸움이 한창일 때 화해의 싹은 이미 돋아나고, 갈라졌던 모든 것은 다시 합쳐지기 마련이다.

핏줄들은 서로 갈라졌다가 모두 심장으로 귀환한다. 하나 된, 영원한, 타오르는 생명이야말로 모든 것이다.'

나는 이렇게 생각했다. 다음엔 더 많은 이야기를 들려주겠다.

횔덜린의 《그리스의 은자 히페리온》,

자유와 사랑을 위한 서정시

Friedrich Hölderlin

1

독일 문학의 두 거성인 괴테와 실러의 높은 벽을 넘어보겠다는 야심을 품었던 프리드리히 휠덜린(1770~1843). 그의 사랑을 노래한 책《휠덜린과 주제테 곤타르트》(우르줄라 브로우위 저)는 이렇게 시작된다. "1795년 12월 말의 어느 날, 한 젊은 청년이 마차를 타고 슈바벤의 고향도시 뉘르팅엔을 출발하여 프랑크푸르트 자유시에 도착했다. 그는 부유한 상인 가문인 곤타르트 가家의 가정교사 직을 수행할 만반의 마음의 준비를 한 상태였다. 그가 바로 프리드리히 휠덜린이었다." 그가 가정교사로 들어간 그 집엔 젊고 아름다운 여주인이 있었다. 그의 작품 속에서 '디오티마'라는 이름으로 불리며 그의 인생을 좌우하고, 그를 진정한 시인으로 태어나게 해준 사람이 바로 이 주제테였다. 그의 인생의 꼭짓점은 이 여인에게로 수렴된다. 가정교사를 그만두고 나온 뒤에도 몇 번이나 밀회를 나누면서 이어졌던 그녀와의 비극적 사랑과 그녀의 이른 죽음(1802년)은 휠덜린의 문학에 지워지지 않는 깊은 무늬를 남긴다. 주제테 곤타르트의 영향 아래 본디 저속하고 평범한 것을 꺼리던 휠덜린의 상상력은 잠시 "세계의 형상들을 적극적으로 받아들이게 된다"(1/98년 11월 12일 자 편지). 시詩에서 생명력 있는 것을 찾는 것, 휠덜린에게는 그것이 관건이었다.

뤼빙겐 신학교를 석사로 졸업한 그는 어머니의 원대로 얼마든지 목사의 길을 갈 수 있었으나 그 길을 '신학의 갤리선'이라고 칭하며 극도로 싫어했다. 이 경우 당시에 밥벌이로 할 수 있는 일은 부유한 집의 가정교사 노릇이었다. 뤼빙겐 신학교를 졸업한 이후 자유문필가를 직업으로 택하면서 휠덜린의 인생 역정은 가정교사 일들로 이어지고, 가정교사 일을 위한 또는 가정교사 일로부터의 도피를 위한 여행으로 점철된다. 예나, 발터스하우젠, 고향 뉘르팅엔, 프랑크푸르트, 홈부르크, 뉘르팅엔, 슈투트가르트, 스위스의 하우프트빌, 뉘르팅엔, 프랑스의 보르도, 다시 슈투트가르트, 뉘르팅엔 등이 그가 지나간 역들의 이름이다. 신학교를 졸업하고 정상적인 궤도를 따라 목사의 길로 접어들었다면 그의 인생은 안락함으로 이어졌을지도 모른다. 궤도를 벗어나 이탈하는 것을 독일어로 'exzentrisch'라고 한다. 'ex-zentrisch', 즉 중심에서 벗어났다는 뜻이다. 중심을 벗어나는 것은 괴로운 일이다. 그러나 횔덜린은 기꺼이 비극적인 영웅의 길을 갔다. 횔덜린이 사랑했던 여인 주제테 곤타르트는 서른세 살의 나이에 폐결핵으로 세상을 뜬다. 그녀의 죽음은 사랑의 고통에서 연유한 것이었다. 그녀의 죽음은 횔덜린에게 정신의 죽음을 가져온다. 정신이상을 일으킨 그는 결국 1806년 튀빙겐의 정신병원에 입원하게 되고, 칠 개월간의 입원 후 1807년부터 죽을 때까지 네카어 강변에 있는,《그리스의 은자 히페리온》(이하《히페리온》)의 애독자이기도 했던 에른스트 치머라는 목수의 집 탑에서 지낸다. 그렇게 보낸 세월이 무려 삼십육 년에 이른다. 인생의 절반을 정신병의 어둠 속에서 보낸 셈이다. 그래서 우리는 횔덜린에게서 영웅적이고 비극적인 시인의 모습을 본다. 그에게서 천재와 광기의 표본을 보고, 또한 문학이 궁극적으로 추구하는 자유의 표상을 목격한다.

2

《히페리온》은 횔덜린의 작품 생활 후반기로 들어가는 입구를 지키는 작품이다. 이 시기는 보통 그가 정신병으로 투병하던 시기로 규정된다. 그러나 이 시기에 쓰인 작품들이야말로 가장 현대적이고 가장 시적인 창의성을 보여준다. 광기와 천재가 만나는 지점이라고 말해야 할지도 모르겠다.《히페리온》은 횔덜린의 거의 모든 것을 담아 보여주고 있다고 해도 과언이 아니다. 횔덜린의 사유들을 너무도 많이 담고 있어서 이 지면을 통해 다 이야기하기가 힘들 정도다. 내용을 간략하게 개관해보면 다음과 같다.

주인공 히페리온은 자신이 살아온 생을 돌아보면서 독일인 친구 벨라르민에게 마음속에 들어 있는 이야기를 세세히 들려준다. 히페리온의 고향은 남부 그리스로, 그는 그곳의 평화로운 자연 속에서 어린 시절을 보냈다. 작품 속 시점은 18세기 중엽이다. 그는 현명한 스승 아다마스를 만나고, 아다마스는 그를 플루타르코스의 영웅 세계와 그리스 신들의 매혹의 땅으로 이끈다. 그리스의 과거를 접하고 그는 열광한다. 그리고 어느 날 우연히 행동력 넘치는 친구 알라반다를 만나게 되고, 알라반다는 그를 그리스 해방전쟁을 위한 결사로 이끈다. 칼라우리아에 머물던 그는 그곳에서 정숙하고 신비로운 처녀 디오티마를 알게 되고, 그녀는 행동에 나서도록 그에게 용기를 북돋아준다. 1770년, 그는 터키에 대항하여 벌어진 그리스 해방전쟁에 참여한다. 그러나 전쟁통에 아군이 보인 거칠고 못된 추태에 환멸을 느끼고 전투 중에 심한 부상을 입는다. 친구 알라반다는 자신의 길을 갈 수밖에 없는 상황에 처하고, 그 와중에 디오티마마저 세상을 뜬다. 두 사람과의 이별로 히페리온은 마음에 심각한 상처를 입는다. 그래서 독일로 가보지만 그곳의 저속하고 비열한 삶을 참을 수가 없다. 하는 수 없이 그는 다시 그리스로 돌아와 은자가 되어 살아간다. 고독한 삶을 이어가면서 아름다운 자연 속에서 자신을 되찾고 혼자 된 비극의 아픔을 극복한다.

《히페리온》에는 횔덜린의 삶과 문학적 여정의 흔적이 짙게 배어 있다. 많은 고난을 겪은 히페리온은 결국 시인으로서의 사명감을 느낀다. 작품 끝부분에서 디오티마는 히페리온에게 이렇게 말한다. "머지않아, 머지않아 당신은 행복해질 거예요. 당신의 월계수는 아직 무르익지 않았고 당신의 은매화는 시들었어요. 당신은 신적인 자연의 사제가 될 분이고 시심詩心의 싹이 당신에게서 이미 움텄으니까요." 마지막 편지들에서 자연은 찬가와 칭송의 대상이 된다. 자연은 신성이 가득한 공간으로 찬양된다. 그리스를 묘사하는 가운데 과거와 미래, 꿈과 약속이 서로 삼투한다.

횔덜린의 문학에는 아름다운 나라가 멀리서 반짝인다. 그가 편지에서 밝혔듯이 '새로운 아름다운 나라'를 찾아가는 여정이 그의 문학의 길이다. 아름다움은 거처할 곳 없는 이 세상에서 시인이 믿고 일어설 수 있는 유일한 지반이다. 《히페리온》에 붙은 부제 '그리스의 은자'는 시인의 다른 이름이다. 그는 인간이 가진 두 가지 속성, 즉 '모든 것 위에 있고자 하는 마음'과 '모든 것 속에 있고자 하는 마음'을 하나로 합치려고 부단히 애를 쓰는 사람이다. 전자는 모든 것을 억눌러 자기 것으로 삼으려는 위험한 천성이고, 후자는 모든 것과 하나가 되고자 하는 조화를 추구하는 속성을 말한다. 인간이 자신의 힘에 부치는 것을 추구하면 조화의 궤도에서 떨어져 나오게 된다. 자연의 순리, 즉 중심에서 벗어나 모든 것을 자신의 관점으로 볼 때, 그는 '다른 세계의 차가운 낯섦 속으로' 빠져든다. 《히페리온》은 주인공의 내면에서 격투하는 두 극단 간의 갈등의 드라미디.

3

원심력과 구심력이 함께 작용하는 히페리온의 영혼은 파멸할 수밖에 없다. 원심력은 자연을 향해 나가려는 힘이요, 구심력은 자신을 향해 안으로 들어오려는 힘이다. 두 힘이 조화를 이룰 수는 없다. 히페리온의 친구 알라반다는 스스로 서서 자신을 규정하고 자연을 넘어서는 독립적인 인물이다. 알라반다의 머릿속에는 과감하고 대담한 계획들이 들어 있다. 그는 인간의 발전을 꾀하며, 자기 안으로 쏠리는 주체의 절대성의 원칙을 가진 인물이다. 횔덜린은 예나에 머물던 시절 피히테를 열심히 읽었는데, 한 편지에 "피히테는 예나의 영혼이다. (…) 나는 그 사람에 대한 말을 매일 듣는다"고 적고 있다. 피히테가 말한 절대적 자아의 분위기 또한 휠덜린의 문학에 묻어나온다.

결국 알라반다와 디오티마 모두 떠나고, 그들이 가졌던 속성들은 히페리온에게서 하나가 되어 끝까지 살아남는다. 그런 불협화음과 같은 요소들이 히페리온의 가슴속에서 화해한다. 그가 바로 화해의 장소다. 그의 안에 쌓여가는 고통과 슬픔(알라반다와의 이별, 디오티마의 죽음)이 오히려 그를 더욱 강하게 해준다. 아니, 한쪽 면만 있던 그의 세계를 완성시켜준다. 일회적인 완성이 아니다. 일련의 사건들이 주는 도움이 그를 점차 완성의 길로 이끈다. 알라반다와 작별할 때 그가 부른 노래는 〈운명의 노래〉다.

그대들은 부드러운 땅을 밟으며
　천상의 빛 속을 거닌다, 복된 정령들이여!
　반짝이는 신들의 바람이
　　그대들을 가볍게 스치니,
　　　마치 여성 예술가의 손가락이
　　　　성스러운 현을 건드리는 것 같다.

천상의 존재들은 잠자는 젖먹이처럼
　운명에서 해방되어 숨을 쉰다.
　　수줍은 꽃봉오리 속에

살짝 몸을 숨긴 채,

그들의 정신은

영원히 꽃핀다.

그리고 복된 눈동자는

고요하고 영원히

맑은 빛으로 빛난다.

하지만 우리에게는

그 어디에노 쉴 곳이 없다.

고통에 사무친 인간들은

앞을 보지 못한 채

이 시간에서 저 시간으로

떨어지며 사라진다,

벼랑에서 벼랑으로

떨어지는 물처럼

끝없는 세월 동안 미지의 세계 속으로.

이 시에서는 천상의 존재들의 시간을 벗어난 맑은 눈빛과 지상의 존재인 인간들의 시간에 얽힌 무상함이 극단적으로 대조를 이룬다. 히페리온은 자연 속에서, 사랑 속에서 이 둘의 조화를 발견한다. 운명이란 무엇인가? 히페리온은 신이 자기 안에서 섭리하므로 디오티마를 위한 자신의 사랑은 운명에 좌우되지 않는다고 생각한다. 디오티마는 하나의 이상향이다. 그가 건설하려는 나라는 디오티마를 닮은 나라다. 궁극적으로는 미적인 것이 문제다. 미美는 모든 것의 바탕이다. 히페리온은 아테네를 방문하여 과거의 영화를 마음속에 되살리며 열광의 시간을 갖는다. 그 열광의 날개를 타고 산정에 오르는 듯한 느낌을 받는다. 그 산정에서 그는 신적인 것에 동참하여 새로운 조화의 표상으로 현재의 인간적 삶의 결함을 채울 수 있을 것 같은 인상을 받는다. 새로운 시대를 열 수 있을 거라 생각한다. 그는 지금까지와는 근본부터 다른, 미가 지배하는 시대를 꿈꾼다. 그것을 그는 이렇게 표현한다. "밑동부터 바뀌리라! 인간성의 뿌리로부터 새로운 세계가 움트리라! 새로운 신성이 그들을 다스리고, 새로운 미래가 그들 앞에 펼쳐지리라. (…) 단 하나의 아름다움만 있게 될 것이다. 그리고 인간의 본성과 자연은 만물을 포괄하는 하나의 신성으로 합쳐질 것이다." 주인공은 거의 계시록에 가까운 말투로 자신의 비전을 설파한다.

횔덜린의 문학에서 잠언조의 문장이 자주 눈에 띄는 것은 그가 신학을 공부한 사실과 깊은 연관이 있다. 4세기에 활동했던 아우구스티누스나 13세기에 독일 라인 강변의 수도원을 따라 설교로 신앙적 명성을 떨쳤던 마이스터 에크하르트의 저작들을 읽어보면 왜 횔덜린의 글에 잠언조의 명언들이 그토록 농도 짙게 나타나는지 쉽게 짐작할 수 있다. 현재의 곤란에서 벗어나기 위해 인간에게는 빛나는 별이 필요하다. 이 별은 인

그리스의 은자 히페리온

간의 머리 위에 높이 떠서 삶을 관장하는 보편적 법칙이다. 그러나 이 별은 홀로 떠서 빛나는 것이 아니라 인간의 동참을 필요로 한다. 그때 이 별은 더욱 빛을 발할 것이다. 그러나 현실의 길은 멀다.

소설에서 여러 인물들은 각각 횔덜린의 생각들을 반영한다. 그것들이 모여서 하나의 빛을 이루어낸다. 그것이 바로 '서로 다름 속의 하나 됨'일 것이다. 이들 인물들은 실제 인물이라기보다는 주인공의 감정을 순간적으로 채색해서 보여주는 상징들이다. 이들은 물질보다는 소리로 표현된다. 작품의 서문에서 '불협화음'이란 말을 쓴 것도 이 작품의 많은 부분이 음악성에 기대고 있기 때문이다. 음악과 관련된 어휘가 많이 등장한다. 한 인물은 하나의 음표를 이루고, 서로 조화롭게 연관되는 많은 음들이 하나의 교향곡을 형성한다. 마치 태양계가 우주를 도는 것과 같다. 이 작품에서 작가는 음악을 최고의 표현형태로 본다. 음악은 아름다움의 근원으로 통한다. 자연은 삶과 죽음을 하나로 통합한다. 그 안에서는 가장 멀리 떨어져 서로 조화를 이루지 못할 것 같은 음들도 조화의 화음으로 바뀐다. 자연은 그 자체가 살아 있는 화음이다. 우리는 이 화음을 찢어버리지 못한다. 이것이 바로 미의 본질을 그대로 표현한 것이다.

인물들뿐만 아니라 작품 속에서 벌어지는 사건들과 장소들역시 주인공의 감정 상태를 간접적으로 보여주는 거울로 작용한다. 특히 우리의 눈길을 끄는 것은 밤에 산에서 내려오는 길에 강도 두 명을 만난 일을 두고 알라반다가 히페리온에게 자신은 시종과 함께 강도들의 습격을 받았는데 히페리온이 도중에 마주친 두 녀석이 바로 자신이 보낸 자들이라고 말하는 대목이다. 두 강도를 보냈다는 것은 무슨 뜻인가? 그들은 바로 히페리온을 위한 '사랑의 전령'이었던 셈이다. 그들로 인해 두 친구가 열렬한 사랑과도 같은 우정을 맺기 때문이다. 강도들이 그의 말을 죽였고 그도 죽임을 당할 뻔한 사실은 중요하지 않다. 논리적 전후 관계가 문제가 되지 않는다. 두 사람의 영혼의 만남만이 중요하다. 이 두 영혼은 서로 대조되면서 조화를 이룬다. 원래 하나인 영혼이 지니는 두 가지 측면이라고 해야 할 것이다. 한쪽 측면은 활동적인 삶을, 다른 한쪽 측면은 명상적인 삶을 나타낸다.

은둔자는 자연의 모든 원소들을 먹고 살아간다. 머리 위에서 울리는 천둥소리, 웅대한 파도, 산꼭대기 위를 맴도는 독수리 등. 디오티마와의 첫 만남을 묘사한 다음의 구절을 보면 사람을 묘사한 것인지 자연을 묘사한 것인지 구별이 안 된다.

그렇게 그대는 널브러지듯 땅에 누워 있었다, 달콤한 생명이여. 그렇게 그대는 올려다보았다. 그리고 몸을 일으켜 세웠고, 이제 서 있었다. 날씬하고 충만한 모습으로, 그리고 신처럼 조용히. 내가 방해해도 그대의 그 거룩한 얼굴은 여전히 쾌활한 황홀함으로 가득 차 있었다.

이렇듯 디오티마의 속성은 자연에 가깝다. 웅장하거나 아름다운 자연 속에 있는 그녀의 모습은 천상의 존재와 같다. 이것은 시인이 마련해놓은 장치로, 미적 완성미를 나타내기 위함이다. 시인의 시선이 문제다. 그리스를 바라보는 그의 눈빛은 감상적이고 비가悲歌적이다. 미를 향한 비전이 인간성의 뿌리까지 되실릴 수 있다면 얼마나 좋을까. 과거 영화로웠던 아테네의 폐허를 둘러보면서 히페리온은 말한다. 아름다움은 진리를 향해 같은 곳을 바라보는 눈길이다. 횔덜린이 그 이름을 가져온 플라톤의《향연》에서 디오티마가 설파하는 사랑에 대한 생각들을 고려해볼 때, 에로스란 결핍에서 충족을 향해 나아가는 노력을 말한다. 디오티마는 미의 완벽한 원형으로서 분열과 갈등에 시달리는 주인공 히페리온에게는 닿을 수 없는 이상향이다.

4

《히페리온》은 횔덜린이 살아생전 정신적으로 아직 정상인 상태에서 책 형태로 출간된 유일한 대작이다. 숱한 시적 모티프들을 한데 모아놓은 그의 일생의 보고寶庫라 할 것이다. 가장 큰 외적 특징은 서간체 소설이라는 것이다. 18세기 말에 젊은 작가가 소설가로서 입지를 얻기 위해서는 당시 문단에서 유행하던 장르의 영향을 받지 않을 수 없었다. 그중 하나가 앞에서 말한 서간체 소설이고 또 하나가 교양소설이다. 이 시대의 대표적인 서간체 소설은 괴테의《젊은 베르테르의 슬픔》(1774)이고 대표적인 교양소설은 역시 괴테의《빌헬름 마이스터의 수업시대》(1795~1796)이다.《히페리온》은 많은 곳에서《젊은 베르테르의 슬픔》과 눈에 띄게 유사하다. 어린아이들에 대한 생각, 자연에 대한 견해 등 두 작품 모두 루소의 영향 아래 있다. 그런데《히페리온》은 서간체를 채택하고 있긴 하지만《젊은 베르테르의 슬픔》과 달리 서간이 서로 오간다는 점이 다르다. 수신인도 벨라르민 한 명이 아니라 디오티마도 있고, 디오티마로부터 편지가 오기도 한다. 반면《젊은 베르테르의 슬픔》은 주인공이 쓰는 편지만 이어진다. 그렇지만《히페리온》역시 잘 보면 결국 히페리온 자신의 독백이다. 독일인 친구 벨라르민은 형식적인 수신인에 불과하다. 벨라르민은 주인공 히페리온이 자신의 추억 어린 독백을 들려주는 색깔 없는 상대이긴 하지만, 살아 있는 상대로서 주인공의 편지에 활기를 부여한다.

주제테 곤타르트 부인은 1799년 3월 19일 횔덜린에게 보낸 편지에서 이렇게 말한다. "생각해보니 당신은 당신의 사랑스러운《히페리온》을 소설이라고 부르더군요. 그렇기도 하지만 내 생각에는 한 편의 아름다운 서정시 같아요." 보통의 서사문학처럼 외적 사건들이 개입되지 않고 주인공 내면의 움직임과 개성이 섬세하게 묘사되기 때문이다. 조금 등장하는 행동은 주인공의 내면을 움직일 뿐이다. 히페리온은 시인의 감정을 대신 말해주는 대리자다. 독일 후기 낭만주의자 에두아르트 뫼리케는 한 편지에서 《히페리온》을 일러 "줄거리가 있는 소설이 되려고 애쓰는, 각각 독립된 비할 수 없이 참되고 아름다운 시정시"라는 평가를 내렸다. 아힘 폰 아르님은 1817년 그림 형제에게 보낸 편지에서 이 소설은 "모든 비가들 중에서 가장 멋진 비가"라고 평한다. 이런 주장들에도 불구하고 이 작품에 서사적 구조가 없는 것은 아니다. 탄탄한 서사 구조가 먼저 있고 세세한 서정적 표현들이 그것을 채우고 있다고 보는 편이 맞다. 시인 횔덜린의 타고난 시적 진술 능력이 이 작품을 확장된 형태의 서정시라고 평가하게 만든다. 시인의 심미안이 서술을 서술 자체에 그치지 않게 하며 서술에 아름다움과 감정과 비전을 실어서 보여주는 것이다. 만약 이 작품에서 서정적 표현들을 걷어내고 플롯 위주로 재구성한다면 이 작품이 갖고 있는 매력들은 단번에 사라지고 과거 그리스의 영광을 되살리려고 사색하는 한 젊은이의 엉성한 모습만 남을 것이다. 소설이라는 것은 본디의 성격상 리얼리즘을 추구하는 경향이 있는데, 《히페리온》은 서정적 서간체 소설로서 오히려 상상과 이상적인 것에 눈길을 준다.

외부에서 벌어지는 사건보다 주인공의 내면에서 일어나는 일이 더 많다. 외부의 사물들 또한 주인공의 내면을 보여주는데, 이런 사물들의 수는 극히 적다. 외부의 사물보다는 내면에서 전개되는 주인공의 감정이 더 중요하다. 이를테면 디오티마의 경우 화덕이나 꽃들이 그녀의 내면의 모습을 표현해준다. 특히 부엌의 화덕은 불을 모시는 여신으로서 그녀의 면모를 보여준다. 작가는 이런 것들을 풍부한 시적 음조에 실어서 독자 앞에 내놓는다.

괴테는《빌헬름 마이스터의 수업시대》에서 "소설의 주인공은 고통을 겪어야 한다. 적어도 지나치게 활동적이어서는 안 된다"고 말한다. 소설의 주인공이 모든 것을 제압하고 승리의 찬가를 거침없이 불러젖혀서는 인간이 겪는 내면의 고통을 잘 드러내 보여줄 수가 없다. 그러므로 소설의 주인공은 어느 정도 수동적인 성향을 지녀야 한다. 히페리온 역시 주도적으로 뭔가를 하는 인물이 아니다. 자발적이기보다는 타인의 생각과 기준을 따르는 성격이다. 타인에 의해 촉발된 삶을 산다. 스승 아다마스, 알라반다, 디오티마, 노타라 등 다른 인물들이 그의 방향 설정에 큰 영향을 준다. 친구 알라반다에게 큰 열등감을 느끼기도 한다. "창피함에 얼굴이 화끈거렸고, 뜨거운 온천처럼 가슴이 들끓어 올랐다. 나는 안절부절 어쩔 줄을 몰랐다. 알라반다에게 추월당하다니, 영원히 그에게 지다니, 너무나 고통스러웠다. 하지만 나도 그만큼 열정적으로 미래의 과업을 가슴에 담았다." 그러나 이들 여러 부차적 인물들이 히페리온의 영혼을 성숙하게 한다는 점을 생각한다면 이 작품을 교양소설의 관점에서 보지 않을 수 없다. 특히 디오티마 앞에서 히페리온은 지극히 작아진 모습을 보인다. 미성숙의 모습에 가깝다. 군대 출정을 앞두고 쓴 편지에서는 변덕쟁이의 나약함마저 드러낸다. 이런 점에서는 베르테르와 유사하다.

그리고 작품 끝부분에 가서는 거의 계시록에 가까운 말투로 자신의 비전을 설파한다. 현제의 곤란에서 벗어나기 위해 인간에게는 새로운 비전이 필요한 것이다.

너희 대지의 샘들아, 너희 꽃들아! 너희 숲들아, 너희 독수리들아 그리고 너 형제 같은 햇살아! 우리의 사랑은 얼마나 오래되었으며 또 새로운가! 우리는 자유로우며, 겉으로만 닮으려고 애쓰지 않는다. 삶의 방식을 왜 바꾸지 못하겠는가? 우리는 모두 창공을 사랑하며, 깊은 내면에 있어 서로 긴밀하게 닮아 있다.

우리 또한, 우리 또한 헤어진 것이 아니에요, 디오티마! 당신을 위해 흘린 눈물들은 그것을 알지 못해요. 우리는 살아 있는 음향이지요. 자연이여, 우리는 그대의 화음 속에서 하나로 합쳐집니다! 누가 그 화음을 깰까요? 누가 서로 사랑하는 사람들을 떼어놓을 수 있나요?

오, 영혼이여! 영혼이여! 세계의 아름다움이여! 부술 수 없는 그대여! 우리를 황홀케 하는 그대여! 영원한 젊음으로 그대는 언제

나 존재하고 있다. 대체 죽음이 무엇인가? 인간이 겪는 온갖 슬픔이 무엇인가? 아! 이런 공허한 말들은 대부분 터무니없는 인간들이 만들어낸 것이다. 모든 것은 즐겁게 시작되어 평화롭게 끝나는 법이다.

세상의 불협화음이란 애인 사이의 다툼과 같은 것이다. 싸움이 한창일 때 화해의 싹은 이미 돋아나고, 갈라졌던 모든 것은 다시 합쳐지기 마련이다.

핏줄들은 서로 갈라졌다가 모두 심장으로 귀환한다. 하나 된, 영원한, 타오르는 생명이야말로 모든 것이다.

이야기를 들려주는 가운데 화자는 마음의 평화를 얻는다. 이것이 이야기의 목적이기도 하다. 고백체의 이야기가 특히 그러하다. 과거의 이야기를 반복하는 이유가 바로 이것이다. 화자는 글을 써서 과거를 회상하고 아픔을 치유하려 한다. 히페리온은 모든 경험이 우리 인간의 삶의 일부라고 생각한다. 이것을 죽이는 것은 우리 삶의 풍요로움을 빈곤하게 만드는 일이다. 그래서 히페리온은 순례를 감행한다. 조국으로의 순례요, 자기 인생의 아픈 과거로의 순례다. 과거의 것들을 현재의 입장에서 성찰하고 회고하려는 것이다. 편지들은 히페리온의 마음속에서 '해소되지 않은 불협화음'의 증거들이다. 그것들을 하나하나 되짚는 일은 그의 영혼의 풍경 속을 거니는 일이다. 우리는 이 편지들을 통해 하나의 정신적 치유 과정을 경험하게 된다.

결국 디오티마는 비극의 주인공이 된다. 히페리온은 오히려 그녀의 비극 뒤에 살아남는다. 어떻게 보면 이 작품의 주인공은 히페리온이 아니라 디오티마가 되어야 하고, 제목 역시 디오티마가 되어 마땅하다. 주제의식 측면에서 볼 때 그렇다. 그녀는 헤르만 헤세의 《데미안》에 나오는 에바 부인과 같은 역할을 한다. 그녀는 히페리온의 세계관을 심오하게 만들어준다. 히페리온이 갈 길을 앞장서서 기면서 히페리온의 정신적 변화를 이끌어낸다. 그녀가 한 말들은 나중에 히페리온의 말이 되어 메아리친다. 가장 중요한 말은 헤라클레이토스가 말한 '서로 다름 속의 하나 됨 εν διαφερον εαυτω'이다. 인생과 아름다움은 변화 속에 지속되며 이것들이 영원하기 위해서는 변화가 있어야 한다는 것이다. 덧없이 사라지는 우리의 인생은 거대하고 무한한 세계의 노래의 일부분으로서 상승하다가 결국엔 하강해버리는 멜로디와 같다.

변화는 인생의 철칙이다. 시간의 변화는 인생의 법칙이다. 히페리온에는 시인 횔덜린 자신의 모습이 많이 배어 있고, 디오티마의 모습에는 그의 시적 이상이 그려져 있다.

이 작품의 부제가 '그리스의 은자'인 것은 이 작품의 전원시적 특징을 암시한다. 모든 불화와 갈등, 이별을 자연이 치유해준다. 자연은 일체이며 영원히 살아 있는 생명이다. 그 앞에서는 디오티마와의 이별도 아무것도 아니다. 과일이 무르익어 땅에 떨어져 다시 나무를 위한 거름이 되듯이, 모든 것은 자연의 순환에 종속되어 있다. 이런 자연의 치유력에 대한 칭송이 작품의 맨 앞과 뒤에 등장하는 데서 횔덜린의 자연관을 잘 알 수 있다. '은자'라는 것도 사회에서 자연으로의 귀환이라는 테제와 같은 맥락이다.

그러면서도 히페리온은 자신만의 방에 독거하지는 않는다. 그는 경험의 중요성에 대해 이야기한다. "만약 우리의 영혼이 현세의 경험들을 물리치고 오로지 성스러운 평화 속에서 살아간다면, 우리의 영혼은 잎이 진 나무 같지 않을까? 머리털 없는 머리 같지 않을까?"

불협화음이 해소된 완전한 화음을 이루려면 대립되는 두 가지 요소가 하나로 통합되어야 한다. 이것이 고통을 극복하기 위한 히페리온의 인식이다. 인간의 아름다움은 고통에서 출현한다. 인간의 가슴에서 이는 파도는, "만약 그 오래된 침묵의 바위가, 운명이 막아서지 않았다면 그렇게 아름답게 거품을 내며 치솟지 못했을 것이고 정신으로 화하지 못했을 것이다". 고통이 없는 것은 운명에서의 해방을 의미하지만, 사실 그것은 잠든 젖먹이와 같은 상태다. 고통 없는 성숙은 없다. 고통은 인간을 더 성숙한 상태로 이끌어준다. 아래로부터 위로 올라가는 것이다.

5

그리스어로 'Ὑπερίων'으로 표기되는 '히페리온'은 본디 '하늘을 걷는 자'를 뜻한다. 하늘에 존재하는 태양신, 즉 유토피아적인 것 또는 이상적인 것의 상징이다. 그러므로 히페리온은 지상적인 것과 천상적인 것을 묶어주는 존재다.《히페리온》은 정신의 하늘을 날면서 이승에도 눈길을 쏟는 주인공이 부르는 숭고하고 형이상학적인 한 편의 서정시다.

《히페리온》의 정식 완결본이 나오기 전까지 여러 가지 판본이 간행되었다. 횔덜린은 튀빙겐 신학교에 다니던 스물두 살 때 이미 친구 마게나우에게《히페리온》집필 계획에 대해 이야기한다. 아마도 프랑스혁명의 분위기에 자극받은 것으로 보인다. 1794년에는 〈히페리온 단편〉을 실러가 발행하던 문예지《탈리아》에 게재했으며, 그다음 해에는《히페리온의 청년 시절》을 집필했다. 간단히 말해《히페리온》은 1792년부터 여러 형태로 선보여지다가 1799년에 마침내 완성되었다. 1795년 12월 말 프랑크푸르트로 건너간 뒤 주제테 곤타르트의 집에서 가정교사로 기거하며 최종 원고 집필 작업에 열정적으로 착수한 횔덜린은 1797년 부활절에 코타 출판사에서《히페리온》1권을 출간한다. 이후 그 집에서 나와 홈부르크로 가서 1799년에 2권을 마무리 짓는다. 역시 코타 출판사에서 출간했다. 이 작품이 완결되기까지는 칠 년의 세월이 걸렸고,

횔덜린은 살아생전 이 작품으로 명성을 떨쳤다.

그러던 중 1909년 11월의 어느 저녁에 독일 슈투트가르트 대학의 도서관에서 한 젊은 고전 문헌학도가 횔덜린의 미발표 원고를 발견한다. 종이가 많이 탈색되어 있었지만 횔덜린의 원고가 분명했다. 이 고전 문헌학도는 1906년부터 뮌헨 대학교에서 그리스 및 독일 문헌학을 공부하던 노르베르트 폰 헬링라트였다. 그가 횔덜린을 접한 것은 스승이었던 오토 크루지우스와 프리드리히 폰 데어 라이엔 덕분이었다. 그가 발굴한 것은 횔덜린의 후기 찬가와 핀다로스 작품의 번역 원고였다. 그는 이 원고의 사본을 당시 독일 시단에서 일가를 이루고 있던 슈테판 게오르게 일파의 일원인 친구 카를 볼프스켈에게 보냈다. 그리고 게오르게는 그 원고를 자신이 주관하던《예술잡지》에 게재해주었다(1910년 2월). 이후 횔덜린 르네상스는 독일 문단을 사로잡았다.

6

이번《히페리온》번역은 산문이 아닌 서정시를 번역하는 작업에 가까웠다. 작업을 빠르고 수월하게 진척시킬 수 없었다. 한 구절 한 구절이 오랫동안 시선을 묶어놓았다. 횔덜린 자신의 말대로 이 작품은 산문으로 된 시, 바로 그것이었다.《히페리온》은 내가 독일 문학을 우리말로 옮기기 시작하면서 오랫동안 숙원처럼 마음속에 간직해온 작품이었다. 작품 안에 들어 있는 오묘한 빛깔들이 이상하게도 나를 자극하고 매료했다. 철학자 니체가 《차라투스트라는 이렇게 말했다》의 원형으로 삼았고, 시인 릴케가 자신의 세계관을 갖추는 데 스승으로 삼았던 작품이기 때문인지도 모르겠다. 횔덜린은 그리스어에 능통했고, 그래서 그의 세계관 속에 그리스 철학이 많이 배어있는 것이 사실이다. 니체가 고전 문헌학자로서 횔덜린에게 끌린 것도 당연한 수순이었다. 릴케는 당시 친분이 있었던 노베르트 폰 헬링라트가 횔덜린의 원고를 발굴한 것을 계기로 이 작품에 깊은 관심을 가졌던 것 같다. 이 작품에서 릴케의 사유들의 원조를 발견하는 것은 상당히 흥미로운 일이다.

준고어가 되어버린 어휘들을 당시의 어법에 맞게 번역해야 했다. 'Wesen'이 그런 예다. 'Sein'이나 'Dasein'의 경우 철학자 하이데거가 횔덜린의 작품을 가지고 자신의 철학을 논한 예가 있어서 그 영향으로 '존재'나 '현존재'로 번역하는 경우가 있는데, 이 작품이 하이데거보다 먼저 쓰였고 이 작품은 문학작품이므로, 하이데거를 떠나, 특히 그가 쓴 철학용어의 일본식 번역어를 떠나 우리말 표현으로 문학어의 본질을 살려 번역해야 한다. 나는 그렇게 해보려고 노력했다. 준고어인 'Wesen'은 당시에 '사람의 마음 상태'를 뜻했다.

병렬 문체와 대구 표현은 횔덜린의 문체의 대표적 특징이다. 이것은 그의 사고에 연유한다. 횔덜린 문체의 또 다른 특징은 주어나 동사를 뒤쪽에 놓음으로써 의식의 긴장감을 조성하는 것이다. 리듬에 대한 고려와 듣기 좋은 음조를 찾아내려는 태도가 문장의 질서를 결정지은 것으로 보인다. 이런 특징도 살려보려고 노력했다. 무엇보다 원문의 음악적이고 서정적인 아름다움을 우리말로 되살리고 멀리서 천둥이 치는 듯한 번역의 모호함을 물리쳐보려는 목적으로 작업을 진행했다.

나는 이 책을 릴케의 《젊은 시인에게 보내는 편지》와 함께 '시인의 서書'로서 독자에게 권하고 싶다. 시인으로서 경험해야 할 지침이라 할 수 있는 다채로운 사고가 이정표처럼 곳곳에 세워져 있기 때문이다.

번역하는 데 사용한 텍스트는 *Friedrich Hölderlin, Sämtliche Werke und Briefe, Herausgegeben von Günter Mieth*(Carl Hanser Verlag. 5. Auflage, 1989)이다. 작품 해설을 위해서는 다음의 자료들을 참고했다.

—Walter Silz, *Hölderlin's Hyperion. A Critical Reading,* University of Pennsylvania Press, 1969.

—Johannes Heinrichs, *Revolution aus Geist und Liebe. Hölderlins 'Hyperion' durchgehend kommentiert,* Steno Verlag, 2007.

—Klaus E. Bohnenkamp(Hrsg.), *Rainer Maria Rilke – Nor-*

bert von Hellingrath. Briefe und Dokumente, Wall-
stein Verlag, 2008.

—Johann Kreuzer(Hrsg.), *Hölderlin Handbuch. Leben-
Werk-Wirkung,* Metzler Verlag, 2002.

2015년 가을

김재혁

1770년	3월 20일, 독일 슈바벤 지방 네카어 강변의 라우펜에서 아버지 하인리히 프리드리히 횔덜린과 어머니 요하나 크리스티아나 헤인 사이에서 장남으로 태어남.
	3월 21일, 요한 크리스티안 프리드리히라는 이름으로 세례를 받음.

1771년	4월 7일, 여동생 요하나 크리스티아나 프리데리케 태어남.

1772년	7월 5일, 아버지가 뇌졸중으로 갑자기 세상을 떠남.
	7월 7일, 아버지의 장례식을 치름. 아버지의 누나로 역시 미망인이 된 엘리자베트 폰 로엔쉬올트가 횔덜린네 집으로 이사 옴.
	8월 15일, 여동생 마리아 엘레오노라 하인리케('리케') 태어남.

1774년	5월, 어머니가 요한 크리스토프 고크와 재혼하기로 함에 따라 라우펜 시에 청원한 재산분할 결정에 의해 장남 횔덜린에게 2,230 굴덴의 돈을 지급하기로 함. 이후 어머니가 아들 대신 이 재산을 관리하기로 했지만 횔덜린은 이 재산에 대한 처분권을 요구한 적이 없음.
	6월, 고크가 4,500굴덴을 지불하고 뉘르팅엔에 저택 '슈바이처호프'(오늘날의 횔덜린 하우스)를 구입함. 농가 건물들과 지하실이 딸린 훌륭한 저택이었음.
	10월, 뉘르팅엔에서 어머니와 고크가 결혼함. 고크는 포도주 장사와 농사 그리고 시의 업무를 겸했으며, 1776년에 뉘르팅엔 시장이 되었음.

1775년 8월, 여동생 아나스타지아 카롤리나 도로테아 태어남.

11월, 여동생 요하나 크리스티아나 프리데리케 사망.

12월, 여동생 아나스타지아 카롤리나 도로테아 사망.

1776년 뉘르팅엔의 라틴어 학교에 다니기 시작함. 뷔르템베르크 지역에서 운영하는 초급 수도원 학교에 입학하는 데 필요한 시험을 위해 개인 과외를 받음.

10월, 남동생 카를 크리스토프 프리드리히 고크 태어남.

1777년 5월, 고모 엘리자베트 폰 로엔쉬올트 사망. 그녀가 남긴 유산 중 4분의 1인 1,393굴덴을 횔덜린이 물려받음. 아버지가 남긴 유산과 1775년에 죽은 여동생 몫의 유산까지 합쳐 횔덜린의 재산이 4,400굴덴에 이름. 여기서 나오는 이자로 어머니가 횔덜린을 뒷바라지함.

11월, 고크의 아들인 익명의 의붓 형제가 사망함.

1778년 11월 12일, 여동생 프리데리케 로지나 크리스티아나 태어남.

11월, 대규모 홍수가 발생함. 의붓아버지 고크가 직업상의 의무를 충실하게 이행하다가 폐병에 걸림.

1779년 3월 15일, 폐렴으로 고크 사망. 외조모 헤인이 횔덜린의 집으로 옴.

1780년 개인 피아노 교습을 받기 시작함. 이어서 플루트도 배움.

9월 중순, 슈투트가르트에 가서 수도원 학교에 입학하기 위한 첫번째 국가시험을 치름.

1782년   나타나엘 쾨스틀린과 크라츠에게서 매일 한 시간씩 개인 교습을
         받음.

1783년   다섯 살 연하의 셸링과 교유. 셸링은 숙부인 부목사 쾨스틀린의
         집에 묵으면서 라틴어 학교에 다니고 있었음.
         9월 9일~11일, 슈투트가르트에서 마지막으로 네 번째 국가시험
         을 치름.
         12월, 여동생 프리데리케 로지나 크리스티아나 사망.

1784년   4월, 견진성사를 받음.
         10월, 뎅켄도르프에 있는 초급 수도원 학교에 입학함. '다른 직업
         이 아닌 오로지 신학에만 종사하겠다'는 문서에 서명함.

1785년   쾨스틀린 부목사와 어머니에게 편지를 씀. 이 편지들은 보존되어
         있는 횔덜린의 편지들 중 가장 오래된 것임. 시 창작에 몰두함.

1786년   10월, 마울브론 수도원 학교에 입학함.

1787년   17세의 시인으로서 명예욕을 드러낸 시 〈나의 뜻〉을 씀.

1788년   10월 21일, 헤겔과 함께 튀빙겐 신학교에 입학함. 노이퍼, 마게나
         우 등과 우정을 맺음.

1789년   4월, 루이제 나스트와의 약혼을 파기함.

1790년   10월, 슈바벤의 시인 슈토이들린과 우정을 맺음.

15세의 조숙한 셸링이 신학교에 입학함.

최초의 튀빙겐 찬가들인 〈그리스의 정신에 부쳐〉〈뮤즈에 부쳐〉
〈자유에 부쳐〉〈조화의 여신을 노래함〉을 씀.

1791년   스위스로 방랑 여행을 떠남. 〈칸톤 스위스〉〈미에 바치는 찬가〉를
씀.

9월, 슈토이들린이 편찬한 《1792년 문예연감》에 휠덜린의 시 네
편이 실림. 슈바르트로부터 '휠덜린의 뮤즈가 진정한 뮤즈다'라는
말을 들음.

1792년   5월, 친구 마게나우에게 《히페리온》 집필 계획을 털어놓음.

튀빙겐 신학교에 프랑스혁명을 옹호하는 서클이 결성되고 휠덜
린 역시 관심을 가짐.

1793년   5월, 슈바벤의 시인 슈토이들린이 튀빙겐을 방문하자 그에게 《히
페리온》의 일부를 낭독함.

6월, 대학졸업시험을 치름. '신학의 갤리선'을 타야 하는 자신의
신세를 한탄함. 거기서 벗어나기 위해 예나에서 공부를 계속하거
나 스위스에 가서 가정교사로 일할 계획을 세움.

9월, 이삭 폰 싱클레어와 우정을 맺음. 슈토이들린이 실러에게 휠
덜린을 발터스하우젠에 있는 샤를로테 폰 칼프의 집 가정교사로
추천함.

1794년   9월, 실러에게 《히페리온》의 이른바 '탈리아 단편'을 보냄.

11월, 예나로 실러를 방문하고 괴테와도 만남.

1795년　1월, 칼프의 집에서 나옴. 샤를로테로부터 석 달 치 월급을 받고
　　　　예나로 가서 피히테의 강의를 듣고 실러를 자주 찾아감. 싱클레
　　　　어와 교유함.
　　　　5월, 돌연 고향으로 떠남.
　　　　8월, 요한 고트프리트 에벨을 통해 프랑크푸르트의 은행가 집안
　　　　인 곤타르트 가의 가정교사 자리를 얻음.

1796년　1월, 곤타르트 집안의 가정교사가 됨.
　　　　7월, 빌헬름 하인제와 우정을 나눔.

1797년　1월, 어머니가 천거한 목사 자리를 거절함.
　　　　4월 중순, 《히페리온》 1권이 출간됨.
　　　　8월, 실러의 권유로 프랑크푸르트에서 괴테를 만남.

1798년　9월 25일, 곤타르트 집안에 알리지도 않고 그 집을 떠남.
　　　　싱클레어의 권유로 홈부르크로 향함.
　　　　10월 4일 저녁, 주제테 곤타르트와 극장에서 재회함.
　　　　11월, 12월 두 달 동안 매달 첫째 목요일에 주제테 곤타르트와 밀
　　　　회를 가짐.

1799년　프랑크푸르트에서 주제테 곤타르트와 짧은 밀회를 나눔.
　　　　《엠페도클레스》 초판 출간.
　　　　10월, 《히페리온》 2권 출간.

1800년   1월, 목사직을 수락하라는 어머니의 권고를 또다시 거절함.

5월 8일, 아들러플리히트 영지에서 주제테 곤타르트와 마지막으로 재회.

6월 10일, 뉘르팅엔의 어머니에게로 돌아감. 슈투트가르트의 란다우어의 집에 머물며 마음의 안정을 찾음.

1801년   1월, 스위스 하우프트빌의 곤첸바흐의 집에 가정교사 자리를 얻음.

4월, 가정교사직에서 해고됨. 슈바벤의 고향으로 돌아감.

12월, 뉘르팅엔에서 보르도로 떠남.

1802년   6월 22일, 주제테 곤타르트가 프랑크푸르트에서 사망.

6월 말, 슈투트가르트의 친구들과 어머니의 집에 격한 모습으로 나타남.

1803년   소포클레스와 핀다로스 번역. 찬가들 초안 작성.

1804년   슈투트가르트의 빌만스 출판사에서 《소포클레스 비극》 출간.

1805년   2월 26일, 공화주의자 싱클레어가 홈부르크에서 체포됨.

의사 뮐러 박사가 정신병을 진단함으로써 횔덜린에 대한 대반역죄 심문이 중단됨.

1806년   9월, 홈부르크에서 튀빙겐으로 강제 이송되어 아우텐리트 병원에 입원함.

1807년　칠 개월 정도 입원한 뒤 목수 에른스트 치머의 집에 넘겨짐. 네카어 강변의 탑에서 슈타인라흐 계곡과 네카어 강을 바라봄.

1808년　다시 피아노를 치고 플루트를 불고 노래를 부름. 음악이 주요 소일거리가 됨.

1811년　문예연감을 낼 생각으로 많은 원고를 씀.

1822년　슈투트가르트의 고등학생 빌헬름 바이블링어가 횔덜린을 방문하여 함께 산책을 하곤 함. 1827년 바이블링거가 〈프리드리히 횔덜린의 삶과 문학 그리고 광기〉라는 논문을 발표함.

1826년　《프리드리히 횔덜린 시집》출간.

1828년　어머니 사망(이때 횔덜린의 나이 53세).

1841년　1840년부터 튀빙겐 신학교에 다니는 크리스토프 테오도르 슈바프가 횔덜린을 여섯 차례 방문해 횔덜린의 생애에 대한 기록을 작성함.

1842년　10월,《프리드리히 횔덜린 시집》제2판 출간.

1843년　6월 7일 밤 열한 시, 73세로 영면함.

옮긴이에 대하여

김재혁은 1959년 충북 증평에서 태어났다. 고려대 독어독문학과를 졸업하고 독일 쾰른대학에 유학했으며 1991년에 고려대학교 대학원에서 릴케 연구로 박사학위를 받았다. 1994년《현대시》로 등단했다. 현재 고려대학교 문과대학 독어독문학과 교수로 재직 중이며 시인, 번역가로 활동하고 있다. 저서로는《복면을 한 운명》《릴케와 한국의 시인들》《바보여 시인이여》《릴케의 작가정신과 예술적 변용》과 시집《아버지의 도장》《딴생각》《내 사는 아름다운 동굴에 달이 진다》등이 있으며《기도 시집》《두이노의 비가 외》《골렘》《릴케-영혼의 모험가》《젊은 시인에게 보내는 편지》《소유하지 않는 사랑》《노래의 책》《로만체로》《넙치》《푸른 꽃》《베를린 알렉산더 광장》《책 읽어주는 남자》《말테의 수기》《젊은 베르테르의 슬픔》《파우스트》《겨울나그네》《소송》《데미안》《수레바퀴 아래서》《여름 거짓말》등 60여 권의 책을 우리말로 옮겼다. 독일에서 *Rilkes Welt*(공저)를 출간했고, 오규원의 시집《사랑의 감옥》을 독일어로 옮겼으며, 세계릴케학회 정회원으로 'Zur Lektüre Rilkes. Aus dem Blickwinkel eines fernöstlichen Rilke-Forschers'를 비롯하여〈문학 속의 유토피아: 릴케와 백석과 윤동주〉〈릴케와 정현종의 시〉〈문체연구로서의 산문번역-알프레트 되블린의《베를린 알렉산더 광장》을 중심으로〉〈흔적 읽기로서의 번역과정 연구-프리드리히 횔덜린의〈반평생Hälfte des Lebens〉을 중심으로〉〈텍스트 읽기와 작가이해, 글쓰기 과정으로서의 번역-릴케의〈묘비명〉을 중심으로〉〈새로 발굴된 박용철의 번역원고의 번역문법적 분석〉등 릴케 연구와 번역학, 비교문학 분야의 많은 논문을 발표했다.

jjhkim@korea.ac.kr

책세상문고
세계문학
0 4 2

그리스의 은자 히페리온

초판 1쇄 | 2015년 11월 10일

지은이 | 프리드리히 횔덜린
옮긴이 | 김재혁
펴낸이 | 김직승
펴낸곳 | 책세상

전화 | 02-704-1251(영업부), 02-3273-1333(편집부)
팩스 | 02-719-1258
주소 | 서울시 종로구 경희궁길 33 내자빌딩 3층(03176)
이메일 | bkworld11@gmail.com
홈페이지 | www.bkworld.co.kr

등록 1975. 5. 21. 제1-517호
ISBN 978-89-7013-955-5 04850
978-89-7013-373-7 (세트)

이 도서의 국립중앙도서관 출판시도서목록(CIP)은 서지정보유통지원시스템 홈페이지
(http://seoji.nl.go.kr)와 국가자료공동목록시스템(http://www.nl.go.kr/kolisnet)에서
이용하실 수 있습니다.(CIP제어번호 : CIP2015029483)